9일간의 영혼 여행

9일간의 영혼 여행

2025년 2월 10일 초판 1쇄 발행. 2025년 3월 20일 초판 2쇄 발행. 안케 에베르츠가 쓰고, 추미란이 옮겼으며, 도서출판 샨티에서 박정은이 펴냅니다. 교열은 이홍용과 윤혜정이 하고, 표지 및 본문 디자인은 황혜연이 하였습니다. 인쇄 및 제본은 상지사에서 하였습니다. 출판사 등록일 및 등록번호는 2003. 2. 11. 제2017-000092호이고, 주소는 서울시 은평구 은평로3길 34-2, 전화는 (02) 3143-6360, 팩스는 (02) 6455-6367, 이메일은 shantibooks@naver.com입니다. 이 책의 ISBN은 979-11-92604-32-9 03800이고, 정가는 18,000원입니다.

Neun Tage Unendlichkeit

9일간의

영혼 여행

임사체험으로 알게 된
의식과 육체에 관한 새로운 진실

안케 에베르츠 지음
추미란 옮김

【샨티】

차례

당신은 기적

당신은 걸어 다니는 기적,
강력한 정신의 기적,
의식적 창조의 기적……
이것을 기억하세요!

당신은 걸어 다니는 기적,
마르지 않는 창조력의 기적……
당신에게 매 순간 선택의 힘이 있음을 아나요?

당신은 걸어 다니는 기적,
무한한 힘의 기적……
당신은 마음의 힘을 사용하고 있나요?
당신은 어디를 보고 있나요?

무력한 척하기를 그만두세요!
힘없는 척하기를 그만두세요!
보잘것없는 척, 의존적인 척, 묶인 척,
무능한 척하기를 그만두세요!

당신은 걸어 다니는 기적,
무한한 창조력의 기적……
잠에서 깨어나 진짜 자신을 기억하세요!

그러려고 당신은 여기에 있는 거예요!

이 이야기는 내 몸이 불길에 휩싸였던, 그 심각했던 순간부터 시작된다. 지금도 나는 그날 무자비하게 내 얼굴을 강타하던 그 불길의 소리가 들리고, 내 양쪽 폐를 막던 뜨거운 공기가 느껴진다. 나는 말 그대로 불행이 나를 덮치는 장면을 두 눈으로 똑바로 보았고, 더 이상 거기에서 피할 수 없음을 알았다.

온몸이 활활 타올랐다. 불길이 두 다리에서 엉덩이로, 가슴께로 내 얇은 운동복을 먹어치우며 거침없이 타 올라오더니, 이내 길고 수북한 내 머리카락과 얼굴을 움켜잡고 타닥타닥 시끄러운 소리를 내기 시작했다. 되돌리기에는 이미 너무 늦었다! 불과 몇 분 전 정말 아무것도 아닌 것처럼 시작된 불길, 어떻게든 그 상황에서 벗어나 보겠다는 나의 절박한 노력은 모두 실패했고, 그때 나는 분명히 알 수 있었다. '이제 나는 죽는다!' 그런데 그 순간 공포나 두려움은커녕 내 안 저 깊은 곳에서 더할 수 없는 고요와 평온함이 올라왔다. 갈망하던 공기 대신 뜨거운 불길로 숨이 턱턱

막혔지만, 긴장은 모두 사라지는 듯했고, 당연하다는 듯 이런 생각이 들었다. '무슨 일이 일어나든 나는 준비가 되었어!'

그리고 다음 순간, 지금도 여전히 설명할 수는 없지만, 바로 그 순간 내 인생에서 가장 경이로운 여정, 가장 큰 깨달음을 향한 여정이 시작되었다.

그렇게 생각하기만을 기다렸다는 듯이, 그 즉시 나는 불타는 내 몸에서 벗어나 갑자기 2미터쯤 떨어진 곳에 서게 되었다. 그곳에서 놀란 채로 불길에서 나오는 그을음이 천장을 검게 물들이는 것을 보고 있었는데, 그때 설명할 수 없는 어떤 중립의 느낌이 나를 압도했다. 불에 활활 타고 있는 내 몸은 비틀거리며 뭐든 잡아보려 했지만, 무자비한 불꽃에 가려 아무것도 볼 수 없었다. 믿을 수 없이 뜨거운 열기만이 느껴졌다.

그러는 동안 나는 '괜찮았다.' 괜찮았다는 말이 이상하게 들릴 수도 있겠지만, 어쨌든 고통이나 두려움 없이 중립적인 관찰자가 되어 그 모든 장면을 보고 있었다. 나는 아들이 거실로 뛰어 들어와 불타고 있는 나에게 몸을 던지는 것을 보았고, 구급차가 오는 것도 보았다. 그리고 내 몸이 헬리콥터에 실려 병원으로 실려 가는 길도 내내 함께했다. 의사들이 나를 살려내려 애쓰는 모습도 하나하나 다 지켜보았고, 내 몸을 인공 혼수 상태로 유도하는 모습도 보았다. 하지만 그들 중 누구도 내가 여기 곁에 서 있다는 것을 알아보지 못했다. 어떻게 그럴 수 있었는지는 모르겠지만 그 결정적인 순간부터 나는 두 개의 나로 존재했고, 내 몸과 어떤 연결도 느낄 수 없었다.

하지만 이 경험이 준 가장 큰 선물은 내가 마침내 내 몸을 떠났다는 사실이 아니라, 몸도 없고 경계도 없는 의식 상태가 된 다음에 일어난 일이었다.

심각한 화상을 입은 내 몸이 생존을 위해 애쓰고 있던 9일 동안 나는 그 어느 때보다 생생하게 살아있음을 느꼈다. 나는 내 모든 인간적인 사고와 감정 너머의 세계로 빠져들었고, 내가 한 번도 가능하다고 생각해 본 적 없는 현실 속으로 들어가 있는 나 자신을 발견했다. 당연히 당시에는 몰랐지만 갈수록 점점 분명해지는 사실이 하나 있다. 9월의 그 차갑던 저녁 나 스스로 말 그대로 불 속으로 걸어 들어갔고, 그것은 바로 9일 후 새로운 사람으로 다시 태어나기 위해서였다는 사실 말이다.

죽음이 준 선물

지금, 내가 누구냐고 묻는다면 나는 대답하기가 매우 어렵다. 내가 누군지 몰라서가 아니라 단지 짧은 몇 문장으로 말할 수가 없기 때문이다.

그냥 눈을 반짝이며 "나는 '모든 것'이다!"라고 대답하고 싶지만, 지금까지 이렇게 대답한 적은 거의 없다. 그 대신 조심스레 "나는 죽음 전과 죽음 후 이렇게 두 번을 사는 사람이다"라고 대답하는 게 더 편하다.

그 일이 있기 전의 삶을 기억하는 것도 아주 어렵게 느껴진다. 그 무렵의 일이나 상황을 하나도 제대로 떠올릴 수가 없기 때문이다. 그것은 아주 먼 옛날 일처럼 혹은 마치 다른 사람의 인생처럼 느껴진다. 나에게 죽음 이전의 삶은 오래된 과거의 기록 같은 것이 되었고, 이제는 그 위에 새롭고 훨씬 더 가치 있는 것이 덧씌워진 것 같다.

예전의 나는 스스로를 꼭두각시 인형처럼 느끼곤 했다. 내면의 공허를 만성화하는 데 성공한 꼭두각시 인형 말이다. 나는 존재는 했으나, 오로지 지능적으로 기능하고 배운 대로 착실히 업무를 수행하는 로봇 같았다. 내가 누구인지 진정으로 알지 못했고, 내면은 공허했다. 당시 나는 충만함이나 행복한 상태와는 한없이 멀리 떨어진 것처럼 느꼈고, 늘 '벗어나고만' 싶었다. 내 몸에서, 내 감정들에서 그리고 무엇보다 너무 힘들다고 느꼈던 내 삶 자체에서 벗어나고 싶었다.

오늘 나는 그때의 나였던 그녀를 아주 다정한 눈으로 돌아본다. 자기 안에 지금의 내가 살고 있을 줄은 꿈에도 몰랐던 그녀에게 사랑을 보낸다. 그녀는 자신을 무가치한 사람으로 느꼈다. 사랑받지 못한다고 느꼈고, 그래서 더할 수 없이 외로웠다. 살면 살수록 진정한 자신을 점점 더 까맣게 잊어버렸던 그녀는 바깥세상에서 의지처를 구했고, 물질적 안정과 명성만을 추구하며 살았다. 그러면서 점점 더 좁아지기만 하는 막다른 길로 자신을 몰아갔다. 결국 어둡고 꽉 막힌 벽 앞에 서게 될 때까지. 그녀는 내면의 소리를 듣는 법을 잊어버렸고, 무엇이 자신을 행복하게 하고 무엇이 자신을 충만하게 하는지 잊어버렸다.

내 몸이 혼수 상태에 있었던 9일 동안 나는 모든 인간적인 이미지들이 부서져나가는 세상 속으로 인도되었다. 그곳에서 나는 훨씬 더 크고 더 지혜롭고 더 전체적인 '나'로 통합될 수 있었다. 그리고 그날부터 지금까지 나는 언제나 그 '나'와 연결되어 있다.

그 9일 동안 나는 내 삶의 의미와 내가 맺고 있는 모든 관계에 대해 포괄적인 교육을 받았고, 창조의 근원으로 들어갔으며, 내 모든 세포 속에서 그 창조의 근원을 다시 발견했다.

그렇게 나 자신에 대한 바뀐 시각으로 두 번째 인생을 살기로 의식적으로 결정했고, 그때부터 지금까지 단 한 순간도 삶이 경이롭지 않은 때가 없다. 나는 한없이 자유롭고 기쁨으로 넘친다. 나는 내 몸 안에서 더할 수 없이 편안할 뿐 아니라 내가 내 삶의 운전대를 맡긴 '진정한 나'와도 연결되어 있다고 느낀다. 나는 내 몸이 편안하게 느끼는 것을 하게 두고 몸이 하는 대로 그냥 따라간다. '~을 해야 한다' 같은 말은 이제 내 삶에서 의미가 없다. 더 이상 어떤 기능을 수행하고자 하는 욕구 자체가 일지 않기 때문이다. 야망이라든지 동기 부여 같은 낡은 개념들도 더 이상 아무 의미가 없다. 그 대신 내면의 만족과 기쁨에서 우러나오는 자연스러운 삶을 산다. 나는 나를 통해 드러나고자 하는 모든 것이 나에게 오도록 놔두는 법을 배웠다. 그 흐름을 나는 이제 거스르지 않는다.

바로 그래서 현재 내 인생은 그야말로 하나의 기적이 되었고, 나는 이 전환을 그토록 의식적으로 이루어낸 나 자신에게 매일 감사한다. 또한 매 순간 나를 무한한 감사로 가득 채운다. 그 순간이 좋든 좋지 않든 말이다. 나는 '현재'를 산다. 그래서 당연히 나의 마음도 내 삶에서 예전과는 아주 다른 역할을 하게 되었다. 나는 이제 더 이상 아무것도 계획하지 않고 아무것도 의심하지 않으며, 내 모든 발전 가능성을 내 삶에게 맡긴다. 예전에 나 자신에게 "아니"라고 말하던 것을 이제는 "좋아!"라고 더 크게 말하게 되었고, 이는 매일 새롭게 나를 감격시킨다.

우리가 함께할 여정

당신은 기적을 믿는가? 여전히 자신이 더 큰 기적의 일부임을, 창조의 마르지 않는 근원의 일부이며 경계 없는 가능성의 일부임을 믿는가? 당신은 당신 인생이 지금까지 보여준 것보다 훨씬 더 많은 것을 제공할 수 있다고 진심으로 느끼고 있는가? 당신은 자신이 왜 여기 있는지 아는가?

우리가 여기에 있는 이유가 자신이 얼마나 보잘것없고 무력한지를 느끼기 위해서는 분명 아닐 것이다. 어떤 잘못이나 죄를 갚기 위해 여기에 있는 것도 아니고, 어떤 시험에 통과하기 위해서도 아니다. 당신은 또한 혼자가 아니다. 그렇게 느껴질지라도 결코 당신은 혼자가 아니며, 그토록 갈망하는 모든 것이 분리되지 않고 이미 당신과 함께 있다. 아무도 당신을 잊지 않았고, 당신을 심판하거나 당신에게서 뭔가를 기대하지도 않는다. 또한 당신은 성공의 사다리를 오르기 위해서 혹은 일을 하고 돈을 벌기 위해서 이곳에 있는 것도 아니다.

당신은, 언제나 분리할 수 없는 당신의 일부였고 앞으로도 여전히 당신의 일부일 모든 것을 기억하기 위해 이곳에 있다. 당신은 자신의 무한한 창조력을 인정하고 더 이상 자신을 숨기지 않기 위해 여기에 있다. 당신은 당신에게 열려 있는 모든 영역으로 의식을 확장하고, 그렇게 당신 자신과 세상을 풍요롭게 하려고 이곳에 있다!

나는 당신을 '진짜 당신'으로 만들어주는 것들을 당신이 모두 기억하기를 바란다. 베일을 걷어 올려 밝은 빛을 보기를 바란다. 당신의 세포 하나하나 안에서 발견되기를 기다리고 있는 그 밝은 빛을 말이다.

우리는 여기서 나의 아주 개인적인 여정을 살펴볼 것이다. 하지만 이 여정은 '당신의 여정'이기도 하다! 왜냐하면 우리 둘 다 같은 고향에서 왔기 때문이다. 우리 둘은 이 삶을 위해 아주 비슷한 도전 과제를 선택했다. 보기에 따라 다르게 보일 수 있지만 근원에서 보면 같은 과제이다. 우리는 인생을 경험하고 싶었고, 우리가 진정 누구인지 잊어버린 후 삶의 도전을 어떻게 마스터하는지 알아내고 싶었다. 그것은 마치 우리가 숨바꼭질을 하다가 영혼의 고향과의 연결을 잊어버린 것과 비슷하다.

그것을 찾으려는 나 자신의 무의식적인 지향은 나를 그날 정확히 바로 그 순간으로 이끌었고, 그 순간을 통해 나는 내 영혼의 계획과 내 고향을 다시 기억해 낼 수 있었다. 내 인생에서 한없이 소중한 그 순간에 나는 무의식으로의 소풍을 마치고 다시 집으로 '돌아가기로' 했다. 그렇게 나는 나 자신의 신성한 본성을 다시 발견하고 내가 진정 누구인지 모두 기억할 수 있었다.

나는 치유될 필요가 없었다.
단지 기억만 하면 되었다!

이 책을 쓰기까지

이 책,《9일간의 영혼 여행》은 아주 짧은 기간에 거의 저절로 써지다시피 했다. 정말 그랬다. 내가 지금도 완전히 이해하지 못하는 그 자체의 동력으로 써진 것 같다는 생각마저 든다. 하지만 내가 더 이상 이 책의 탄생을 가로막지 않게 되기까지는 이른바 수많은 '우연들'이 있었다.

사실, 나는 내 경험에 대해 글을 쓸 생각이 전혀 없었다. 내 이야기를 들은 사람도 극소수에 지나지 않았다. 책을 써볼까 하는 생각이 든 후에도 이런 형언하기 힘든 경험을 말로 다 표현하기는 불가능할 거라는 느낌이 컸다. 이것은 원고를 다 쓰고 난 지금도 사라지지 않는 느낌이다.

첫 몇 페이지를 쓰자마자 나는 이 모든 일을 머리로 접근할 수 없다는 사실을 깨달았다. 과거에 대해 생각하거나 특정한 문구를 찾으려 하면 그 즉시 두통이 찾아왔다. 내가 생각하는 적절한 단어를 찾으려 애를 쓸수록 더 막히는 느낌이었다. 결국 편두통이 오거나, 그러기 전에 노트북을 닫거나 둘 중 하나였다. 하지만 한밤중에 뜬금없이 눈을 떠서는 뜨거운 커피를 한 잔 내려 컴퓨터 앞에 앉게 되는 날도 많았다. 그럴 때면 대부분 열 손가락이 키보드 위를 날아다녔고, 순식간에 페이지가 채워졌으며, 나는 거기 없는 듯한 느낌이 들었다. 그 시간 동안 나는 대체로 이 책의 저자라기보다는 호기심 많은 독자 쪽에 더 가까웠다.

그런데 이 책에 대한 나의 바람만큼은 처음부터 명확했다. 나는 설명할 수 없는 것에 어떤 새롭고 놀라운 설명을 붙여 흥미를 유발하는 식의 이야기를 하고 싶지는 않았다. 나는 더 깊이 들어가 나의 이야기로 독자들의 가슴에 가닿고 싶었다. 무엇보다 나는 이 책이 우리가 살아가는 물리적 세상과 우리 영혼의 고향 사이를 잇는 다리가 되기를 바랐다. 할 수만 있다면 나는 이 놀라운 지구 위 모든 사람들의 손을 잡고 그 한 명 한 명이 정말로 어떤 존재인지 보여주고 싶고, 무엇보다 느끼게 해주고 싶다.

그것은 물론 불가능하겠지만, 나는 이 책이 자신의 이면을 볼 준비가 된 사람들, 바로 그런 사람들을 찾아가게 되리란 것을 잘 알고 있다. 나는 이 책이 첫 페이지부터 독자들의 손을 잡고 방금 말한 그 다리를 함께 건너리란 것을 잘 알고 있다. 나는 당신에게 당신이 '정말로' 누구인지 말해주고 싶다. 당신도 자신의 근원을 기억하기를 진심으로 바라기 때문이다.

이 책은 당신의 의식이 확장되도록 도울 것이다. 그리고 어쩌면 당신이 지금까지 상상도 못했거나 그저 예감했을 뿐인 영역으로 당신을 데려갈 것이다. 이 책이 당신과 당신 인생에 대한 지금까지의 생각을 완전히 뒤엎을 수도 있다. 당신은 내 말을 의심하고 나를 정신 나간 사람으로 간주할 수도 있고, 매우 슬프겠지만, 내 말을 다 허튼소리로 치부할 수도 있다. 지금 내가 당신을 데려가고자 하는 그 실재實在 세상을 단지 머리로만 이해하려고 한다면 충분히 그럴 수 있다. 설명할 수 없는 일을 이해하게 만들기란 매우 어렵고, 사실 불가능에 가깝다. 언어는 여기서 소박하기 그지없는 도구일 뿐이다.

이 책은 자기 자신과 연결되어 충만한 삶을 살고자 하는 사람이라면 누구나 발견할 수 있는 보물들을 숨겨두고 있다. 하지만 이 책은 많은 사람들이 그토록 원하는 일반적인 의미의 '행복'을 다루지는 않는다. 그보다는 훨씬 더 깊이 더 멀리 가게 될 것이다. 어쩌면 당신이 한 번도 가보지 못한 곳까지 가게 될지도 모른다. 우리가 태어난 이유가 여지껏 경험해 보지 못한 새로운 삶을 창조하기 위함이라면 우리는 그것이 무엇이든 창조할 수 있기 때문이다.

이 책을 읽고 그 안에 담긴 진동을 느껴보기 바란다. 이 책은 흥미로운 이야기를 들려주는 한낱 단어들의 나열이 아니다. 이 책은 깨어나라는 모닝콜이다. 바로 당신을 위한 모닝콜!

그럼 이제 나와 함께 불 속으로 뛰어들 준비가 되었는가? 당신 자신을 찾기 위해서!

인생의 전환점

안개 속의 삶

나는 인생의 많은 것이 참 이상하다는 생각을 비교적 어린 나이일 때부터 했다. 일찍부터 뭔가 잘못되었다는 느낌이 들었고, 내가 태어난 이 세상이 어쩐지 나에게는 맞지 않다고 느껴졌다. 하지만 왜 그런지 딱히 설명할 수는 없었다. 내면에서 자주 어떤 부드럽고 조용한 목소리가 진짜 세상의 모습을 보려면 깨어나야 한다고 말하곤 했는데, 나 외에 다른 누구도 그런 목소리를 듣는 것 같지는 않았다. 어렸을 때 어른들이 서로를 대하는 모습을 보며 많이 놀랐던 기억이 아직도 생생하다. 어른들이 왜 서로에게 상처를 주는지, 왜 누가 누구보다 위에 있으려고 하는지, 왜 권력 싸움을 하는지 이해할 수 없었다. 큰소리, 논쟁과 싸움, 권력과 무력, 이런 모든 것들이 어린 내 눈에도 보였지만 납득이 되지는 않았다.

나는 마치 역대 최고의 마술사들이 한 자리에 모여 숨 막히는 환상들로 나를 놀라게 하는 거대한 마술쇼의 관객이 된 기분이었다. 나는 내 눈앞에서 진실이 연기가 되어 사라졌다가 전혀 다른 곳에서 다른 모습으로 나타나는 광경을 놀라워하며 지켜보았다. 사람들은 순간순간 변했고, 내가 진실이라고 생각했던 것들은 전혀 진실이 아닌 것 같았다. 내 어린 머리로는 왜 그렇게 모든 것이 내 생각과 다른지 알 수 없었다. 여기 내 주변에서 벌어지는 일이 진짜 현실일까? 아니면 내 마음속 깊은 곳에서 진실이라고 느낀 것이 진짜 현실일까?

이곳은 꿈속 세상일까? 환상의 세계? 환영? 그렇다면 이건 너무 놀라운 마법이 아닐 수 없다! 정말 현실 같고 너무 생생하고 너무 진짜 같으니까 말이다.

어린 시절 내 느낌이 옳았다는 걸 그때 알았더라면 많은 일이 훨씬 쉬웠을 것이다. 그로부터 수십 년 후 바로 그 '진짜 현실'로 들어가 그동안 어렴풋이 짐작만 하던 모든 것을 체험하게 될 거라고 그때 알았더라면, 내 인생은 다르게 흘러갔을 것이다. 하지만 그것은 중요한 게 아니다. 내가 그렇게 갈피를 잡지 못했던 것은 큰 의미가 있었다. 그만큼이나 내가 절실히 원하고 필요로 하는 경험이었다는 말이기 때문이다. 하지만 그때는 그렇다는 것을 몰랐다.

그렇게 처음에는 어려움을 겪었지만, 나는 인간이 인생을 살면서 사회에서 존경받는 지위에 오르려면 어떻게 행동해야 하는지 하나둘씩 배워나갔다. 나는 눈에 띄지 않게 주변의 필요에 나를 맞추고 세상의 요구를 충족시키는 법을 배웠다. 주체적인 삶을 살려면 건강한 자의식이 있어야 하는데, 바로 그것을 나는 계발하지 못했다. 내가 필요로 하는 것에 귀 기울일 용기가 나에게는 없었고, 그러자 이내 나 자신이 점점 더 초라하게 느껴지고, 삶 앞에서 무력해져 갔다. 아웃사이더가 된다는 것이 어떤 의미인지 고통스럽게 경험했기에 언제 어디서든 불쾌감을 주거나 부정적으로 비치지 않으려고 극도로 조심했다. 또 시간이 지나면서 내면의 목소리를 듣기보다 타성대로 살아가는 데 익숙하게 되었다. 그 결과 내면의 목소리는 점점 더 침묵했다. 나는 주변의 인정을 받거나 소속감을 느끼기 위해서만 움직였다.

나는 사랑받거나 인정받기 위해서는 매일매일 성과를 내야 한다고 믿었다. 단지 어딘가에 소속되기 위해 끊임없이 나 자신을 굽히고 배신했으며, 능력주의 사회에서 가치 있는 사람이라고 느끼고 싶어 지쳐 쓰러질 정도로 애를 썼다. 그리고 안전하다고 느끼기 위해 나 자신과 내 주변의 모든 것을 통제하는 법도 배웠다.

그렇게 나이가 들고, 사회가 시키는 대로 결혼하고 두 아이의 엄마가 되었을 때, 마침내 삶이 반격을 시작했다. 나 자신과 계속해서 벌여오던 싸움은 무자비한 대가를 요구했다. 우울증, 번아웃, 정신적·감정적 자기 파괴 등등 정체停滯와 어둠에 관련된 모든 것을 나는 이 시기에 알게 되었다. 낮은 끝없이 길었고 밤은 무시무시했다.

당시의 내 삶에 행복은 없었다. 나는 불행의 바닥까지 내려갔다. 겉으로는 전혀 그렇게 보이지 않았겠지만 내 내면은 공허하기 짝이 없었다. 우울한 감정이나 생각을 억누르는 데 능숙했기에 그 몇 년 동안 나는 항상 가면을 쓰고 다녔다. 누가 잘 지내느냐고 물으면 나는 늘 배워서 익힌 미소를 장착하고, "잘 지내. 너는 어때?"라고 대답했다. 당시 나는 가족과 함께 커다란 집에서 살았고 일 중독자가 되어 있었다. 덕분에 원하는 것을 다 살 만큼 돈은 많이 벌었지만 내면은 지치고 공허했다. 멋진 외면 뒤의 나는 초라하고 무력했으며, 무엇보다도 완전히 길을 잃은 느낌이었다. 모든 것, 모든 사람 뒤에 숨으려 했고, 덮어쓰면 보이지 않는 마술 망토만 하나 있으면 더 바랄 게 없다고 생각했다.

나는 그냥 사라지고 싶었다. 나에게 시끄럽게 많은 것을 요구해 대는 외부 세계에 대한 두려움이 몇 년 사이에 감당할 수 없을 정도로 커졌기 때문이었다. 내 안에서 느껴지는 공허함에서도 벗어나고 싶었지만 어디로 가야 할지 몰랐다! 나는 내면의 막다른 골목으로 아주 제대로 기어들어 갔고, 그곳에서 벗어날 길도, 그 어떤 해결책도 보이지 않았다. 변화가 너무 두려웠다. 그것이 나의 현실이었다. 그리고 그것이 나의 진실이 되어버렸다.

깨어나라는 돌연한 알람

　　그러나 9월의 어느 차가운 저녁, 내 인생은 완전히 바뀌어야
했다. 그것도 가차 없이, 완벽하게, 그리고 미처 몰랐기에 더 좋
았던 방식으로. 그날 무슨 일이 일어날지 미리 알았다면 나는 무
슨 수를 써서라도, 정말 무슨 수를 써서라도 그 일이 일어나지 않
게 했을 것이다.

　　2009년 9월 28일, 여전히 나는 이 날을 아주 생생하게 기억한
다. 놀랍게도 그 이전의 내 삶은 지금의 나에겐 아주 먼, 낯선 이
의 삶처럼 느껴진다. 그날 이전의 시기를 기억하려고 하면 안개
속을 떠도는 것처럼 모든 것이 흐릿해진다. 모든 것이 매우 음울
하고 우울하며 이상하게도 남의 일처럼 느껴진다. 그런데 그날

9월 28일은 돌이켜볼 때마다 감사함이 밀려온다. 그날 내 모든 것을 바꿀 인생 최대의 선물을 받았기 때문이다.

그날로부터 몇 주 전, 나는 잠깐이나마 내면의 공허함에서 도망칠 수 있는, 사람들이 잘 다니지 않는 숲 속의 멋진 길을 하나 발견했다. 나는 그 길을 달렸다. 그 길에는 늘 아무도 없었으므로 나는 홀로 한 걸음씩 집에서 멀어질 때마다 그만큼 더 자유로워지는 기분이 들었다. 운동복을 입으면 아무도 왜 나가느냐고 묻지 않으니 달리기는 집을 나갈 수 있는 훌륭한 구실이 되었다. 아무도 내가 도망치고 있음을 알지 못했고, 그렇게 대문 밖을 나설 때마다 나는 날아갈 듯 기뻤다. 한 발 한 발 내딛을 때마다 몸은 조금씩 가벼워졌고, 늘 지고 다니던 보이지 않는 짐이 나에게서 떨어져나가는 것 같았다.

그렇게 나는 운동복을 입고 집 주변의 숲으로 자주 달려나가곤 했다. 단지 혼자 있기 위해서. 자연 앞에서는 가면을 쓰지 않아도 되므로, 무엇보다 나 자신을 속이지 않아도 되므로. 현관문을 닫자마자 가면을 벗을 수 있었고, 그것만으로도 나는 안도의 한숨을 내쉴 수 있었다.

당시 나는 내 짐을 싸서 도망치고 싶다는 생각을 점점 더 자주 했고, 그런 내가 무서웠다. 어디론가, 그냥 멀리, 내가 느끼는 그 모든 것으로부터 아주 멀리 떠나고 싶었다. 내 안은 완전히 텅 비

었고, 모든 일에 힘이 들었다. 나는 생각했다. '이것이 정말 내 인생의 전부라고?'

나는 정말 누구인가?

"나는 정말 누구인가?" 나는 몇 주째 이 한 가지 생각에서 벗어날 수 없었다. 이 생각은 내가 숲 쪽으로 달리기 시작할 때, 그래서 참을 수 없던 긴장감이 조금 덜해질 때 특히 더 자주 떠올랐다. 그날도 그 생각은 내 머릿속에서 메아리처럼 울려 퍼졌다. '내가 정말 누군지 이제는 꼭 알아야겠어!' 새삼스러운 생각은 아니었지만, 그 전까지는 떠오르자마자 떨쳐버렸던 생각이었다. 내 인생을 지금까지 살아온 것처럼 계속 살아가기는 점점 더 힘들어졌고, 나는 이 암울한 막다른 골목에서 벗어나야 한다는 것을 알았다. 하지만 어떻게?

나는 거의 세 시간을 달린 후 온몸이 얼어붙을 정도가 되어서야 집으로 돌아왔다. 해는 이미 졌고 나는 지쳤지만, 한 가지 중요한 통찰은 얻었다. '계속 이렇게 갈 수는 없어! 무엇을, 어떻게 바꾸어야 하는지는 아직 모르겠지만 뭔가 바꾸어야 해!' 나는 그렇게 확신했다.

나는 옷도 갈아입지 않고 곧장 거실로 가서 벽난로에 불을 붙였다. 몸이 얼어붙어 있었으므로 장작불이 절실했다. 재빨리 나무토막 몇 개를 넣고 액체로 된 인화 물질을 충분히 뿌린 다음 불을 붙였다. 실내를 데워야 했다. 그것도 가능한 한 빨리.

지금 생각해도 그 일이 정확히 어떻게 일어났는지 모르겠는데, 그 몇 초 후 나는 헐렁한 내 운동복 밑단에 불이 붙었음을 깨달았다. 부주의한 자신에게 약간 화가 나는 걸 느끼며 나는 바지에 붙은 불을 두 손으로 두드려 어떻게든 꺼보려고 했지만 잘 되지 않았다. 아니, 꺼지기는커녕 불이 더 커졌다!

나중에 알게 된 사실이지만, 나는 불을 붙이려 서두르다가 안전한 벽난로용 인화 물질 대신 바이오 에탄올 병을 잘못 집어 들어 장작더미 위에 넉넉히 뿌렸고, 그러면서 바지에도 에탄올이 튀었던 것이다. 바이오 에탄올은 순수 알코올로 거의 400도까지 뜨거워질 수 있으며 진화하기가 극도로 어렵다. 바이오 에탄올 몇 방울에 불꽃이 닿기만 해도 곧장 대참사로 이어질 수 있다.

내가 지금 묘사하려고 하는 그 일은 단 몇 초 만에 마치 전소 자동 과정처럼 일어난 일이며, 생명을 몹시 위협하는 일이었음에도 불구하고 내 안은 절대적으로 평온했다.

바짓가랑이 양쪽에 순식간에 불이 붙더니 금세 불기둥이 되어 몸을 타고 거침없이 위로 올라왔다. 잠시 충격으로 멍해 있던 나는 곧 두 손을 휘두르며 어떻게든 불길을 잡아보려 했다. 그렇게 하면 불을 끌 수 있을 거라 생각했는데, 착각이었다! 얇은 운동복을 두드리면 두드릴수록 불은 합성 섬유 바지를 더 쉽게 뚫고 들어갔다. 이미 열기는 참을 수 없을 지경이었지만 나는 소리 한 번 지르지 않았다. 그 모든 상황을 통제할 수 있다고 확신했기 때문이다. 비명을 지르지도 않았고 도움을 요청하지도 않았다. 지금 생각해 보면 정말이지 몹시 초현실적인 일만 같은데, 그때 내 행동은 마치 무언가에 의해 원격 조종되고 있는 듯했다. 에탄올은 가차 없었고, 엄청나게 뜨거웠으며, 무엇보다 통제 불가였다.

두 팔과 상체까지 불길에 거의 휩싸였을 때조차 나는 바닥에 몸을 던지거나 도망칠 생각을 하지 못했다.

불길이 내 얼굴에 도달하고 나서야 나는 상황이 걷잡을 수 없다는 걸 깨달았다. 이제 나는 선 채로 활활 타오르는 인간 화염이 되어 넓은 거실 한가운데에 서 있었다. 길고 풍성한 머리카락은 불길에게 더할 수 없이 좋은 먹잇감이었다. 나의 모든 것이 불에 타기 시작하고 나서야 비로소 도움을 요청해야 한다는 생각이 들었다. 하지만 이미 너무 늦은 뒤였다! 도와달라고 외치려고 숨을 들이키는 순간 내 입 속에서 느껴지던 그 숨 막히는 열기가 지금도 생생하게 기억난다. 갈망하던 공기 대신 참을 수 없을 정도로 뜨거운 것이 번쩍하며 입과 목으로 들어왔고, 그때 나는 갑자기 깨달았다. 다 끝났구나. 너무 늦었어!

인상적이었던 것은 아무런 고통도 느껴지지 않았다는 것이다. 공포감도 들지 않았다. 나중에 나는 3도 화상을 입으면 신경 말단이 파괴되어 더 이상 고통을 느끼지 않게 된다는 말을 들었다.

하지만 통증을 느끼고 안 느끼고는 이미 나에겐 중요하지 않았다. 더 이상 숨을 쉴 수 없게 된 순간, 나는 깨달았다. 이제 죽으리란 것을!

지금의 나는 바로 그 순간이 내 인생에서 가장 큰 선물 중 하나였음을 안다. 물론 그때는 당연히 몰랐지만.

나는 불길과 싸우기를 그만두었고, 다른 무엇도 하지 않았다. 더 이상 아무것도 할 수 없었기 때문이다. 그리고 그 순간 나는 내 인생에서 가장 중요한 결정을 내렸다. 싸우기를 포기하기로 한 것이다! 불길과의 싸움, 삶과의 싸움, 그리고 나 자신과의 싸움도 포기하기로 했다! 나는 두 손을 떨구고 그 상황을 있는 그대로 받아들였다. 끝!

지금의 나의 시각

그 일이 있은 지 수년이 지난 지금도 그 순간을 적절히 묘사하기란 여전히 어렵다. 그것은 모든 것을 담고 있으면서도 동시에 아무것도 담고 있지 않은 한 순간이었다. 또한 내면의 완전한 고요, 아주 평화로운 고요의 순간이었고, 동시에 그것이 무엇이든 이제 일어날 일에 완전히 항복하는 순간이었다. 그때 나는 '내려놓음'의 진정한 의미를 배웠다. 그것은 무언가를 '하는' 것이 아니라 '하지 않고 내맡기는' 것이다. 싸우기를 멈추고, 더 이상 저항하지 않으며, 지금 일어나는 것을 그대로 따르는 것이다. 이전의 나는 내려놓는 법을 몰라 많은 어려움을 겪었다. 나는 내려놓을 수 있으려면 무언가를 하거나, 바꾸거나, 알아야 한다고 생각했다. 하지만 그것은 그동안 무슨 일이 있어도 꼭 붙잡고자 했던 것을 그만 '놓아주는' 것이 전부였다.

그런데 그런 비슷한 상황을 경험한 많은 사람들이 묘사하듯 그 순간 내 인생이 주마등처럼 눈앞을 스쳐가지는 않았다. 그보다는 그동안 살아온 내 삶이 옳았고 그대로 좋았다는 확신이 가득히 들어찼다. 내 마음속을 음울한 감정들과 생각들이 가득 채우고 있었음에도 불구하고 그랬다. 비애도 걱정도 느껴지지 않았다. 마음에 걸리는 일도 전혀 없었고, 어떤 의무감도 들지 않았다. 그저 끝이라는 느낌만 들었다.

그때까지 내 삶에서 중요했던 것들이 모두 의미가 없어졌다. 절대 없어서는 안 되거나 정말 중요한 것은 없었다. 정말 나쁜 것도 없었고, 정말 대단한 것도 없었다. 나는 그동안 내 인생을 쓸 데없이 무겁게 만들었고 너무 많이 애를 썼다. 죽음에 직면했을 때 전혀 중요하지 않을 무언가를 위해 싸워왔던 것이다. 그 짧은 순간, 나는 내가 얼마나 성공한 삶을 살았는지는 전혀 중요하지 않다는 걸 깨달았다. 내가 자신을 얼마나 희생했는지, 사람들로 부터 얼마나 호감을 샀는지, 사회에서 얼마나 역할을 잘했는지 는 전혀 중요하지 않았다. 그 순간에는 모든 것이 있는 그대로 좋 았다. 아무런 평가도 필요없었다.

나는 하나의 문을 통과할 준비가 되었고, 그때까지의 삶에서 중요했던 모든 것을 사랑으로 놓아줄 준비가 되었다.

시간 감각 또한 완전히 사라졌다. 그 모든 깊은 깨달음이 한두 번 숨을 들이쉬고 내쉴 정도의 아주 짧은 순간에 일어났다. 하지 만 그 순간은 나에게는 작은 영원처럼 느껴지기도 했다.

그때 내 안에서 일어난 일을 몇 페이지에 걸쳐 써내려 갈 수도 있겠지만, 그것은 단지 한 순간에 불과했다. 나 자신을 완전히, 그리고 무엇보다 '의식적으로', 더 높은 권위의 손에 맡긴 마법 같은 순간이었다. 나는 그때까지 내가 행사하던 모든 통제권을 내려놓았고 나 자신을 넘겨주었다. 그리고 이제 무슨 일이 일어 날지, '고요한' 가운데, 심지어 호기심을 갖고 기다렸다. 그 일이 무엇이든 전혀 상관없었다!

거기 174센티미터 키의 내가 서 있었고, 불꽃은 나를 넘어 3미터 높이의 천장까지 치솟았다. 나의 모든 것이 불타고 있었다. 더이상 숨을 쉴 수 없었다. 몸을 움직일 수도 없었고, 도움을 요청할 순간도 놓쳐버렸다. 내 얼굴과 양손은 불길에 속수무책이었고, 얇은 운동복은 내 몸을 보호하기는커녕 불꽃의 먹이가 되었다. 그때 내가 마지막으로 의식했던 것은 나를 둘러싼 무자비한 불지옥과 엄청난 열기였다.

하지만 그 일은 죽음과 삶의 끝이 아니라 내가 받을 최고의 선물이었으니, 그 순간 갑자기 뭔가 아주 특별한 일이 나에게 일어난 것이다.

나는 마치 나 자신으로부터 튀어나온 것 같았고, 활활 타고 있는 내 몸을, 바로 전까지도 내 의식과 또 내 온전한 주의력과 함께 있던 그 몸을 갑자기 몸 밖에서 인지하기 시작했다. 단 1초 만에 나는 벌어지고 있는 그 모든 일을 2미터쯤 떨어진 곳에서 완전히 다른 시각으로 보고 있었다. 여전히 참을 수 없는 열기를 느끼고, 타들어 가는 옷과 머리카락에서 나오는 고약한 냄새를 맡고, 천장까지 닿을 듯한 불길도 보고 있었지만, 이제는 완전히 그모든 것 밖에서 보고 있었다.

내 몸을 지켜보는 관찰자가 된 듯한 중립의 느낌이 들었다. 나는 내 몸이 느리게 비틀거리며 무력하게 두 팔을 휘적이는 모습을 지켜보았다. 그 상태로는 더 이상 버틸 수 없을 터였다. 이제 결과는 불 보듯 뻔했다.

중립적이던 나의 관찰은 아들이 현관 문에 나타나는 것을 보자, 갑자기 기쁨으로 바뀌었다. 당시 열네 살이던 내 아들, 마누엘은 생명이 위태로운 상황임을 바로 알아차리고 큰소리로 도움을 요청하는 동시에 쏜살같이 달려와 내 몸을 바닥에 쓰러뜨렸다. 아들은 1초도 망설임 없이 나를 구하고자 자기 목숨을 위험에 빠트렸다. 아들이 어떻게 해야 할까 하면서 조금이라도 망설였다면 지금 나는 이 자리에 없었을 것이다. 아들의 비명 소리를 듣고 내 친구 모니와 그녀의 딸도 놀라서 거실로 뛰어들어 왔고, 불꽃을 잡으려고 필사적으로 애쓰는 마누엘을 보고는 즉각 상황을 파악했다. 둘은 마누엘을 내 몸에서 떼어낸 뒤 내 몸 위로 커다란 카펫을 덮어 불길을 잡았다.

나는 겁에 질리기는커녕 내 목숨을 건지려 불길과 사투를 벌이는 그들의 모습에 매료되었다. 그것은 뭐라고 표현할 길이 없는 아주 특이한 상황이었다. 나는 중립적인 관찰자였지만 호기심과 흥미가 느껴지기도 했다. 이게 말이 되는지는 잘 모르겠지만 말이다.

불길이 어느 정도 잡히자, 모니가 마누엘에게 구급차를 부르라고 하고, 자신은 딸과 함께 내 축 처진 몸을 욕실로 끌고 갔다.

내가 전혀 협조하지 못하는 상황에서 두 여자가 어떻게 나를 욕실까지 끌고 가 그 큰 욕조에 넣었는지는 지금도 수수께끼이다. 모니가 내 얼굴과 손에 샤워기로 차가운 물을 끼얹는 동안, 그녀의 딸은 타버린 내 손가락 속에서 반지들을 조심스럽게 빼냈다. 나는 그 둘이 공포를 느끼면서도 또한 감탄스러울 정도로 침착하게 대처하는 것을 보았다. 둘은 누구도 타들어 간 내 옷을 피부에서 떼어내려 하지 않고 의사가 오기만을 기다렸다.

"안케, 눈을 떠! 눈을 뜨고 내가 보이는지만 말해줘. 제발!" 모니는 내 몸에, 특히 내 얼굴에 차가운 물을 계속 뿌리면서 외쳤다. 물이 아주 차가웠기 때문에 그리고 모니의 절망적인 외침 때문에, 나는 아주 짧은 순간 다시 몸속으로 들어갔다. 나는 눈을 뜨려 해보았다. 그리고 의식적으로 심호흡을 한 번 했고 입 속의 차가운 물을 느꼈지만, 즉시 다시 몸 밖으로 나왔다. 나는 구급대원 세 명이 커다란 가방을 들고 급히 욕실로 뛰어 들어오는 것을 다시 멀리 떨어져서 지켜볼 수 있었다. 그들은 상처를 치료하기 위해 내 운동복 바지와 재킷을 최대한으로 잘라냈다. 그리고 내 몸을 운반용 침대에 눕혀 집 앞에 대기하고 있던 구급차로 옮긴 뒤 한 여자 의사에게 인도했다. 다행히 나의 상황이 얼마나 심각한지 금방 알아차린 의사는 구급 헬리콥터를 불러 최대한 빨리 나를 병원으로 이송하게 했다.

나중에 알게 된 사실이지만 이 의사는 뮌헨 소재 중증 화상 치료 전문 병원 중환자실에서 수년간 일한 경력이 있었다. 그녀는 나를 몇 분 안에 레겐스부르크 대학 병원으로 데리고 갈 수도 있었지만 그렇게 하지 않고 뮌헨 보겐하우젠에 무전을 쳤으며, 그곳 화상 환자를 위한 중환자실에 방금 침대가 하나 났다는 소식을 들었다. 다음 과제는 화상 환자를 위한 장비를 갖춘 헬리콥터를 최대한 빨리 오게 하는 것이었다. 다시 무전을 쳤을 때 적합한 구조 헬리콥터가 마침 불과 5분 거리인 고속도로 상공을 비행하고 있어서 임무를 인계받을 수 있다는 연락을 받았다. 날아다니는 중환자실 같은 헬리콥터가 얼마 안 가 우리 동네의 한 축구장에 내려앉았고, 나는 이미 구급차에 실려 그곳에 가 있었다. 내가 최대한 빨리 전문가의 손에 맡겨지기까지 꼭 필요했던 이 모든 우연의 일치들이 나는 그저 기적이라는 생각밖에 들지 않으며, 지금도 여전히 감사한 마음뿐이다.

내 몸에서 떨어져 나오다

나는 헬리콥터 안에서 그 사려 깊은 의사가 침착하게 내 상태를 주시하며 필요한 처치를 해나가는 모습을 몸 밖에서 전부 바라보았다. 그녀는 환자 기록서를 작성하고, 아주 깊은 잠에 빠진 듯한 내 몸을 아주 세심하게 돌봐주었다. 나는 실제로 내가 얼마나 다쳤는지 전혀 깨닫지 못했고 그것이 중요하지도 않았다. 나는 검게 그을린 내 얼굴과 두 손을 보았고 탄 냄새를 맡았다. 피부 속으로 타들어 간 옷 조각들이 군데군데 눈에 띄었다. 그리고 목구멍에 남아 있던 열기도 여전히 느꼈다. 하지만 나는 내 몸을 떠난 뒤의 그 특이한 중립 상태가 아주 편안했다. 나중에야 나는 죽음의 순간에 의식이 몸에서 나와 이 지상계를 떠나기 전 일종의 준비 단계로 그런 상태가 된다는 것을 어느 책에서 읽었다. 의식은 단절 과정이 완료될 때까지 잠시 동안 몸 가까이에 머물다가 차츰 영적인 차원에 집중하게 된다고 했다. 하지만 그때 나의 상황은 뭔가 완전히 달랐다!

내 의식이 몸에서 떨어져 나오고, 나는 관객처럼, 더 정확하게는 '동행자'처럼 그 옆에 있기는 했다. 하지만 몸과 연결된 일종의 탯줄은 끊어지지 않은 것 같았다. 내 몸에서 주의를 거두게끔 하는 것도 없었다. 나를 사랑스럽게 맞아주는 고인이 된 친척들도 보지 못했고, 감지할 수 있는 밝은 빛도, 어두운 터널이나 다른 변화도 없었다. 그런 건 없었다.

헬리콥터 안이 조용했던 덕분에 나는 나의 그런 이상한 상황에 어느 정도 적응할 수 있었다. 하지만 뮌헨에 도착해 구급대원

들이 내 몸을 병원 안으로 급히 이송하면서부터 모든 것이 정신없이 분주해지기 시작했다. 곧 의사들이 달려왔고 내 몸은 순식간에 응급실로 옮겨졌다.

수액 병, 고무관, 환자 기록서 등이 내 배 위에 놓였지만 내 몸은 괜찮아 보였다. 내 몸은 편안하게 잠든 것 같았고, 갑자기 내 몸을 둘러싸고 벌어지는 모든 소란이 나에게는 도무지 이해할 수 없는 수수께끼 같았다.

나는 그동안 나를 관찰해 온 그 의사가 뮌헨의 동료들에게 나의 상태에 대해 전달하는 말을 들었고, 내 몸이 검사실로 옮겨지는 것과 그곳에서 의사들이 내 몸을 치료하는 것을 지켜보았다. 하지만 그들 중에 '나'의 존재를 알아차리는 사람이 아무도 없다는 것이 혼란스러웠다. 그 시간 내내 내가 환하게 불 켜진 방에서 의사들과 간호사들 사이에 있으면서 수많은 질문을 했는데도 거기에 대답해 주는 사람은 없었다. 그들은 나를 보지도 듣지도 못하는 것 같았고, 그 사실이 나는 그저 이상하기만 했다. '내 몸을 어디로 데려가는 거지? 지금 내 몸에 무엇을 하고 있고, 내 몸을 돌보는 의사들은 왜 저렇게 근심 가득한 표정을 짓고 있지?' 나는 내 몸에 무슨 일이 일어났는지 알고 싶었지만 아무도 내게 말을 걸지 않았다.

이 '인간 차원'에서는 아무도 나를 알아볼 수 없다는 사실을 깨닫기까지 꽤 긴 시간이 걸렸다. 병원의 그 분주한 의사들은 말할 것도 없고 거실에 있던 내 아들도 헬리콥터 속의 그 의사도 나를 보지 못했다. 이해할 수 없는 상황이었지만, 어느 순간이 되자 나는 이해하기를 포기하고 침묵의 관찰자라는 편안한 역할로 돌아갔다.

나는 죽은 걸까?

내 몸은 가만히 누워 있었다. 헬리콥터로 이송된 뒤 나는 처음으로 혼자서 조용히 내 몸을 제대로 살펴볼 기회를 갖게 되었다. 이제 내 몸은 중환자 구역에 있는 엷은 황색 벽의 조용한 2인실에 들어와 있었다. 내 몸은 잘 치료받는 듯했다. 일정한 간격으로 삐삐 소리를 내는 기계가 내 몸이 잘 기능하고 있는지 지키고 있었고, 몇 개의 고무관을 통해 내 몸이 필요로 하는 것들을 제공하고 있었다. 하지만 내가 나를 그렇게 보고 있다는 게 몹시 기묘했다. 내 몸은 텅 빈 가죽 같았다. 내용물이 없는, 생명이 없는 가죽. 한편으론 자기만의 방식으로 평화롭게 무언가를 기다리고 있는 것 같기도 했다. 내 마음은 그 몸으로부터 완전히 분리되어 있었지만, 또 그렇지만도 않았다.

침대 발치에서 내 몸을 바라보는 동안 수많은 생각이 지나갔다. '이게 대체 무슨 일이지? 나는 분명히 죽은 거야! 하지만 나는 여기 있잖아! 생생하게 살아있는 게 느껴지는데! 그런데 왜 내 몸의 감각을 느끼지 못하지? 무엇보다 내가 정말 죽었다면 나는 왜 아직 여기에 있는 거지? 왜 내 몸을 떠나지 않는 거지? 난 뭘 기다리고 있는 걸까?'

몸에서 떨어져 나왔다는 게 아주 자연스러우면서도 동시에 아주 낯설게 느껴졌다. 생각해 보면 중립 상태라고 하는 게 어쩌면 맞는 표현일 것 같다. 나는 불안은커녕 통증이나 압박도 전혀 느끼지 못했다. 오히려 살면서 한 번도 경험해 보지 못한 확장과 자유를 느꼈다. 모든 것이 참 가볍게 느껴졌다. 나를 무겁게 짓누르던 것이 떨어져 나간 듯했다.

그와 동시에 어떤 당혹감 같은 것이 천천히 나를 덮쳐왔다. 나는 이렇게 가볍고, 자유롭고, 심지어 날아갈 것 같은데, 이런 나를 왜 아무도 보지 못하는지, 왜 아무도 내 말을 알아들을 수 없는지…… 이 이상한 상황이 점점 더 나를 사로잡았다.

나는 같은 질문을 멈추지 않고 계속했다. '도대체 이게 무슨 일이지? 나는 죽은 게 틀림없어. 다른 것은 불가능해. 하지만 내가 죽었다면 왜 아무것도 변하지 않는 거지? 나는 왜 아직도 여기에

있는 거야?'

뭔가가 나를 묶고 있는 것 같은데 그게 무언지 전혀 감을 잡을 수 없었다. 이상하게도 나 자신도 무언가를 기다리고 있는 것 같았다. 하지만 무엇을 기다리는지는 몰랐다.

내 몸을 바라보는 이 생소한 시각은 특히 더 혼란스러웠다. 그때까지 나는 한 번도 내 몸을 그렇게 몸 밖에서 살펴본 적이 없었다. 나는 내 몸과 아무런 연결도 느끼지 못했고, 내 몸이 더 이상 내 것처럼 느껴지지도 않았다. 내 몸은 지난 몇 년간의 모든 아픔과 슬픔, 힘겨움을 그 안에 간직하고 있는 듯했다. 그 반면 나는 마침내 그런 내 몸과 그 몸이 지고 있는 짐에서 벗어났다고 느꼈다. 그렇게 자유롭고 가벼웠던 적이 없었다. 한 번도.

나는 마치 비좁은 새장에서 평생을 살다가 갑자기 풀려난 새 같았다. 하지만 새장 문이 활짝 열렸는데도 이 자유로 무엇을 할지 몰라 당혹스럽게 계속 앉아 있는 것처럼 보였다.

나는 일단 방을 둘러보았다. 소독약 냄새가 진하게 났다. 침대 두 개의 머리맡에 가득 놓여 있는 의료 기기들에는 모두 불이 들어와 있었다. 그 기계들에서 규칙적으로 들려오는 삐 소리를 제외하면 방은 더없이 고요했다. 옆 침대에는 할머니 한 분이 누워 있었다. 할머니도 잠든 듯 보였는데 아주 행복한 미소를 짓고 있었다. 저 할머니는 뭐가 저렇게 행복할까 생각하는 순간 나는 어느 아름다운 댄스홀에 가 있었다. 거대한 크리스털 샹들리에가 천장에 매달려 댄스홀을 밝은 빛으로 가득 채우고 있었다. 음악이 흐르고 있었고, 나는 숨 막힐 정도로 멋진 크림색 무도복을 입은 아주 아름다운 젊은 여자에게 시선이 향했다. 그녀는 자신을 사랑스럽다는 듯이 내려다보는 한 남자의 품에 안겨 있었다. 남자는 왈츠 박자에 맞춰 그녀를 안정적으로 이끌었고, 둘은 온 홀을 돌며 춤을 췄다. 둘은 다른 사람은 전혀 보이지 않는 듯 서로만 보고 있었다. 그들은 음악과도, 둘의 몸과도 하나였으며 다른 것은 아무것도 중요하지 않은 듯했다. 그제야 나는 할머니가 자면서 왜 그렇게 미소 짓고 행복해하는지 이해가 되었다.

내가 속으로 그 미소의 이유가 무엇인지 궁금해 하자마자 그 할머니의 내면의 경험 속으로 들어갔다는 사실이 놀라웠다. 나는 그 할머니의 경험을 나의 경험인 양 느꼈다. 그 할머니와 내가 어떤 마법과도 같은 방식으로 서로 연결된 것 같았다.

빛의 존재와의 첫 만남

병원은 그 사이 꽤 조용해졌다. 간혹 복도에서 사람들이 지나가는 소리, 의사들이 대화하는 소리, 기계들이 작동하는 소리가 낮게 들릴 뿐이었다. 나는 여전히 나에게 일어난 일과 그 변화된 상황을 어떻게든 이해하려고 애쓰고 있었다. 그런데 그때 갑자기 병실의 분위기가 완전히 바뀌었다. 병실 전체가 돌연 아주 커지면서 점점 확장되는 것 같았다. 나를 둘러싼 모든 것이 갑자기 무수한 색으로 가득 찬 것처럼 보였고, 더 이상 물질적이고 실체적인 것처럼 보이지 않았다. 진동만이 아니라 방의 빛도 바뀌었다. 모든 것이 더 밝고 더 부드러워졌으며 전혀 다른 질감으로 바뀐 것 같았다.

갑작스러운 변화에 놀란 나는 방 안을 둘러보았다. 아주 기이한 느낌이 나를 휘감았기 때문이다. 뭔가 아주 특별한 일이 일어나고 있는 듯했다.

"안케, 다 괜찮으니 걱정 말아요." 낭랑하고도 부드러운 목소리가 병실 전체에 울려 퍼졌다.

나는 놀라서 소리가 나는 쪽으로 몸을 돌렸다. 그곳에는 나를 보며 반갑다는 듯 미소 짓는, 천장 높이의 커다란 빛의 형상이 있었다. 그 형상으로부터 형언할 수 없이 밝은 빛이 퍼져 나오고 있어서 나는 그 형체를 정확히 알아볼 수 없었다.

나는 놀라서 한참 동안 침대 옆에 선 채 무언가에 홀린 듯 문쪽을 응시했다. 그렇게 아름다운 모습은 한 번도 본 적이 없었다.

그 모습을 제대로 묘사하려고 아무리 노력해도 적절한 단어를 찾을 수 없다. 인간의 눈으로 본 적이 없는 것을 어떻게 말로 묘사할 수 있을까? 주변 환경을 순식간에 바꾸는 힘을 가진, 이 세상의 것이 아닌 듯한 부드럽고 환한 빛으로 이루어진 존재. 병실의 벽과 물건들이 갑자기 투명하게 보였고, 그 존재로 말미암아 주변에 있던 모든 물질의 밀도가 바뀌는 것 같았다. 내가 본 그것은 단순한 빛이나 색의 스펙트럼, 혹은 진동 이상의 무엇이었지만, 안타깝게도 어떤 말로도 제대로 전달할 수가 없다.

내가 조금씩 진정되기 시작하자 그 빛의 형상이 조심스럽게 내 쪽으로 움직이면서 고개를 살짝 옆으로 기울였다. 그제야 나는 그 존재가 남성 쪽에 가깝다고 느꼈다. 어쩐지 그로부터 보호받고 있으며 다 괜찮다는 느낌이 들었다. 그가 나를 이미 알고 있는 것 같았다.

"나를 데리러 온 건가요?" 여전히 말을 잘 잇지 못한 채 내가 물었다. "내가 죽었기 때문에요?"

"전혀요." 그가 격려하듯 대답하면서 조심스럽고 정중하게 나에게 다가왔다.

"무서워하지 말아요. 곧 당신의 모든 질문에 대한 답을 받게 될 겁니다! 우리가 여기 병실에서 이러고 있을 필요는 없는 것 같고, 원한다면 당신에게 몇 가지 보여주고 싶어요."

'원한다면? 당연히 원하지! 지금 내가 그보다 더 원하는 건 없어!' 그때 나는 알게 되었다. 그동안 내가 무엇을 기다리고 있었는지. 이제 나는 더 이상 혼자가 아니었고, 어쩌면 지금 이 이상한 상태에 대한 설명을 듣게 될지도 몰랐다. 그는 어느새 아주 가까이 와 있었고, 내가 미처 알아차리기도 전에 자신의 빛나는 에너지장 속으로 자연스럽게 나를 끌어들였다.

태어남 그리고 돌아감

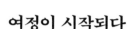

여정이 시작되다

"나를 믿어도 좋아요. 변화를 받아들이세요." 그의 말은 내 마음을 편하게 했고 나는 이미 그에게 끌려들고 있었다. 가장 먼저 느낀 것은 지금까지 나를 옭아매던 모든 것을 갑자기 아주 쉽게 놓을 수 있게 되었다는 것이었다. 그 자유로움이 믿을 수 없이 좋았다. 나를 그토록 혼란스럽게 하던 물리적·물질적 환경, 내 몸, 그리고 지금까지 일어난 모든 일이 점점 더 그 의미를 잃어갔다. 내가 병실에서, 병원에서, 그리고 지금까지도 그렇게나 실재처럼 느끼던 모든 것들로부터 저절로 빠져나오면서 그동안 했던 수많은 생각들도 모두 서서히 해체되었다. 갑자기 모든 것이 한없이 가볍게 느껴지며 마치 날아갈 듯했고, 더 멀리 가면 갈수록 내가 이 새롭고 경이로운 상태에 있다는 것이 더 당연하게 느껴졌다. 나를 보호하듯 감싸고 있는 그 빛으로 가득 찬 존재의 진동에 몸을 맡기면 맡길수록 나는 더 자유로운 느낌이 들었다.

더 이상 어떤 구조나 물질적 밀도에 묶여 있지 않고 놀듯이 나 자신을 계속 확장할 수 있었는데 그 느낌은 말로 다 표현할 수가 없었다. 나는 살면서 한 번도 경험해 보지 못한 내면의 해방감과 행복감을 느꼈다. 나는 무조건적이고 웅대한 사랑이라고밖에는 달리 표현할 수 없는 그 에너지장에 녹아들어 더할 수 없이 안전하다고 느꼈다. 이미 공간 감각이 완전히 사라지긴 했지만 나는 점점 더 높이 올라가는 듯한 느낌이 들었다. 심지어 나 자신이 계속 확장할 수 있는 무한한 공간이 되어가는 것 같았다. 놀라웠다. 나는 그 어느 때보다 더 자유롭고, 가볍고, 살아있는 듯 느껴졌다. 지금 무슨 일이 일어나고 있는지, 그것이 나를 어디로 이끌지 몰랐지만 전혀 두렵지 않았다. 오랫동안 나를 짓누르던 모든 것이 한순간에 내게서 떨어져나간 것 같았고, 내가 아주 멋진 여행을 하고 있다는 것을 알았다! 죽음 후가 이렇다면 무엇 때문에 그렇게 죽음을 무서워했던 걸까?

새로 찾은 자유가 너무도 압도적이었기에 나는 처음에는 우리의 속도가 조금씩 느려지고 있다는 걸 전혀 알아차리지 못했다. 우리가 눈부시게 밝고 휘황한 빛으로 이루어진 듯한 영역에 들어서자 주변 공간도 점점 더 달라졌다. 빛이 너무 밝아서 거의 눈이 멀 것 같았다.

지금 나는 우리가 지구에서 보는 그런 종류의 빛을 말하는 게 아니다. 그것은 밝은 빛이기도 했지만 동시에 무수한 색과 주파수로 이루어진 것처럼 보였다. 그 빛을 볼 수 있을 뿐 아니라 내 모든 감각으로 느끼고 파악할 수 있었기 때문에 나는 정말 살아 있는 것 같았다. 그것은 아무 곳에서도 오지 않았지만 또한 동시에 모든 곳에서 오는 것 같았고, 참으로 그 끝을 가늠할 수 없었다.

그 빛 속에서 내가 느낀 압도적인 감정과 감각은 너무 경이로워서 비슷하게라도 설명할 단어를 찾을 수 없다. 그저 당신을 그 느낌 속으로 초대해 당신이 직접 느껴보게 하고 싶다. 내가 화가라면, 그래서 이 모든 우주적인 색상을 마음대로 사용해 내가 본 장면과 깨닫고 인식한 것들을 전달할 수 있다면 정말 좋을 것이다.

그것은 존재하는 모든 것에 스며드는, 살아있는 보편적 의식의 빛이다. 당신을 포함해 존재하는 모든 것 속에 그 빛이 있다. 그 빛에는 완전하고 순수하며 무조건적인 '사랑'의 느낌이 가득하지만, 우리 인간이 느끼는 감정을 가지고는 도저히 그것을 표현할 수 없다.

첫 번째 문

경이로움을 느끼는 가운데 이 살아있는 의식에 마음을 열면 열수록 모든 것에 완전히 스며드는 듯한 그 사랑 속으로 나는 점점 더 깊이 빠져들었다. 그곳에는 아무런 제한도 없었고, 어느 쪽을 보든 그 초월적인 빛 외에는 아무것도 없었다. 갑자기 발아래로 땅이 느껴졌고 그곳이 우리의 목적지인 것 같았다. 실제로 땅은 아니지만 디딜 수 있었고, 나는 더 이상 있지도 않은 내 발을 느꼈다. 놀라우면서도 동시에 아주 친숙한 느낌이었다.

그제야 나는 많은 것이 변했음에도 여전히 병원에서처럼 내 정체성을 인식하고 있다는 것을 알아차렸다. 나는 여전히 나를 '나'로, 나만의 생각과 감정을 가진 개체로 느끼고 있었고, 몸을 떠났다는 걸 알면서도 두 다리로 서서 투명해 보이는 내 두 손을 보고 있었다.

'내가 지금 죽은 건가요? 어디 계세요? 내 질문에 대답해 주겠다 하지 않았……' 묻고 싶은 것을 다 생각하기도 전에 지금까지 나를 보호하듯 감싸고 있던 그 존재가 다시 내 앞에 서 있다는 걸 알아차렸다. 그 빛의 형상은 나보다 몇 배는 크고, 온통 찬란한 황금빛 그 자체로 보였다. 세상이 그 빛에 반사되어 비치는 듯했는데, 나는 그제야 처음으로 그를 제대로 볼 수 있었다. 그의 모든 것은 마법처럼 나를 매료시켰으며, 나는 그에게 더할 수 없이 친밀감을 느꼈다. "당신은 죽지 않았어요. 놓아줘요, 안케. 다 놓아줘요." 그의 목소리는 사랑으로 가득해서 감사하며 안기고 싶은 아늑한 품처럼 느껴졌다.

'묻고 싶은 게 너무 많아요'라고 생각하기가 무섭게 그의 평온한 대답이 들려왔다. "알아요. 모든 대답을 듣게 될 겁니다. 당신에게 중요한 것을 다 설명하고 보여줄게요. 하지만 지금은 놓아줘요. 안케, 지금은 그저 여기 이 빛을 받아들이고 그 주파수에 익숙해지면 돼요. 모든 것은 적절한 때에 이루어질 겁니다. 이 말이 무슨 뜻인지 곧 이해하게 될 거예요."

나는 우주 의식에 다가가면 갈수록 이곳의 모든 것이 지금까지 내가 알고 있던 것과 다르다는 걸 점점 더 확실히 알게 되었다. 어떤 생각이든 떠올리자마자 그 생각 속에 담긴 모든 것이 동시에 나타났다. 질문이 떠오름과 동시에 그에 대한 모든 답을 깨달을 수 있었다. 지금까지 내가 알던 감정들은 거기에 없었다. 어떤 감정도 그 포괄적인 인식awareness(또는 앎) 앞에서는 너무 제한적이기 때문이다. 여기 이 미묘한 차원에서는 그 무엇도 어떤 사람이나 상황에 초점을 맞추지 않았고 모든 것이 모든 것에 스며들어 있었다. 그것은 하나의 '상태'였다! 무조건적인 사랑으로 지탱되는, 모든 것을 포괄하는 상태. 우리가 물질 세상에서 알고 있던 시간 개념도 완전히 사라졌다. 모든 것이 지금 동시에 일어났다. 무언가에 주의를 집중하면 그 순간 지금까지 존재했고 앞으로 존재할 모든 것을 동시에 인식할 수 있었다.

나는 매료되었다. 모든 것이 어떤 방식으로든 서로 연결되어 있다는 것을 나도 감지하고는 있었지만 내 의식을 이 영역으로 확장할수록 그곳에 존재하는 복잡한 동시성을 더욱 잘 이해하게 되었다. 하지만 그때까지도 나는 내가 내 영혼의 진동과 의식적으로 연결되는 과정에 있다는 건 몰랐다.

착각 중에서도 가장 큰 착각이
우리가 분리되어 있다고 믿는 것이다!
이것이 살면서 우리가 하는 가장 큰 오해이다.

지금의 나의 시각

우리 인간이 '현실'이라고 생각하는 것은 우리의 '진짜' 현실과 거의 관계가 없다. 우리는 우리 몸을 단단한 물질로 인식하고, 주변 환경을 보며 그것이 정적이고 움직이지 않으며 견고하다고 생각한다. 우리는 우리 주변에서 일어나는 기적에 대해서는 조금도 관심을 기울이지 않은 채 삶을 본다. 우리는 우리 인생에 들어오는 사람들을 보지만 그들과 우리 사이의 연결, 우리가 하나임은 보지 못한다. 더욱이 우리는 우리 안에 있거나 우리를 둘러싸고 있는 모든 것들로부터 우리가 분리되어 있다고 느낀다. 이것은 참으로 엄청난 착각이다. 하지만 이 치명적인 오해가 전반적으로 매우 제한적인 우리 세계관의 바탕이 되었다. 지금의 나에게 이것은 마치 양손에 부드러운 모래를 거머쥐고는 그것이 전체 사막이라고 확신하는 것처럼 느껴진다.

우리 인간은 3차원 진동 주파수에 의해 시공간에 묶여 있기 때문에 모든 일이 시간 순으로 일어나는 것처럼 보인다. 마치 우리는 시간의 한 지점에만 집중할 수 있고 다른 것은 모두 화면에서 '차단해야' 하는 것처럼 보인다. 그렇게 우리는 과거와 미래가 존재하며 더 높은 의식의 차원에는 접근할 수 없다는 환상 속에 살고 있다. 이런 분리의 착각을 극복하고 모든 것이 어떤 방식으로든 서로 연결되어 있음을 감지할 수 있더라도 전체 그림을 온전히 파악하는 건 불가능하다.

하지만 우리 영혼은 다차원적인 의식의 장場이다. 우리 영혼은 모든 것을 동시에, 그러니까 다차원적으로 파악할 수 있으며 훨씬 더 높은 주파수로 진동한다. 나는 영혼을 우리의 무의식과 근원(우리의 영혼이 나온) 사이를 잇는 연결 고리로서 직접 경험했다.

영혼은 시공간의 법칙에 지배받지 않으면서도 시공간에 완전히 스며들어 있다. 우리 의식의 근원이 영혼이기 때문이다. 영혼 안에는 전생의 경험들이 모두 저장되어 있다. 영혼은 우리가 가고자 하는 더 상위의 길을 알고 있으며, 이번 생의 계획과 이 삶에서 마주할 모든 도전들, 그리고 그 극복에 필요한 해결책도 이미 가지고 있다.

회상

"놓아줘요, 안케. 다 놓아줘요." 나의 동행인 빛의 형상의 말이 메아리처럼 내 안에서 울려 퍼졌고, 그러자 깊은 사랑의 흐름이 다시 나를 채웠다. "집에 돌아왔다"는 그 느낌은 말로 다 표현하기 어렵다. 그 순간 느꼈던 내면의 기쁨, 그 행복은 무엇과도 비교할 수 없다. 그 빛의 형상은 내가 여기서 '그'라고 부르기는 하지만 '그'가 전혀 아니었다. 그는 남성성과 여성성을 동시에 갖고 있었고, 사랑이라는 말로 상상할 수 있는 모든 성질을 갖고 있었다. 무한한 지혜와 한없는 공감 그리고 선함에서 나오는, 상상 가능한 모든 것이 그에게서 느껴졌다. 그가 '나를 향해' 보여준 무조건적인 사랑은 정말이지 놀랍고 감격스러웠다. 그렇게 완전하게 사랑받는다는 느낌은 처음이었다. 그의 사랑은 지극히 친근하고 무조건적이며 나를 100퍼센트 인정해 주는 사랑이어서 지금도 여전히 나를 감동시킨다.

그는 나를 점점 더 자신 가까이 끌어당기며 내가 그의 에너지 강도에 천천히 적응하면서 익숙해질 수 있도록 했다. 나는 그가 자기 에너지의 작은 한 부분만 나눠주고 있다는 걸 분명히 알 수 있었다. 그 이상은 내가 절대 감당할 수 없었을 테니까 말이다. 그 순간 나에게 확실한 것은 다시는 그곳을 떠나지 않겠다는 것이었다! 절대로!

내가 그의 에너지에 어느 정도 익숙해지자 그가 천천히 나에게 정보를 전달하기 시작했다. 기본적으로 그는 보편 언어라 할 수 있는 텔레파시를 사용했다. 우리는 대화를 나누긴 했지만 그것은 생각만으로 이루어진 대화였다. 내가 이해하지 못하는 것 같으면 그는 즉시 이미지들을 추가했다. 그가 특정한 연결 관계를 명확히 설명하고자 할 때는 이미지 라이브러리 전체가 부채꼴 형태의 다차원 홀로그램으로 펼쳐졌다.

그는 내가 생각하기도 전에 내 생각을 아는 것 같았고, 나는 바로바로 다차원적인 답을 얻었다. 때로는 그 답이 너무 방대해서 내가 다 받아들이지 못할 때도 있었다. 인간으로서 나는 모든 것을 3차원으로 보는 것이 익숙했지만, 우리가 함께 있던 그 차원에서 지식을 전달하는 방식은 무한해 보였다. 무엇을 보든 나는 그것을 동시에 느낄 수 있었고, 모든 연결 관계를 파악할 수 있었으며, 마치 놀이하듯이 나의 관점을 쉽게 확장할 수 있었다.

내 인생의 의미를 깨닫다

내가 그의 에너지 진동에 어느 정도 익숙해지자 그는 제일 먼저 나의 과거를 보여주었다. 놀랍게도, 주변 세상을 이해하려고 애쓰던 어린 시절의 내 모습들이 빠른 속도로 펼쳐졌다. 분노, 싸움, 두려움 같은 부자연스러운 것들이 왜 존재하는지 전혀 이해가 안 돼 힘들어하던 상황들도 지나갔다. 아이로서 내가 삶에 대해 품었던 호기심과 기쁨, 내 삶의 모든 영역에서 자신을 시험해보고 싶어 하는 충동적인 욕구도 보았다. 나는 쉴 새 없이 질문하면서 삶이 거대한 모험의 장이라고 확신하는 한 아이를 보았다. 나는 확장된 의식 상태에 있었기 때문에 어린 시절 내가 한 그 모든 질문에 대한 답을 한 순간에 다 얻을 수 있었다.

내 인생에서 벌어진 더 많은 사건들, 상황들이 눈앞으로 차례차례 흘러갔다. 별 의미 없어 보였던 사건들도 더 크고 더 높은 그림에서는 중요한 퍼즐 조각이었음이 드러났다. 그 영역에서는 그것들 사이의 연결 관계가 분명히 보였다. 지금까지 일어난 모든 일이 겉으로 드러나 보이는 것보다 훨씬 큰 의도를 지니고 있다는 사실에 나는 놀라지 않을 수 없었다. 홀로 뚝 떨어져 일어나는 일은 하나도 없었다. 정말 모든 것이 모든 것과 연결되어 있었다.

까마득히 잊고 있었거나 일회성 사건으로 치부한 일들에 깊은 의미가 있었음도 알게 되었다. 예컨대 초등학교에 입학한 지 얼마 안 된 내가 불안해하며 교실에 앉아 있는 장면이 있었다. 나는 아이들이 무서웠고 새로운 환경에 주눅이 들어 그저 도망치고만 싶었다. 하지만 그럴 수 없는 상황이라 꾹 참고 앉아 있었다. 그런데 그 느낌은 나이가 들어서도 주기적으로 반복되었고, 화재 사고 직전 내가 무력감을 느꼈을 때는 그 느낌이 정점에 달해 있었다. 지난 몇 년 동안 나는 그 불안감을 없애려고 얼마나 필사적으로 노력했던가? 계속해서 실패하면서 말이다. 이제 나는 그 연결 관계를 이해했고 내 삶과 내 존재의 의미를 아주 다른 시각으로 보게 되었다.

내가 의식을 점점 더 확장해 나아가자 빛으로 가득한 나의 동행은 더욱 광범위하게 나를 가르치기 시작했다. 그는 언뜻 서로 관련이 없고 개별적으로 보이는 많은 일들 사이의 복잡한 연결 관계를 명확히 보여주었을 뿐 아니라, 그 모든 경험에 어떤 깊은 의미가 있는지를 거듭 강조하며 알려주었다. 믿을 수 없이 복잡한 상관 관계들이 너무도 분명히 이해되었는데, 그것은 지금 돌이켜봐도 그저 경이로울 뿐이다.

엄청나게 크고 둥근 방에서 수많은 모니터에 둘러싸인 채 앉아 있다고 상상해 보라. 각각의 모니터는 마치 영화처럼 당신 인생의 특정 시기를 보여준다. 그런데 자신의 인생을 바라보기만 하는 것이 아니라 당시의 감정과 생각도 그대로 다시 경험한다. 하나하나의 상황들이 나중에 어떤 결과로 이어지는지도 깨닫는다. 이미지들의 이러한 다차원성은 물론이고 이 모든 것이 어떻게 가능한지는 우리 인간의 제한된 지성으로는 이해할 수 없다. 하지만 그 많은 모니터들을 동시에 보면서 그 속에서 벌어지는 모든 사건을 가장 사소한 디테일까지 하나도 빠짐없이 포착한다고 상상해 보라.

내가 조금 진정하자 빛의 형상을 한 그 존재는 내가 더 높은 수준의 영적인 연결성을 보기를 바라는 것 같았다. 마치 조금씩만 이해할 수 있는 어떤 진실에 한 단계 한 단계 더 깊숙이 들어가는 느낌이었다. 그때까지는 표면만 훑어본 것 같았고, 이제 훨씬 더 높은 영적인 관점에서 내 인생의 의미를 생각할 기회가 주어진 듯했다. 그때 내가 어머니 곁에서 어머니가 불안과 무력감을 느끼고 있는 것을 바라보는 상황들이 나타났다. 하지만 이제 나는 어머니의 영적인 본성도 알아볼 수 있었다. 나에 대한 어머니의 무조건적인 사랑도 느꼈고, 나를 위해 수행한 어머니 자신만의 더 높은 수준의 과제도 볼 수 있었다. 나는 어머니와 딸로서 나눈 사랑 가득한 유대감, 그리고 우리가 온 힘을 다해 지상에서 이루어낸 팀워크도 보았다.

나와 어머니의 관계를 더 잘 이해할 수 있도록 우리가 함께했던 다른 수많은 생의 장면들이 나타났다. 어머니가 항상 나의 어머니였던 건 아니었다. 많은 생에서 어머니는 완전히 다른 역할을 했지만, 거의 언제나 나에게 큰 의미를 지닌 사람이었다. 한 장면에서 나는 그녀가 내 남동생이었음을 알아차렸다. 우리는 매우 어려운 가정 환경에서 엄청난 부담감과 책임감을 나누고 있었다. 우리는 둘 다 아주 어렸고, 아픈 엄마를 돌보면서 무자비하다 싶을 만큼 냉정한 아버지를 견뎌내고 있었다. 아버지는 눈에 보이는 모든 것에 자신의 분노를 가차 없이 퍼부었다. 우리는 아버지의 분노를 살까봐 늘 노심초사했고 아버지가 엄마를 해치지 못하게 하려고 애썼다. 어린 남동생에게 나는 유일한 의지처였는데, 내가 아버지 손에 죽자 동생은 홀로 남아 아버지를 감당해야 했다. 그 장면들을 보면서 나는 내 안에서 떠오르는 기억들에 크게 충격을 받았다.

이번 생에서 어머니가 무력해 보일 때나 알 수 없는 어떤 것에 대해 두려워할 때 나는 얼마나 자주 어머니에게 화를 냈고 답답해했던가? 이제 우리가 서로에게 한 행동들이 갑자기 모두 이해가 되었다. 서로를 위한 우리 영혼의 과제를 알게 되자 지금까지 내가 이해 못했던 모든 것이 이해되었다. 어머니는 이번 생에서 무엇보다 자신의 두려움과 그에 따른 무력감을 해결하고자 했다. 한편 나 역시 똑같이 해결되지 않은 그 두려움과 무력감을 이용해 이번 생의 내 인생 계획을 완수해야 했다. 나는 이번 생에서 무조건적인 사랑을 배우기로 선택했기 때문에, 우리는 서로에게 다시 한 번 완벽한 교사였다. 어머니는 두려움과 무력감을 가진 어머니로 살면서 어린 내가 두려움과 무력감을 갖도록 돕고, 나는 살면서 이 감정들에서 벗어나는 길을 찾게 되어 있었다. 또한 나는 늘 어머니에게 자신이 가진 힘을 알아차리고 스스로 만든 한계를 넘어설 것을 요구하게 되어 있었다.

이런 깨달음 후 나는 훨씬 더 높은 맥락에서의 우리의 연결성을 알아차리게 되었다. 우리는 단순한 어머니와 딸의 관계 혹은 영적인 수준에서 연결된 관계 이상이었으며, 우리가 함께한 수많은 경험을 통해 연결된 관계 그 이상이었다. 우리는 사실 '하나'였다. 아무것도 우리를 나누지 못했다. 그 무엇으로도 우리를 구별할 수 없었다. 우리는 둘 다 같은 근원에서 나왔다.

이 앎의 의미는 내 빛의 동행자가 나와 아버지와의 연결 관계를 보여줬을 때 더 명확해졌다. 여기서도 나는 먼저 아버지와 내가 영적인 차원에서 서로를 아끼며 나누었던 무조건적인 사랑을 느꼈다. 하지만 이번 생에서 아버지는 감정적으로 나에게 가장 큰 상처를 준 사람이었다. 아버지는 항상 내 가치를 결정짓는 척도였고 막강한 선생이었다. 어릴 때부터 나는 내가 아버지를 닮아서 개방적이고 자발적이며 호기심이 많다고 생각했다. 아버지는 늘 내 정신을 자극해 고정 관념에서 벗어나게 하고 내 한계를 뛰어넘게 했으며, 인생에서 일어나는 모든 일에서 의미를 찾도록 가르쳤다. 하지만 아버지는 또한 내 안의 독창성과 나만의 의식, 나 자신과의 연결 감각을 질식시킨 장본인이기도 했다. 아버지의 행동으로 인해 나는 열등감과 무력감을 충분히 맛보았다.

영혼의 관점에서 나는 이제 때로 큰 트라우마를 주기도 했던 그 모든 경험들이 나의 아주 개인적인 인생 계획 속에 얼마나 완벽하게 짜여져 있는지, 그리고 무조건적인 사랑이라는 나의 주제에 얼마나 완벽하게 부합하는지를 보았다.

비록 지금도 나는 내 인생 계획을 완벽하게 파악하지는 못하지만, 지금까지의 경험들이 내 영혼의 성숙을 위한 크고 포괄적인 과정에 얼마나 완벽하게 기여하는지는 잘 알고 있다.

수많은 전생에서 아버지와 나는 서로에게 선생이었다. 우리는 서로 싸우기도 하고 사랑하기도 했지만 언제나 서로에 대한 존중으로 연결되어 있었다. 나는 우리가 과학자로서 자연 법칙 분야에서 아주 유사한 연구에 골몰하는 장면을 보았다. 우리는 서로를 의심했고 상대가 하는 일을 계획적으로 방해하고자 했다. 우리 사이에는 대체로 생산적인 협력이 아니라 경쟁의 기류가 흘렀다. 나는 아크나톤Akhnaton(BC 14세기 고대 이집트 제18왕조의 파라오—옮긴이) 시대 그의 학생으로서 그의 지혜로운 가르침을 경청하기도 했다. 그에 대한 나의 존경심은 무한했고, 내가 이른 나이에 죽을 때까지 복종하며 그를 따랐다.

　수많은 생에서 우리는 경쟁자였고 적수였으며, 또한 서로의 선생이었다. 우리가 늘 서로를 자극하고 고무했던 것만큼은 확실했다. 바로 이번 생에서처럼.

정교한 시나리오

　빛의 존재는 내 인생에서 중요한 사람들의 역할을 보여주며 커다란 기쁨을 느끼는 듯했다. 그는 내 남편이나 아이들의 과제만이 아니라 지금까지 나와 내 인생에 중요한 영향을 끼친 모든 사람의 과제까지 보여주었다. 영혼의 관점에서 보면 이 사람들은 내가 주인공을 맡은 인생 영화의 아주 훌륭한 조연들이었다.

나는 모든 것이 정확하게 조율되었음을 알고 깊은 감동을 받았다. 모든 것이 서로 잘 들어맞았고 의미가 있었다. 우리 모두에게 그랬다. 진정한 영혼의 위대함 앞에서 우리 인생이 얼마나 미미한지 깨닫게 된 것이 더없이 좋았고, 나의 시각은 엄청 넓어졌다.

우리가 더 높은 영혼의 수준에서 아무런 조건 없이 서로 연결되어 있는 것을 보았을 때 특히 더 큰 깨달음이 왔다. 분리는 없으며 모두 연결되어 있을 뿐 아니라 실제로는 우리가 같은 근원에서 나온 '하나'라는 사실이 정말 좋았다. 이제 내가 겪은 사고와 빛의 존재와의 만남이 훨씬 더 큰 계획의 일부라는 것도 분명해 보였다. 그 계획을 내가 아직 다 알 수 없다고 해도 말이다.

보이지 않던 것을 볼 수 있게 되면,
다시는 무지로 돌아갈 수 없다.

우리가 무엇인가를 "자신과 분리되어 있다"고 느낀다면 그것은 모두 착각이다. 우리와 가깝거나 우리에게 큰 영향을 미치는 사람들은 영혼의 관점에서 보면 사실 우리 자신이다. 우리는 같은 근원에서 나왔고, 같은 이유로 이곳에 와 있으며, 언제나 무조건적인 사랑으로 서로 연결되어 있다. 우리가 다른 사람들을 통해 경험하는 모든 어려움과 도전은 예외 없이 우리의 발전을 돕는 것들이며, 자기 발견이라는 커다란 보물이 담겨 있는 아주 멋진 선물이다. 우리는 새로운 이야기를 계속 상연하는 데 기쁨을 느끼는 연기자들이다. 우리는 모두 자기 인생의 감독이며, 함께 의논해서 각자 인생의 시나리오를 만든다. 우리는 비극도 쓰고 희극도 쓰고 러브 신scene과 액션 신도 삽입하며 이 모든 것을 극적으로 만들어 맛을 더한다. 누구나 자신의 시나리오에서는 주역을 맡고 다른 사람의 시나리오에서는 중요한 조역을 맡는다. 하지만 아무도 늘 같은 역할을 맡지는 않는다. 그것은 지루한데다 장기적으로 많은 경험을 할 수 없기 때문이다. 그래서 모두가 원하는 경험을 할 수 있도록 서로 역할을 바꿔가며 함께 정교한 계획을 세운다.

이런 연결을 알기 전까지, 또 내 인생의 드라마에 대한 더 높은 수준의 계획을 알기 전까지 나는 내 인생에서 일어난 일들을 이해하지 못한 채 나 자신과 내 삶의 상황에 맞서 싸웠다. 그리고 무의식적으로 늘 나를 외부 환경의 희생자로 느꼈다. 하지만 부모님과 내가 '서로의' 성장을 위해 사랑으로 함께 이런 역할들을 맡기로 하고 온갖 도전이 있는 인생 게임에 뛰어들었음을 이해하자 평화가 찾아왔다. 그들과의 싸움이 그 즉시 끝났고 나는 완전한 수용의 상태가 되었다.

나는 내면에서 느껴졌던 모든 저항이 사실은 주변 환경이 아니라 나 자신에 대한 저항이었음을 깨달았다.

부모님이 나에게 유전자, 사랑, 지혜, 안목뿐만 아니라 내가 성장하는 데 필요한 도전 과제들도 함께 주었음을 알고 나니 그 끝없던 압박감이 사라졌다. 나는 부모님이 나에게 가장 어려운 드라마에 몰입하고 경험할 수 있는 기본적인 전제 조건을 마련해 주었다는 것을 깨달았다. 내가 겪은 모든 고통과 좌절, 세상에 대한 분노가 그들의 의도였고 또한 나의 의도였다. 나는 바로 그런 경험이 필요했고, 나 스스로 이번 생에서 그런 경험을 하기로 선택한 것이다. 부모님은 단지 그런 선택이 '가능하도록 도와준 조력자들'이었다.

동시에 나 자신도 그들의 인생 계획에서 중요한 부분임을 알았고, 이것 역시 내 시야를 확장시켜 주었다. 압박, 구속, 두려움에 대한 나의 반항도 부모님에게 무수한 성장의 기회를 제공했다. 나의 행동도 부모님에게 완벽했고, 부모님도 그 모습 그대로 나에게 완벽했다.

나는 부모님에게 큰 사랑으로 고개 숙여 인사하며 그분들이 당연히 받아야 할 인정을 해주었다. 그것으로 나는 부모님과 화해했다. 그것은 무엇보다 나 자신과의 화해이기도 했다.

나만의 인생 계획

좋은 일이든 어려운 일이든 인생에서 우리가 겪는 모든 일이 더 높은 질서를 따른다는 사실에 나는 몹시 놀랐다. 우리가 경험하는 모든 일이 완벽하게 조율된 계획에 따라 일어났고, 나는 언제나 나에게 완벽한 장소에 있었다. 나 스스로가 나를 위해 그렇게 선택한 것이다.

나는 태어나기 전에 내 인생을 위한 상당히 정교한 계획과 전략을 짰다. 여기에서 사랑이라는 주제가 또 등장했다. 나는 인간의 몸으로 아주 많은 것을 배우고 경험하고 싶었는데, 내가 선택한 83년이라는 인생 안에 그 모든 소망을 담기는 어려웠다. 그러나 나는 어떤 타협도 하고 싶지 않았기 때문에 결국 극단적인 선택을 하게 된 것이다. 나는 급진적인 경험과 극단적인 도전, 커다란 행운을 모두 원했으므로, 그렇게 해야만 원하는 것을 모두 이번 생에서 경험할 수 있을 터였다.

나는 다른 많은 영혼들 가운데서 아버지와 어머니를 선택할 수도 있었지만, 나의 야심찬 계획에는 현재의 부모님이 가장 적합했다. 부모님도 극한의 삶을 살고자 했으므로 자신들의 의도에 도움이 될 아이를 원했다. 그렇게 우리는 웃으며 기쁜 마음으로 우리만의 창의적인 인생 계획을 함께 세웠다. 각자를 위한 핵심 사항들을 분명히 하고 예상치 못한 상황들에 대한 대비도 충분히 해두었다. 그런 식으로 해서 우리는 살면서 스스로 결정을 내리며 각자만의 속도로 갈 수 있는 여유를 충분히 가질 수 있었다.

우연은 없다.
우리의 관여 없이 일어나는 일은 없다.
우리에게 나쁜 일은 없으며, 적은 존재하지 않는다.

개인적으로 나에게는 한 가지 점이 특히 중요했다. 태어나기 전에는 내가 이 극단적인 게임에서 길을 잃을지 어떨지 알 수가 없었기 때문에, 그럴 때를 대비해 '안전 장치'를 마련해 두어야 했다. 나는 인간으로 태어난 내가 모든 경험과 도전에 어떻게 대처하든 상관없이 인생의 중간 단계에서 한 번은 '깨어나라'는 결정적인 '알람'을 듣도록 만들어두었다. 나는 늦어도 그 시점에는 깨어나고 싶었다. 그때까지 설령 길을 잃고 헤매고 있을지라도 그 결정적인 알람이 울리면 길을 찾게 될 터였다.

이 책은 그렇게 내가 계획해 둔 '알람'에 관한 것이다. 죽음이라는 특별한 경험, 그리고 나를 영혼의 영역으로 데리고 가 모든 것을 가르쳐준 그 이름 없는 빛의 존재, 이 모두가 내가 미리 계획해 둔 것이었다. 나는 지금 그 깨어나라는 알람이 더할 수 없이 감사하다. 그 알람이 없었다면 우리 인간에게 제공된 모든 경이와 가능성을 이 정도까지 알아차리지는 못했을 것이다. 그러기는커녕 무력감과 절망 속에 빠져 길을 잃고 말았을 것이다.

외로움은 환영이다

　이 복잡한 연결 관계와 모든 것의 배후에 있는 더 큰 의미에 대해 알고 나니 나는 마침내 내가 깨달음에라도 이른 듯한 느낌이었다. 그 많은 정보와 통찰 덕분에 깊은 곳으로부터 무언가가 벅차오르는 것이 느껴졌다. 나는 나 자신과 완전히 연결되었다고 느꼈다. 그 시점에서 빛의 동행자가 우리의 여정을 끝냈더라도 모든 면에서 충분했을 것이다.

　"이 연극에서 당신은 누구인가요?" 지금까지의 모든 것을 가능하게 해준 빛의 존재, 그 무한한 에너지장에게 그제야 묻지 못한 질문을 했다. "우리 모두가 서로를 위해 존재하고, 스스로 선택한 경험을 할 수 있도록 서로 돕고 있다면, 그럼 당신은 누구인가요?"

그 질문을 기다렸다는 듯 그가 웃으며 대답했다. "한 걸음 크게 더 내디딜 준비가 되었나요? 당신이 정말로 누구인지 알 준비가 되었느냐는 말입니다."

"내가 누군지 알 준비가 되었냐고요?" 나는 웃었다. "물론이죠! 하지만 지금은 당신이 누구인지 알고 싶어요! 왠지 모르겠지만 당신과 매우 강하게 연결되어 있는 것 같아요."

그리고 이어진 이미지와 깨달음은 내가 그때까지 가능하다고 여겼던 모든 것을 다시 한 번 뛰어넘었다. 내 가족들과 주변의 다른 사람들과의 연결은 그래도 어떻게든 이해하고 소화할 수 있었다. 그때쯤에는 그게 당연하게 느껴지기도 했다. 하지만 이때 그가 보여준 것은 내가 도무지 이해하지 못해 그는 나에게 직접 이미지로 설명해 주어야 했다. 그러고도 충분히 시간을 들이고 서야 나는 조금씩 이해할 수 있었다.

우리는 결코 혼자가 아니다

그는 나의 이번 생을 보여주는 것으로 시작했다. 하지만 그때 까지 보여준 것과는 방식이 완전히 달랐다. 나는 갑자기 한 마리

새가 되어 저 아래의 풍경을 평화롭게 관찰하듯이 중립적인 관찰자의 시선으로 내 삶을 바라보고 있었다. 태어났을 때부터 그 화재 사고를 지나 지금 여기에 오기까지를 한 편의 영화처럼 보게 되었다. 내 인생의 모든 상황이 시간 순서대로 이어졌다.

내가 태어날 때와 화재 사고 때의 상황이 특히 나의 주의를 끌었다. 나는 태어날 때 자력으로 숨을 쉬지 못해 그때도 의사들이 나를 살리기 위해 고투를 벌였다. 나는 작은 몸 전체가 파랗게 질린 모습으로 세상에 나왔고, 어떻게든 스스로 숨을 쉬기 위해 어마어마한 힘을 들이고 있었다. 분만실 의사들은 화재 사고 후 지금 이 병원의 의사들처럼 나를 살리려고 몹시 애쓰고 있었다. 높은 곳에서 내려다보면서 나는 이제 그 두 상황이 아주 많이 닮아 있음을 알아차렸다. 두 번 다 나는 지금 내 동행자가 발산하는 황금빛을 볼 수 있었다. 그 빛은 방 전체를 가득 채우고 있는 듯했다. 내 인생이 시작된 프랑크푸르트의 그 분만실의 빛과 내 인생이 끝난 것 같았던 우리 집 거실 난로 앞의 그 빛은 똑같은 빛이었다. 그 사실이 섬광처럼 내 머리를 스쳐갔다.

"당신은 두 번 다 거기에 있었군요?" 내가 놀라서 그에게 물었다. "나는 언제나 거기에 있답니다." 그가 조용하고 분명한 목소리로 대답했다. 그와 동시에 그 빛이 내 곁에 함께 있었던 다른 수많은 상황들이 나타났다. 때로는 아주 가까이에, 때로는 좀 떨어진 곳에 있었지만 그는 늘 거기에 있었다.

내 인생의 시작과 끝을 파악하는 듯하자, 그는 내가 이미 살았던 다른 수많은 생들을 보여주더니 미소를 지으며 똑같은 말을 했다. "나는 언제나 거기에 있어요!" 나는 또 한 번 놀라 할 말을 잃었다. 나는 그를 금방 알아볼 수 있었다. 각기 다른 생이었지만 그의 황금색 빛은 늘 그 모습 그대로 내 곁에 있었다.

이제야 나는 그가 처음부터 왜 그렇게 친근하게 느껴졌는지 이해가 되었다. '집에 돌아온 것' 같은 특별한 느낌과 서로에 대한 사랑은 아주 당연하고 자연스러운 것이었다. 우리는 그냥 서로를 너무도 잘 알았다. 내가 어떤 일을 겪었든, 어떤 어려움을 극복했든 그는 언제나 내 곁에 있었고, 항상 나와 동행하며 내가 나 자신을 완전히 잃지 않도록 도왔다. 이 글을 쓰고 있는 지금도 그 마법 같은 순간에 그가 내게 보여준 무한한 사랑과 연결을 느끼며 다시 충만해진다. 나는 그의 따뜻한 미소를 느끼고, 내 세포가 그의 존재에 반응하며 진동하는 것을 느낀다.

그 깨달음을 채 소화하기도 전에 그는 수많은 내 죽음의 순간들을 보여주었다. 내가 죽을 때마다 그는 내가 영적 차원으로 들어갈 수 있도록 내 의식을 몸에서 분리시키는 것을 도왔다. 그때마다 그는 늘 나를 무한한 사랑으로 감쌌고, 방금 끝난 생의 짐을 모두 내려놓을 수 있도록 도왔다. 이번 생에서 그랬던 것처럼.

그가 웃으며 덧붙였다. "당신은 지금 이 순간 자신이 생각하는 것보다 훨씬 더 큰 존재임을 곧 이해하게 될 거예요. 나는 당신이 생각하는 것처럼 한 개인이나 단일 개체가 아니에요. 나 또한 당신의 가족에 속해 있으며, 당신의 일부인 동시에 당신을 구성하는 모든 것과 연결되어 있답니다." 나는 내가 보고 있는 것들의 의미를 이해하려고 애썼고, 무엇보다 그의 말이 내 안에서 불러일으키는 느낌들을 이해하려고 애썼다.

하지만 뒤따라 일어난 일에 나는 힘을 완전히 잃고 말았다. 그의 얼굴이, 아니 그의 전체 모습이, 특히 그렇게나 현명하고 그렇게나 사랑과 신뢰를 주던 그의 에너지 진동이 바로 내 눈앞에서 바뀐 것이다. 나는 어떤 강력한 에너지의 파도에 부딪혀 무릎을 꿇었고, 이제 그의 목소리는 강력하고 장엄하고 숭고하게 변해 있었다.

"안케, 이제 우리가 진짜 누구인지 보여줄게요." 그러더니 그가 내 안으로 완전히 들어왔고, 그의 목소리는 내 안에서 메아리처럼 울려 퍼졌다. 숨 한 번 들이쉬고 내쉰 듯한 짧은 시간이 지났고, 그 순간부터 '나'는 더 이상 존재하지 않았다. 그 순간부터는 그가 자신의 세상을 나에게 보여주는 것인지, 아니면 그가 나의 현실로 들어온 것인지 더 이상 구분할 수 없었다. 모든 경계가 사라졌기 때문이다. 더 이상 '그'도 없고 '나'도 없으며, '위'도 '아래'도 없고, 전생이나 다른 영혼들도 없었다. 이전에 '나의 바깥'이라고 인식했던 모든 것이 갑자기 내 안에서 나와 하나가 되었다. 갑자기 나는 '모든 것'이 되었다! 지금까지 있었던 모든 것과 앞으로 있을 모든 것이 된 것이다.

내가 들어가 있던 그 포괄적이고 무한한 의식을 말로 설명하기란 불가능하다. 경험하는 모든 것을 분류하고 싶어 하는 인간의 정신으로는 그렇게 완전한 어떤 것은 이해할 수 없고 나로서도 설명할 길이 없다. 그런데도 당신이 이해할 수 있는 방식으로 그 상태를 설명하자면 비유를 통할 수밖에 없다.

피 한 방울

당신이 자신의 오른손 집게손가락 끝에 맺혀 있는 피 한 방울이라고 상상해 보자. 당신을 이루는 모든 것, 자신에 대해 당신이 믿고 있는 모든 것, 지금까지 경험한 모든 것이 그 작은 피 한 방울 속에 들어 있다. '당신'은 이 피 한 방울이고, 다른 모든 것은 당신 바깥에 있다.

이제 순수한 의식으로 이루어진 거대한 우주적 바다 같은 것이 있다고 상상해 보자. 우주 전체와 그 너머의 모든 경험, 모든 진동, 모든 주파수가 그 바다에 담겨 있다. 그 바다에는 우리 인간이 이미 알고 있는 모든 것과 우리가 인식하지 못하고 결코 인식할 수 없는 모든 것이 다 들어 있다. 주위 세계, 다른 사람들, 당신의 영혼, 신, 그리고 존재한다고 믿기 어려운 다른 모든 것이 다 이 바다 안에 있다.

다시 그 작은 피 한 방울이 되어보자. 그리고 그 핏방울이 손가락 끝에서 우주적 바다 속으로 천천히 떨어지는 모습을 상상해보자. 당신은 지금까지 당신을 붙잡아주며 안전을 제공하던 손가락 끝에서 떨어져 나와 아주 의식적으로 이 순수한 의식의 우주적 바다 속으로 미끄러져 들어간다. 바닷물에 닿는 순간 당신은 변하기 시작한다. 물에 합류하자마자 용해되므로 당신은 작고 빨간 방울로 남아 있기가 절대 불가능하다. 지금까지 '당신의 것'이라고 여겼던 모든 것이 이제 더 이상 그 형태로 존재하지 않는다. 당신 자신이 훨씬 더 큰 무언가가 되었다. 당신은 이제 그 바다이며, 그렇게 그 바다가 포함하고 있는 모든 것과 연결된다. 당신의 의식은 우주적 의식과 섞이고, 이제 당신과 우주적 의식은 서로 구별할 수 없다. 당신과 우주가 하나가 되었다. 당신이 떨어져 들어온 이후부터 바다 자체도 더 이상 예전의 바다가 아니다. 바다가 당신에게 그랬듯이 당신도 바다를 바꾸고 당신의 특성으로 바다를 풍요롭게 한다.

잠시 눈을 감고 느껴보라! 그 핏방울이 되어보라. 당신의 모든 것을 떠올려보라. 당신에 대해서 자신이 아는 모든 것, 당신의 과거, 당신의 경험, 당신의 몸 등등…… 당신을 이루고 있다고 생각하는 것을 다 떠올려보라. 당신은 그 핏방울이고, 당신을 구성하는 것처럼 보이는 모든 것이 그 핏방울 안에 통합되어 있다.

이제 손가락 끝에 있다가 광활한 바다, 모든 창조물을 품고 있는 바다로 아주 천천히 떨어지는 것을 느껴보라. 당신이 이 바다와 어떻게 연결되는지, 어떻게 바다에 용해되고 확장되는지 느껴보라.

당신에게 속한 것은 절대 잃어버릴 수 없다.
하지만 그것을 잃어버린 것처럼 행동할 수는 있다.

나는 어떻게 그렇게 외롭다고 느끼고, 마치 신에게 버림받은 것처럼, 아니 벌을 받는다고 느낄 수 있었을까? 내가 행복하지 못했던 그 오랜 시간은 단지 이 포괄적이고 영적인 연결을 잊어버렸기 때문이었다. 우리는 모두 인간의 제한적인 마음으로는 상상할 수 없는 하나임Oneness에서 나왔다. 이 하나임에 대해 사람들이 이러쿵저러쿵 말을 하지만 몸을 가진 인간으로 사는 한 그것을 실제로 경험하기는 불가능하다. 그 연결은 느낌을 통해서 조금이나마 감지할 수 있지만, 그것도 지금까지 알고 있던 느낌들을 모두 초월한, 모든 것을 포괄하는 상태에 들어갔을 때에만 가능하다.

지성의 붕괴

화재 사고 몇 달 후, 나는 내가 경험한 종류의 일에 대해 다른 사람들은 어떻게 이야기하는지 알고 싶어 영혼의 가족이라든지 영혼 안내자, 신에 대해서 쓰인 책들을 여러 권 찾아 읽어보았다. 이런 책들은 나의 경험을 정리하는 데 어느 정도 도움이 되었다. 그러다 마침내 양자 역학에 관한 어떤 책에서 시공간의 소멸, 더 높은 의식, 무한한 가능성의 바다에 대한 비교적 이해할 만한 설명을 얻을 수 있었다. 덕분에 나에게 벌어진 일을 조금 더 이해할 수 있었다.

하지만 우리 자신에게 훨씬 더 많은 것이 있다는 걸 머리로 아는 것 혹은 믿는 것과 실제로 그 사실을 경험하는 것 사이에는 엄청난 차이가 있다. 그 경험은 우리 지성의 경계를 훨씬 넘어서며, 따라서 지성의 경계를 붕괴시킨다. 경계 없음 혹은 무한을 이해하기란 우리의 제한적인 지성으로는 너무 어려운 일이다. 우리 지성은 언제나 시작과 끝, 이전과 이후를 생각하므로 이런 경험은 자신의 한계를 뛰어넘는 것이다. 그러기에 진실을 경험하자마자 지성은 붕괴되고 만다. 이제 더 이상 아무런 질문도 할 수 없고, 어떤 것도 높거나 낮다든지 크거나 작다 같은 범주로 분류할 수도 없다. 우리의 지성은 모든 것을 포괄하는 이 '존재'에 패배했음을 인정하고 기존의 방식으로 생각하기를 멈춘다. 적어도 내 경우는 그랬다.

그것은 임사체험 후 나에게 일어난 놀라운 변화 중 하나이기도 하다. 나의 지성은 패배를 인정했고, 덕분에 나는 그 무한한 의식과 계속 연결된 상태를 유지할 수 있었다. 그 후로 지금까지 벌써 수년이 지났지만 그때나 지금이나 이 상태는 변함이 없다. 또한 이 상태는 없어지는 것이 아니어서 나는 의식적으로 그 상태에 몰입할 수 있다. 나는 빛의 존재도 여전히 의식하고 있으며 늘 그가 곁에 있음을 느끼고 있다.

다시 몸으로 돌아오고 난 뒤 나는 그가 내 질문에 계속 대답도 해주고, 조언도 해줄 것이며, 결정을 내려야 할 때는 그에게 묻기만 하면 된다고 생각했다. 하지만 그는 결코 그런 호의를 베풀지 않았다. 그는 여전히 내 옆에서 웃으며 서 있었지만 나의 길은 나 혼자서 찾게 했다. 다시 돌아온 후 내려야 했던 수많은 결정 가운데 그가 내려준 결정은 하나도 없다. 어떤 결정이 '옳은지 그른지' 판단하는 과정에도 그는 전혀 도움을 주지 않았다. 대체로 그는 내 앞에 놓인 수많은 가능성들을 보여주기만 했고, 내가 어떤 선택을 하든 그 선택을 기뻐해 주었다.

몸으로 돌아온 직후에는 그런 그의 태도가 그다지 마음에 들지 않았다. 이제 내 인생이 어떻게 될 것인지, 새로이 깨달은 것들을 어떻게 하면 가장 쉽고 효과적으로 내 삶에 통합할 수 있는지 말해주면 좋겠다고 생각했다. 내가 힘든 상황에 직면해서 다시 슬퍼질 때 어떻게 하면 좋은지 알고 싶었지만 그렇게 가까이 있으면서도 나에게 더 이상 아무 대답도 해주지 않는 그를 나는 이해할 수 없었다. 그런 순간들에 그는 단지 "안케, 당신이 원하는 건 뭐든 할 수 있어요. 자신의 느낌에 따라 결정하세요. 모든 것이 당신에게 열려 있어요"라고만 했고, 그럴 때면 나는 실망하곤 했다.

나는 스스로 결정 내리기를 여전히 몹시 두려워했기 때문에 당시에는 그런 말을 듣고 싶지 않았다. 나는 마치 아버지에게 어떻게 해야 하는지 물으면서 아버지한테 모든 책임을 전가하는 어린아이 같았다.

그의 그런 태도 뒤에 숨은 의도와 그것이 얼마나 큰 선물이었는지는 훨씬 나중에야 깨닫게 되었다. 그는 내 내면의 힘을 끌어내 주었고 내가 내적으로 성장할 수 있게 해주었다. 그는 내가 가진 가능성을 스스로 알아차리고 내 힘으로 선택하는 법을 가르쳐주었다. 그래야만 내가 결정에 대한 두려움을 없애고 옳고 그름이란 없다는 것을 깨달을 수 있을 터였다.

우리 삶의 의미가 바로 그것이다. 성장하고 자기 삶에 온전히 책임을 지는 것, 이것이 우리가 삶을 살아가는 의미이다.

선택권은 언제나 나에게 있다

아들의 침대 맡에 앉아 아들이 하는 말을 경청하던 어느 날 밤이 기억난다. 아들은 비록 버겁긴 하지만 어떤 결정들을 내려야 하는 시기에 있었다. "엄마, 내가 어떻게 해야 할지 말해줘요." 아들은 도움을 요청했다. 나는 미소를 지으며 이렇게 대답했다.

"아들, 나는 네 인생의 증인이야. 나는 언제나 네 옆에 있을 테고 너를 지켜볼 거야. 하지만 나는 네가 내릴 결정을 대신 해줄 수는 없어. 너 혼자서도 잘 결정할 수 있을 거야. 네가 찾고 있는 모든 답은 이 무한한 가능성의 장場에 이미 존재하고 있단다. 너에겐 무엇을 할지 선택할 자유가 있어. 선택하고 경험하면서 너에게 좋은 게 뭐고 좋지 않은 게 뭔지 너 스스로 찾아보렴. 넘어져도 괜찮아. 네가 택하는 길에 잘못된 길은 없어. 어떤 결정을 내리든 그 결정을 통해 너는 소중한 경험을 쌓게 될 거야. 그렇지 않다면 그런 선택을 하지도 않을 테지. 내 말을 믿어도 돼. 네가 비틀거리거나 넘어져도 나는 항상 네 옆에 있을 거야. 네가 완벽한 길을 발견할 때도 난 그 길에서 너와 함께 너의 승리를 축하할 거야. 너는 이제 성장했고, 너 자신을 신뢰하는 법을 배울 수 있어. 나는 네 선택에 절대 간섭하지 않을 거고, 언제나 네 선택을 존중할 거란다. 네가 정말로 위험에 빠질 때는 빼고 말이야. 그때는 내가 너를 잡아줄 거야."

나는 이 대화를 아주 잘 기억하고 있는데, 그것은 내가 한 말에 나 스스로도 놀랐기 때문이다. 내 입에서 저절로 흘러나오는 말 같았고, 그야말로 무조건적인 사랑으로 가득한 말이었다. 나의 친구이자 스승 같은 빛의 동행자도 그와 똑같이 사랑 가득한 방식으로 나를 사랑하고 나와 함께하고 있다고 느낀다.

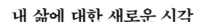

내 삶에 대한 새로운 시각

나의 임사체험이 얼마 동안 지속되었는지는 정확히 말하기 어렵다. 그것은 몇 초였을 수도 있고 몇 년이었을 수도 있다. 내가 있었던 그곳에는 시간 감각이 전혀 없었기 때문이다. 나에게 그것은 열 번의 생生 동안 일어난 일이라고 해도 믿을 정도로 엄청난 정보와 깨달음과 경험이 주어진, 아주 긴 시간처럼 느껴진다.

내 몸은 혼수 상태에서 인공 호흡기를 달고 지속적으로 상태를 점검하는 기계들에 둘러싸인 채 9일을 보냈다. 여러 관을 통해 영양분과 물을 공급받았고, 이따금 사랑과 관심도 받았다. 하지만 나는 거기에 없었다.

사전 경고도 없이

　내 몸이 화상을 입고 병원에 실려 온 지 이틀이 지나 내가 몸에 대해서는 까맣게 잊고 있을 무렵 나로서는 아주 이상한 일이 갑자기 일어났다. 자유롭게 날아다니던 나를 무언가가 다시 내 몸 안으로 사전 경고도 없이 집어넣어 버린 것이다. 나는 온힘을 다해 거부했지만 아무 소용이 없었다. 한순간에 무언가가 나를 몸 안으로 무자비하게 구겨 넣었고, 그 즉시 나는 다시 참을 수 없는 불편함과 무게감을 느꼈다. 마치 망치로 한 대 얻어맞은 것 같았다. 충격에 비명을 지르고 싶었지만 아무 소리도 나오지 않았다. 아무런 경고도 없이 들이닥친 이 극단적인 변화에 나는 너무 충격을 받아서 지금도 그때를 생각하면 숨이 막히는 느낌이다. 한순간에 손발이 묶이고 입이 막혔다. 필사적으로 벗어나려 했지만 움쭉달싹할 수 없었다. 말 그대로 몸 안에 갇혀버린 것이다.

　조금 진정하고 나서 나는 내가 지금 어디에 있는지 알고자 했다. 제일 먼저 깨달은 것은 내가 조용한 중환자실의 푹신한 침대가 아니라, 두 남자에 의해서 차갑고 딱딱한 철제 수술대 같은 곳에 거의 마구잡이로 올려지고 있다는 사실이었다.

　"이보세요, 좀 부드럽게 다뤄줄 수 없나요?" 나는 화가 나서 소리쳤다. 하지만 두 남자는 못 듣는 것 같았다. 나는 병원에 실려

왔던 때로 돌아간 것 같은 기분이었다. 단지 이번에는 저 위에서 중립적인 시각으로 내 몸을 내려다보고 있는 것이 아니라 '내 몸 안에' 있다는 점이 달랐다. 혼수 상태라고 해도 내 의식은 다시 내 몸과 연결된 것 같았다. 내 눈은 굳게 감겨 있었지만 어쩐지 나는 다 볼 수 있었다. 하지만 그 방을 돌아다니는 것은 이제 불가능했다.

나중에 알게 된 사실이지만, 그때 나는 장기간의 인공 호흡을 위해 기도氣道를 열고 호흡기를 집어넣는 기관 절개술을 받고 있었다.

수술복을 입고 모자를 쓴 의사가 두 명 있었고 젊은 여자 간호사 한 명이 그들을 보조하고 있었다. 중간 길이의 짙은 금발을 한 간호사는 기품이 느껴졌는데, 그 방에서 내가 편안히 있는 것이 중요하다고 생각하는 유일한 사람인 것 같았다. 그녀는 초록색 시트로 나를 덮어주었고, 외과 수술 도구를 내 몸 옆 수술대 위에 하나하나 정돈했다. 그리고 내 목 아래로 베개 같은 것을 넣고 그 위에 천을 몇 겹 씌운 뒤 목이 잘 보일 수 있도록 조심스럽게 내 머리를 그 위에 올려놓았다. 그녀가 내 목 부분을 소독하는 동안 나는 그녀의 은은한 향수 냄새와 미소를 느낄 수 있었다. 그녀는 나에게 온 주의를 기울였고, 자신의 행동 하나하나에서 나를 느끼는 것 같았다.

'다 잘될 거예요. 지금 하려는 것들은 당신에게 꼭 필요한 일이고, 숨을 한결 편하게 쉴 수 있게 도와줄 거예요. 걱정하실 필요 없어요. 여기 이 의사 선생님이 거친 면이 없진 않지만 우리 병원 최고 의사거든요. 그러니 믿고 맡기세요.' 나는 그녀의 머릿속 생각을 들었다. 그녀의 말이 나를 크게 진정시켜 주었기 때문에, 할 수만 있었다면 나는 고마운 마음에 그녀를 껴안아주었을 것이다. 그녀는 내가 불안해하는 것을 느낀 게 틀림없었다. 그녀에게는 그렇게 나와 대화하는 것이 세상에서 가장 자연스러운 일 같았다.

살면서 나는 이미 여러 번 수술을 받은 적이 있고 수술을 두려워하지도 않았다. 하지만 그 수술은 영원히 내 기억 속에서 지워지지 않을 것이다. 너무 아파서가 아니라, 내 몸이 혼수 상태였음에도 나는 수술 전체를 하나하나 다 보았기 때문이다. 나는 조금도 움직이지 못하고 소리도 낼 수 없었는데, 내 목을 3센티미터 정도 신중하게 가르는 의사의 손길을 그대로 느꼈다. 나는 각 수술 단계마다 의사가 집중하면서 하는 기계적인 생각들을 모두 읽을 수 있었다. 젊은 간호사와 달리 의사는 내가 그곳에 있다는 생각은 전혀 하지 않은 채 내 몸을 생명 없는 물건인 양 취급했다. 그에게 나는 자신의 도움이 필요한, 의식 없는 환자에 불과했다. 그는 전문가였고, 능력이 있었으며, 결과 지향적이었다.

아! 그가 인공 호흡용 튜브를 내 기도 속으로 거칠게 밀어 넣을 때 나는 얼마나 소리쳤던가?

"이봐요, 내가 무슨 짐승처럼 보여요? 좀 천천히 조심스럽게 할 순 없나요? 여보세요! 당신, 내 말 좀 들어볼래요? 그렇게 거칠게 다룰 필요는 없잖아요! 아프다고요…… 나 지금 다 느끼고 있어요. 내가 죽으면 그래도 되겠지만, 아직은 죽지 않았어요." 나는 속으로 그렇게 생각하며 소리를 질렀지만 상황은 물론이고 그의 태도도 전혀 바뀌지 않았다.

의사가 수술하느라 바쁜 와중에도 친절한 간호사는 내내 옆에 서서 내 팔을 쓰다듬어주었다. 그리고 속으로 계속 나와 대화했다. 쉬지 않고 나를 격려하며 다 잘될 테니 잘 견뎌내라고, 최고의 전문가들이고 자신도 나를 잘 돌볼 거라고 말했다.

안타깝게도 그녀의 이름은 기억나지 않고, 그 후 그녀를 다시 보지도 못했다. 하지만 그녀는 영원히 내 기억 속에 남을 것이다. 어떤 이유에선지 그녀는 내가 거기에 있음을 잘 알았고 나의 말을 들을 수도 있었다. 그리고 나에게 커다란 힘을 주었고, 나의 불안감을 없애려면 어떤 말을 해야 하는지 정확히 알고 있었다. 지금도 여전히 내 팔을 쓰다듬던 그녀의 손길이 느껴지고 그녀의 따뜻한 목소리가 들린다. 수술이 끝나고 나는 다시 몸 밖으로 나왔다. 나는 지칠 대로 지쳐서 내 빛의 동행자의 품으로 돌아왔고, 그는 나를 격려하며 다시 내 의식이 확장되도록 도왔다.

자기만의 의식을 지닌 몸

'세상에나! 너무 끔찍했어! 이제는 절대 몸속으로 돌아가지 않을 거야. 다른 사람 손에 무자비하게 맡겨지는 그 기분이란 정말…… 그 끔찍한 무력감은 다시는 느끼고 싶지 않아.' 그 경험의 충격이 너무 컸던 탓에 빛의 존재의 사랑을 다시 느끼기까지는 오래 걸렸다. 그 일은 내 혼을 쏙 빼놓았고, 이제는 다 지났다고 생각했던 일들을 죄다 다시 떠올리게 했다. 답답했던 내 인생, 우울증, 절망감 등이 모두 한순간 다시 현실이 되었다. 그 몸속에서 소통할 수 없다는 것이 무엇보다 힘들었다. 그 기분은 정말 설명하기 어렵다. 내 몸은 요지부동이었고, 나는 내 입을 움직이는 것도, 근육 하나 움직이는 것도 불가능했다. 하지만 나에게 일어나는 일은 모두 완전히 의식할 수 있었다. 내가 저항할 수 없는 어떤 일이 나에게 행해지고 있는데 나는 아무것도 할 수 없었다. 그것은 절대적인 무력감이었고 무지막지한 종속이었다.

그런데 돌이켜보면, 나중에 깨닫게 되었듯이, 그것은 나에게 매우 귀중한 경험이었다.

조금 진정이 된 나는 자연스럽게 빛의 존재에게 질문을 퍼부었다. "그 끔찍했던 게 대체 뭐였죠? 내 몸인데 왜 그렇게 답답하고 왜 그런 무력감을 느껴야 했죠? 엄청난 무게에 짓눌리는 느낌이었어요. 당신과 함께 있는 지금과는 정말 다르게요. 여기서 나는 진동이고 확장이고 공간이에요. 여기서 나는 가벼움, 무한함, 사랑입니다. 여기서 나는 내가 원하는 건 뭐든 될 수 있어요. 그런데 내 몸 안에 있을 때는 정반대예요. 왜 몸은 그렇게 끔찍하게 비좁고 무거운 거죠?"

"안케, 몸은 감옥이 아니에요." 그가 조용히 말했다. "당신 몸은 자체의 의식을 갖고 있고, 당신이 지금까지 인생에서 경험한 것들을 모두 저장해 놓고 있어요. 당신 몸은 살면서 경험한 모든 생각, 감정, 일 들을 당신이 언제든 찾을 수 있게 저장한답니다. 당신 몸은 중요하고 깊은 지혜를 담고 있는 신성한 그릇이랍니다."

자기 말의 의미를 더 정확히 전달하려는 듯 그는 나에게 다시 한 번 더 높은 관점을 취하라고 했다. 그가 나에게 중요한 연결 관계를 알려주고자 할 때 이미 여러 번 그랬듯이 나는 다시 아주 중립적인 관찰자 관점으로 지금까지의 내 인생을 보게 되었다. 그런데 이번에는 뭔가 좀 다른 것 같았다. 에너지의 밀도가 더 조밀하고 더 압축적으로 느껴졌다.

다차원적 관점

나는 과거에 내가 느꼈던 감정과 그때 했던 생각을 더 섬세한 안테나로 느낄 수 있다는 것을 바로 알아차렸다. 그가 나에게 전달하는 그림들을 보는데 그 각각의 상황에서 내가 느꼈던 감정을 그대로 느끼고 그때 무슨 생각을 했는지도 알 수 있었다. 무엇보다 처음으로 내 몸을 아주 미세한 방식으로 인식할 수 있었다. 내 몸은 더없이 섬세하고 에너지 넘치는 구조로 이루어져 있고 끊임없이 변화하는 자신만의 물리적 우주를 가지고 있는 것처럼 보였다. 그 살아있는 에너지의 바다 속에서 나는 내 몸의 모든 부분으로 뛰어 들어가 그 미세한 진동을 탐색할 수 있었다. 내 몸의 기관들, 혈액, 림프선부터 세포의 진동까지 모든 것이 우주와 매우 유사한 광대함으로 이루어져 있었다. 다른 점이라면 내 몸은 우주보다 밀도가 더 높다는 것이었다. 이 깨달음은 내 몸에 대한 인식을 근본적으로 바꾸어놓았다.

이제 몇 번 언급한 인식의 다차원성을 비유를 통해 설명해 보자. 우리가 공간을 파악할 수 있는 것은 알다시피 우리가 가진 두 눈 덕분이다. 하나의 동일한 장면을 각각의 눈은 약간 다른 각도로 지각하고, 그것을 바탕으로 우리 뇌는 공간감 있는 이미지를 만들어낸다. 그 덕분에 우리는 주변 세상을 3차원으로 지각한다.

우리는 우리가 가진 다른 감각 기관들을 이용해 소리를 듣고 냄새를 맡고 움직임도 감지한다. 우리 뇌는 이 모든 것을 종합해서 우리가 자연스럽게 인식할 수 있는 이미지로 바꾼다. 예를 들어 영화를 찍고 싶다면 우리는 찍고자 하는 대상에 카메라를 맞추고 움직임을 촬영한다. 배경을 흐릿하게 하면 초점 대상이 훨씬 더 강조되면서 우리의 주의를 끌게 된다. 여기에 카메라를 하나 더 추가해 같은 대상을 다른 각도에서 촬영하고 다양한 방향에서 오는 소리도 녹음한다면, 이는 우리가 영화관에서 보는 3D 영화가 된다. 두 가지 지각이 동시에 이루어지는 것만으로도 우리의 눈은 굉장히 현실적인 영화를 경험한다. 이것이 우리가 감각으로 파악할 수 있는 세상이며, 우리 뇌가 그 모든 인상들을 처리하게 된다.

그런데 이제 단 두 대의 카메라가 아니라 다섯 대 혹은 열 대의 카메라가 하나의 대상을 찍고 있다고 상상해 보자. 이때 우리는 그 더 높은 인식에 조금 더 가까이 다가갈 수 있을 것이다. 그 카메라들이 각도만 다양하게 찍는 것이 아니라 모든 감정과 생각, 그리고 그 장면에서 중요한 연결 관계까지 다 찍을 수 있다면, 우리는 어쩌면 7D 영화까지 생각해 볼 수 있을 것이다. 이론적으로는 누구나 이런 인식이 가능하다. 우리가 7차원까지 인식하지 못하는 것은 단지 현실에 대한 우리의 제한적인 믿음과 생각 때문이다.

7차원 영화 속에 있는 것처럼 나는 다양한 관점에서 모든 연결 관계를 볼 수 있었고 그렇게 광범위한 통찰을 할 수 있었다. 자주 언급했듯이, 몸에서 분리된 고양된 의식 상태에서 나는 아주 복잡한 연결 관계를 극히 작은 부분까지 한 순간에 파악할 수 있었다.

예를 들어 우주의 창조에 대해 물으면 그 순간 다차원 홀로그램이 열리면서 우주에 대한 복잡한 지식들이 드러났다. 또 영혼의 기원에 관심을 집중하면 바로 그 순간 독창적인 형태로 표현된 모든 창조적 존재를 인식할 수 있었다. 나는 내 영혼이 펼치는 무한한 의식의 영역을 인식하고 내 영혼의 모든 측면의 본질과 방향을 이해했으며, 그렇게 내가 전체의 일부임을 경험했다.

어디에 주의를 집중하든 바로 그 순간 모든 연결 관계가 내 앞에 나타났다. 시각적으로만 나타난 것이 아니라 머릿속으로도 그냥 다 알 수 있었다. 임사체험을 하는 많은 사람들이 서로 다른 경험을 하는 것도 이 때문이다. 무조건적인 사랑처럼 거의 모두가 하는 경험도 많지만, 누구나 개인적으로 중요하게 여기는 부분에 주의를 집중하게 마련이라 바로 그 부분에서 자기만의 답을 받는 것이다. 예를 들어 나는 이미 죽은 가족을 다시 만나야겠다는 마음 같은 것은 없었다. 그때까지 내 가까운 가족 중에 죽은 사람이 없었기 때문인데, 따라서 아무도 모습을 보이지 않은 게 이상한 일이 아니었다. 나에게 중요하지 않은 것들은 나중에 천천히 경험하게 되었다.

그 당시 나의 개인적인 관심은 거의 모두 삶의 의미, 몸을 입고 경험하는 것의 의미, 신성한 차원으로부터 분리되는 것의 의미에 집중되어 있었다. 돌이켜보면 바로 이런 의미에 대한 탐색이 그 사고로 이어졌고, 이런 놀라운 방식으로 모든 질문에 대한 답을 받을 기회를 얻게 된 것이었다.

바로 그런 이유에서 내 삶과 내가 살면서 하는 경험에 대한 상위의 포괄적인 관점이 오늘날까지 내 임사체험 내용 중에서 가장 중요한 부분의 하나로 남아 있는 것이다.

내 삶에 대한 다양한 관점들

빛의 존재가 다시 한 번 새로운 방향으로 내 인식을 이끌어줄 때 한 것처럼, 우리도 다시 인식의 범위를 좀 더 확장해 보자.

앞서 말했듯이 나는 내 삶을, 원할 때마다 마음대로 몰입해서 볼 수 있는 일종의 영화처럼 경험했다. 그런데 이제 나는 과거의 다양한 경험들을 보고 그 경험들에 내 몸이 어떻게 반응했느냐하는 데서 한 걸음 더 나아가 섬세한 영혼의 존재까지 보게 되었다. 육체적 관점과 영적인 관점 이렇게 두 가지 다른 관점으로 바라보니 나는 뒤이어 살펴볼 여러 연결 관계들을 더 잘 알아볼 수 있었다.

나는 갓 태어나 작디작은 내가, 반짝이는 빛에 둘러싸인 채 첫 숨을 토해내려 애쓰는 모습을 보았다. 의사들이 나를 둘러싸고 서서 아직 누구도 한 번 만진 적 없는 내 작은 몸을 이리저리 돌리기도 하고 뒤집기도 했다. 그런 그들의 행동이 나를 불안하게 했다. 나는 안전했던 어머니의 뱃속에서 끄집어져 나와 갑자기 차갑고 딱딱한 곳에 있는 나 자신을 발견했다. 눈부신 불빛, 내 피부에 와 닿는 차갑고 딱딱한 기구들, 주변의 시끄러운 소리, 나를 만지는 커다란 손…… 이 모두가 나를 겁에 질리게 했다. 세상에서의 이 첫 경험이 필연적으로 내 세포 속에 각인되었다.

"이것 좀 치워요! 나를 가만히 둬요! 나 혼자 할 수 있어요!" 이것이 나의 첫 결정이었고, 이 결정은 앞으로 내 삶 전체에 영향을 줄 터였다.

나는 변화와 재편의 시대였던 1968년, 독일 프랑크푸르트에서 태어났다. 아버지는 당시 젊은 의학도였고, 어머니는 내가 선택할 수 있는 다른 누구보다 사랑이 가득한 사람이었다. 나는 아직 영혼의 고향과의 연결이 끈끈했던, 모든 것에 열려 있는 빛나는 아이였다. 그때부터 나는 이미 이번 생이 나에게 아주 중요한 생이 될 것임을 감지하고 모든 것을 야심차게 받아들였다. 삶에 대한 나의 천진한 기대와 호기심은 지금도 나 자신에게 큰 사랑을 느끼게 하며 또한 나를 벅차오르게 만든다.

의식의 고치

태어난 뒤 첫 몇 해 동안 뭐든 다 알고 싶어서 온갖 것에 의욕적으로 덤벼드는 꼬마 안케의 모습에 나는 미소 짓지 않을 수 없었다. 꼬마 안케는 알고 싶은 게 정말 많았다. 모든 것에 열려 있었지만 자신에게 특히 무엇이 좋고 무엇이 필요한지도 본능적으로 정확히 알고 있었다. 어린 안케의 타고난 가벼움과 호기심과 유쾌함은 정말이지 전염성이 있었다.

내가 이번 생에서 '무조건적인 사랑'을 경험하고자 했다는 걸 이미 어느 정도 알고 있었으므로, 나는 어린 내가 두 가지 가능한 길 중 언제나 더 어려운 길을 선택하는 것 같아서 매우 의아했다. 내 인생의 시작을 함께했던 열린 마음은 점점 사라져갔고, 나는 막다른 골목에서 다음 막다른 골목으로 나 자신을 정확하게 몰아갔다. 그러면서 불안감과 자신에 대한 회의가 갈수록 커졌고,

이제 내 삶은 더 이상 가볍지가 않았다. 이내 나는 철저하게 고립되었다. 외로움과 과부하 상태가 내 타고난 가벼움을 완전히 밀어낸 것 같았다.

'이해가 안 되네.' 나는 생각했다. '내가 왜 저렇게 극단적으로 변한 걸까? 열린 마음은 다 어디로 사라진 거지? 내 영혼과의 연결은?'

그에 대한 대답으로 빛의 동행자는 나로 하여금 어떤 '막膜'에 주의를 기울이도록 했다. 그것은 나의 밝고 섬세한 에너지장을 둥글게 둘러싼 채로 점점 두꺼워지는 어두운 막이었다. 그것은 견고하고 불투명한 고치 같았는데, 내가 영혼의 고향과의 연결을 점점 끊게 된 것이 그것 때문인 듯했다. 나는 놀라 할 말을 잃었지만 동시에 그것에 매료되기도 했다.

그 순간 내가 왜 그렇게 계속 고립감을 느꼈는지 이해되기 시작했다. 그 고치가 정확히 어떻게 나의 단절을, 태어날 때에는 자연스럽게 연결되어 있던 영혼의 영역과의 단절을 불러왔는지 그는 명확하게 보여주었다. 고치는 내가 주변 사람들이 말하는 대로 생각하고 행동할수록, 그러니까 부모와 학교 선생님들의 기준에 나를 맞출수록 더 두꺼워지고 어두워졌다. 그럴수록 나 자신에 대한 감수성도 잃어갔다. 그는 내가 어떻게 나 자신에게 최악의 적이자 가장 가혹한 비판자가 되어가는지 분명히 보여주었다. 내가 무엇을 어떻게 하든 나는 내가 부족하다고 생각했다. 상을 주기는커녕 죄책감으로 자신을 처벌했다. 그렇게 나는 원래의 나를 점점 잃어갔고, 그러자 기쁨도 차츰 사라졌다. 나는 세상에 나를 꿰맞추고 복종했으며 나를 불안하게 하는 모든 것들로부터 숨기 시작했다. 고치는 항상 나와 동행하며 매우 강력한 힘을 발휘하는 듯했다.

나는 내 인생의 여러 시기를 보았는데, 앞뒤로 돌려가며 볼 수도 있었고, 더 보고 싶은 상황이 나오면 멈추고 들어가 그 상황에 완전히 몰입할 수도 있었다. 그러자 내가 중요한 결정을 내렸던, 내 인생의 특정 '전환점들'이 보이기 시작했다. 그리고 그 결정에 따른 결과들을 보면서 만약 다른 결정을 내렸다면 어떻게 되었을지도 동시에 볼 수 있었다.

많은 사람이 바라는 부나 명예, 완벽한 가정이 주는 행복 같은 것은 내 인생에서 중요하지 않다는 것을 깨달았다. 그런 것들을 추구했더라도 내 삶에 아무런 의미도 주지 못했을 것이다. 나는 내가 간 길과 가보지 않은 길을 보았고, 나의 재능이 무엇인지, 내가 어떤 배움의 단계에 있는지, 나 자신으로부터 그렇게 멀어진 이유가 무엇인지 깨달을 수 있었다.

나는 그 가엾은 작은 아이를 보며 깊은 연민을 느꼈다. '저게 정말 나였나?'

자신에게 어떻게 이렇게 가혹할 수 있을까? 자신의 본성을 어떻게 이렇게 무자비하고 냉혹하게 그리고 가차 없이 파괴할 수가 있을까? 자신을 세상에 맞추고 세상에 순응할 때마다 나는 스스로를 부인한 것이었다. 나는 다른 사람들 마음에 드는 일을 하느라 너무 바쁜 나머지 나 자신을 완전히 잃어버렸다. 내가 한 말이나 행동도 수시로 심판하고 재단했다. 나는 타고난 직감을 신뢰하는 법을 잊어버렸고, 내 안의 모든 것을 통제했다. 자신을 사랑하기는커녕 어떤 일에서든 비난을 쏟아부었다.

나는 내 삶이 비난과 질책에 대한 두려움으로 얼룩져 있는 것도 보았다. 내가 한 모든 일은 오로지 사랑받고 인정받기 위해서였다. 그런데 나를 가장 많이 비난하고 가장 사랑하지 않은 사람은 바로 나 자신이었다. 겉으로는 내가 항상 사랑받기 위해 치열하게 싸우고 있다고 생각했지만, 사실 싸움은 내 안 깊숙한 곳에서 벌어지고 있었다. 나는 어떻게 그렇게 잔인하게 나 자신을 심판했을까?

그 모든 경험에 내 몸도 중요한 역할을 하는 것 같았다. 몸에 주의를 기울이자 나는 놀라운 사실을 알게 되었다. 모든 부정적인 생각과 파괴적인 감정들이 계속해서 내 세포 안에 고스란히 저장되고 있었던 것이다. 내 '몸'은 내 삶의 증인이었다. 모든 비난과 질책이 내 몸의 특정 부위들에 고스란히 쌓여 있었다. 과거의 아픈 경험들이 내 몸에 너무 단단히 자리하고 있어서 마치 크고 검은 돌처럼 보이는 부분도 있었다. 내 몸은 외로움과 두려움, 내 삶에 대한 저항까지 모두 짊어지고 있었다. 나는 이제 수술실에서 몸속으로 끌려들어 갔을 때 내 몸이 왜 그렇게 무겁고 답답하고 참기 어려웠는지 이해할 수 있었다. 내 몸은 어둡고 슬프고 너무나 지쳐 보였다.

그런데 내 삶을 통틀어 변하지 않은 것도 있었다. 내가 태어날 때부터 나를 에워싸고 있던 밝고 찬란하게 빛나는 빛의 장은 언제나 그대로 있었다. 빛의 강도가 달라지긴 했지만, 내가 살아오는 내내 늘 나를 채워주면서 무언가를 기다리고 있는 듯 보였다. 그 빛의 장이 있었기에 나는, 내가 알아차리기만 했다면, 언제든 내 진정한 본성을 기억할 수도 있었다! 나를 에워싼 그 빛의 장으로부터 무수히 많은 섬세한 빛줄기들이 사방으로 퍼져나갔다. 그 빛줄기들을 통해 나는 존재하는 모든 것과 연결되어 있었고, 나아가 내 영혼의 고향과도 연결되어 있었다. 그것은 파괴될 수 없는 연결이었다.

모든 것이 거기 있었다! 그런데도 사는 내내 나는 바깥에서 사랑과 지지를 구했을 뿐 나 자신에게는 눈길 한 번 주지 않았다! 나는 깜짝 놀랐다! 스스로에게 어떻게 그렇게도 무지할 수 있었을까?

당신이 얼마나 멋지고 대단한 존재인지 안다면
스스로를 사랑하지 않을 수 없을 것이다.

지금의 나의 시각

우리가 맹목적으로 살아갈 수밖에 없는 이유는 자신이 어디서 왔는지 잊어버렸기 때문이다. 우리는 자신이 진정 누구인지, 무엇이 우리의 본질인지 잊어버렸고, 우리가 모든 영적 영역에 접근할 수 있고 그곳에 온전히 연결되어 있다는 사실도 잊어버렸다.

지금까지의 내 삶에 관한 놀라운 통찰을 통해 나는 내가 왜 그렇게 스스로를 비난하고 왜 그렇게 쉬지 않고 힘든 역할을 떠맡으려 했는지 이해했다. 그리고 무엇보다 내가 왜 그렇게 필사적으로 인생의 의미를 찾고자 했는지도 이해했다.

빛의 존재가 나에게 처음으로 보여준 그 어둡고 답답한 고치가 그것에 결정적인 역할을 했다. 그 고치의 기능과 그것이 영향을 미치는 방식을 어느 정도 알고 나자 나는 내가 그토록 갈망하던 사랑을 왜 내 안이 아니라 밖에서만 찾았는지도 이해했다. 그것은 그 사랑이 밖에도 있었기 때문이었다! 내가 잘못 찾아다닌 것이 아니었다. 하지만 여기서 '밖'이란 다른 사람이나 세상이 아니라 내가 들어가 있는 고치의 바깥 영역을 의미했다. 내 고치는 빛의 통과가 불가능한 필터처럼 보였다. 그것은 흔히 '에고' 혹은 '망각의 베일'이라고 불리는 단단한 보호막 같았다.

우리는 이 고치 없이는 외로움, 분노, 두려움 같은 감정을 인식할 기회를 결코 가질 수 없다. 슬프고 썩 기분 좋은 일은 아니지만 이것은 우리에게 큰 의미가 있다. 우리가 우리의 진정한 본성을 알고 우리 본성의 주된 특성이 바로 무조건적인 사랑임을 안다면, 우리가 하고 있는 인간적인 경험들은 거의 모두 불가능해진다. 절대로.

영혼의 관점에서는 우리가 인간으로서 편하게 사는 것이 전혀 중요한 일이 아니다. 인생이 편하기만 하다면 우리가 성장할 수 있는 기회는 얻기 힘들 테니 말이다. 그것도 이제 나는 알고 있다. 빛의 존재가 보여준, 지금까지 내가 살아온 수많은 삶을 통해 나는 이제 태어나는 이유가 언제나 '경험'하기 위함임을 알았다. 감정을 통한 경험, 생각을 통한 경험 말이다. 그리고 이런 경험도 오직 고치의 도움이 있어야만 가능하다는 것을 나는 나중에 알게 되었다.

이때까지 내가 배운 것을 아주 간단히 요약하면 이렇다. 우리는 무조건적인 사랑의 '존재들'이지만, 삶이라는 여정을 떠나면서 그런 사실을 완전히 망각한다. 그것은 근원과의 단절을 통해서, 그리고 감정과 생각의 도움을 받아서 우리 안에 있는 무조건적인 사랑의 존재, 즉 우리 자신을 다시 발견하기 위해서이다. 다시 말해 우리 인생의 목적은 우리 자신과 세상을 향한 무조건적인 사랑을 완전하고 철저하게 경험하는 것이다.

그 과정에서 우리가 어떤 힘들고 고통스러운 경험 혹은 파괴적인 경험을 했느냐는 중요하지 않다. 중요한 것은 우리가 '진정한 본성'과 분리된 것에 그 모든 경험의 원인이 있다는 점이다. 다른 이유는 없다.

하지만 깊은 잠에서 깨어나기 시작하면 다양한 문들이 올바른 방향으로 자동으로 열리고, 우리는 원래 우리의 본질이었던 것을 점차 기억하게 된다. 우리 자신으로부터 아무리 멀리 왔다고 해도 상관없다. 우리는 모두 언젠가는 깨어나게 되어 있다. 그것이 죽음의 순간일지라도 말이다.

한 번 더 강조하고 싶다. 당신이 지금 무엇을 찾고 있든 그것은 모두 이미 존재하고 있다는 것을! 어떤 것도 당신과 분리된 적이 없었고 앞으로도 없을 것이다. 당신은 파괴될 수 없으며, 확고부동한 당신의 것을 잃어버릴 수도 없다. 당신은 자신이 그토록 간절히 찾고 있는 그것과 항상 연결되어 있다. 단지 그 사실을 잊고서 의식하지 못할 뿐이다.

이쯤 되자 나에게는 갑자기 인간의 행동이 더할 수 없는 광기로 보였다! 우리는 사랑받고 인정받기 위해 밤낮으로 무언가를 해야 한다고 믿는다. 그저 소속감을 얻기 위해 굽신거리고 배신한다. 가치 있는 존재라고 느끼기 위해 도저히 할 수 없을 것 같은 일도 죽을힘을 다해서 한다. 단지 안전하다고 느끼기 위해 자기 안과 주변의 모든 것을 통제하려고 한다. 그러나 만약 무조건적인 사랑을 받고 있다고 느껴도 그렇게 행동할까? 우리가 '존재하는 모든 것'의 소중한 일부라는 사실을 온전히 깨달아도 그렇게 행동할까? 우리가 작은 물방울이 아니라 바다임을 알아도? 우리가 실제로 얼마나 아름답고 섬세하게 진동하는 존재인지 알아도 자신에게 그렇게 가혹할까?

당연히 그러지 않을 것이다! 하지만 이것이 바로 우리가 여기에 있는 이유이다. 우리는 바로 그런 분리와 그로 인해 겪게 되는 단절, 그리고 그에 따른 모든 결과를 경험하고 싶었다. 바로 그 이유로 우리는 몸을 선택했다. 몸을 통해서만 시공간의 환상 속으로 들어갈 기회를 얻기 때문이다. 몸을 통해서만 이원성 안에서, '존재하는 모든 것All that is'으로부터 분리된 우리 자신을 경험할 수 있기 때문이다. 진정한 고향을 잊고 하나의 분리된 개인으로 존재하는 것은 우리 스스로 그렇게 계획했기 때문이다. 우리를 둘러싼 망각의 베일은 이 모험의 여정에 꼭 필요한 것이었다. 망각의 베일은 우리에게 곤경과 고난을 다양하게 경험할 수 있는 기회를 주었다. 망각의 베일 덕분에 우리는 삶의 여러 상황들을 도전으로 경험하고 우리만의 방식으로 극복하는 법을 배울 수 있다.

그렇더라도 우리는 삶의 상황들에 희생자가 되기 위해 여기에 있는 것은 아니다. 우리는 외부의 상황이 어떻든 우리 자신을 사랑하는 법을 배우기 위해 이곳에 있다. 언뜻 보기에는 문제가 있거나 부정적으로 보이는 것들이 오히려 큰 기회를 제공하고, 나중에 보면 값진 선물인 경우가 많다. 이를 통해 우리는 관점을 바꾸고 자신을 찾는 법을 배울 수 있다. 위기는 때로 우리에게 변화할 것을 요구하지만, 그 위기의 진정한 의미를 알아차리고 그에 부합한 결정을 내리느냐 아니냐는 우리에게 달려 있다. 우리 모두는 자신이 고립되어 있다고 스스로를 더 이상 속일 수 없는 시점에 언젠가는 반드시 도달하게 될 것이다. 아무리 눈감고 보지 않으려고 해도, 그래서 자신이 계속 작게 느껴져도 우리가 큰 전체의 일부임에는 변함이 없다.

삶이 힘들수록 깨어나라는 알람 소리는 더 커질 것이고, 그만큼 우리의 '진정한 본성'을 기억해 낼 가능성도 커질 것이다. 더 높은 관점에서 우리가 곧 기적임을 알아차리는 순간 우리는 필연적으로 집으로 돌아가는 길을 발견하게 될 것이다. 우리 안에 있는 집 말이다. 우리는 바깥에서 사랑을 찾을 필요도 없고, 우리를 고통에서 벗어나게 해줄 구원자나 신을 찾을 필요도 없다. 사랑을 구해야 할 사람, 또 우리를 고통에서 벗어나게 해줄 유일한 사람은 실제로 우리 자신뿐이다.

앞에서 말한, 바다에 떨어지는 피 한 방울을 다시 생각해 보자. 비유적으로 말해 이 핏방울은 당신 자신이며, 당신이 자신에 대해 알고 있다고 생각하는 모든 것을 포함할 뿐더러 현재의 '당신'이 이 세상을 보는 방식들도 모두 포함하고 있다. 이 핏방울에는 우리가 에고라고 부르는 것이 들어 있다. 다시 말해 고치 속에서 당신이 자신의 현실이라고 인식하는 모든 것이 이 핏방울 속에 들어 있다. 우리가 자신에 대해 믿는 모든 것은 여러 면에서 우리의 의식 발달에 필수적이지만 또한 파괴적일 수도 있다.

에고는 우리가 몸 안에서 개별적인 인격을 가진 인간으로 살아갈 기회를 준다. 그렇게 에고는 우리를 개별화하지만, 그렇게 하려면 먼저 우리를 우리의 진정한 본성으로부터 분리시켜야 한다. 그래야 우리가 이 환영의 세상 속으로 들어올 수 있다. 하지만 내면에서 의식적인 변화가 시작되면 그 즉시 우리는 진정한 본성을 기억하고 집으로 돌아간다. 원래 왔던 바다로 다시 떨어져 들어가는 것이다.

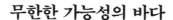

무한한 가능성의 바다

이 모든 깨달음에 나는 깊이 동요했다. 나는 충격을 받았고 동시에 감격했다. 자신을 그렇게 가혹하게 심판한 것, 사랑하지 않은 것에 놀랐다. 하지만 그런 인간적인 경험에 정면으로 뛰어든 나의 용기에 감탄하기도 했다. 나는 훨씬 쉬운 인생을 선택할 수도 있었으니까. 내 인생을 보는 관점이 급격하게 바뀌고 나자 수많은 질문이 새롭게 떠올랐다. 그때까지 나는 나의 감정들을 알아차리고, 나를 둘러싸고 있던 어두운 고치와 내 몸의 밀도를 감지했으며, 밝은 빛의 영역 또한 인식하고, 그 모든 것 뒤에 숨은 의미도 이해했다.

그런데 어느 쪽이 과연 진짜일까? 빛의 존재가 내 눈앞에 펼쳐 보여준 모든 것은 며칠 전까지만 해도 나의 현실이었다. 나는 달리기를 하며 견딜 수 없는 공허로부터 도망쳤고, 나의 상태를 신 탓으로 돌리며 신과 다투기도 했다. 그랬던 게 바로 조금 전 일 같은데 지금 나는 여기서 모든 것을 포괄하는 무조건적인 사랑의 상태에 있다. 나는 더할 수 없는 충만함을 느끼고, 경계 없는 의식 덕분에 주의를 기울이기만 하면 모든 것을 파악할 수 있다. 이것도 현실이지만, 그 전의 현실과는 전혀 다른 세상이다.

나는 빛의 존재에게 물었다. "진짜 나는 누구인가요? 방금 보여주신 그 사람인가요? 아니면 지금 내가 경험하고 있는 이 사람인가요? 수술 중에 내가 경험한 것은 진짜였나요? 아니면 환상이었나요? 나에게는 두 경험이 너무나 달라요."

"두 가지 모두 실재해요." 그의 대답은 차분했지만 동시에 어떤 기대감 같은 것도 묻어났다. 그는 이번에도 모든 걸 다 파악하고 있는 듯했고, 이제 내가 무엇을 배우게 될지도 아는 듯했다.

"다만 당신이 현실이라고 생각하는 것이 현실은 아니에요." 그가 미소 띤 얼굴로 조용히 나를 바라보며 설명했다. "당신은 현실을 정적靜的이고 견고한, 손에 잡힐 수 있는 고정된 어떤 것으로 생각하지요. 하지만 사실 정적이고 견고하게 고정된 것이란 없습니다. 모든 것은, 정말로 모든 것은 끊임없이 변화하기 때문이죠. 그리고 하나의 현실만 있는 것도 아니랍니다. 사람들이 현실이라고 생각하는 것은 실은 다들 자신의 관점에 따라 다르게 보면서 제각기 그것을 현실이라고 판단하는 거예요. 이해가 되나요? 그러니까 현실이란 당신이 사물을 보는 방식을 나타낼 뿐이에요. 당신에게 환상과 실재에 대해 좀 더 설명하고 싶네요. 이건 중요한 문제니까요."

환상일까, 실재일까?

안타깝게도 그 순간 내 눈앞에서 일어난 일을 정확히 설명하기는 어려울 것 같다. 이번에도 그것을 설명할 적절한 단어를 찾을 수가 없다. 하지만 나는 이미 인간의 언어가 그런 포괄적인 느낌을 전달하도록 설계되어 있지 않다는 걸 이해했다. 그래서 여기서는 그냥 일어난 일을 그대로 전달해 보려 한다. 그때 내가 느꼈던 감정이 이렇게라도 전달될 수 있기를 바란다.

그때까지 나는 대체로 빛의 존재가 보여주는 것들을 소화하느라 바빴으므로, 그와 그의 황금빛 에너지장에는 거의 주의를 기울이지 못했다. 그런데 이제는 사정이 달랐다! 그는 짓궂다 싶을 만큼 환히 웃더니 내 눈앞에서 갑자기 다른 형상으로 바뀌었다. 그는 처음으로 인간의 몸을 하고 내 앞에 섰다. 하지만 그때 그가 정확히 어떤 모습이었는지는 기억나지 않는다. 나를 보는 그의 눈길을 인식하는 순간 다른 것은 모두 희미해졌다. 그렇게 사랑으로 가득한 눈은 그때까지 본 적이 없었다. 그 눈은 나를 속속들이 알고 있는 듯했다. 그의 눈빛에 세상이 비쳐 보였다. 그 눈은 마치 우주와 그 너머로 이어지는 문처럼 느껴졌다.

나는 그가 손짓 하나로 자신의 형상을 완전히 바꾸는 모습을 경이로움 가득한 눈으로 지켜봤다. "이것이 현실이에요." 장난스럽게, 거의 도발적인 웃음을 지으며 한 소년이 갑자기 나에게 말했다. 소년은 맨발에 멜빵 반바지와 헐렁한 흰색 셔츠를 입고 있었다. 갑작스러운 변신에 놀라는 내 모습을 소년은 몹시 즐기는 듯했다. 어떻게 그렇게 한 건지 그는 나에게 조금도 설명해 줄 의향이 없어 보였다. 그 대신 장난꾸러기처럼 윙크하며 손가락을 튕겼고, 그러자 우리는 갑자기 어느 화사하고 멋진 정원에 가 있었다. "이것도 현실이에요." 이렇게 말하며 나를 보고 웃는 소년의 얼굴에서 빛이 났다. 한 번도 본 적 없는 식물들이 수많은 꽃을 피우고 있었고, 공기 중에 퍼지는 어떤 향기는 현기증이 날 정도로 매혹적이었다.

아름다운 정원을 만끽하기도 전에 소년은 다시 손가락을 튕기더니 내 앞에 또 다른 '현실'을 보여주었다. 내 앞에는 이제 소년이 아닌 아름다운 여인이 서 있었다. 그녀는 빛이 쏟아져 나오는 긴 드레스를 입고 있었고, 허리에는 금색의 얇은 벨트를 두르고 있었다. 긴 금발은 마치 다이아몬드로 이루어진 듯 반짝였다. 그런데 특이하게도 이마에 커다랗고 오색영롱한 다이아몬드가 하나 박혀 있었다. 그렇게 아름다운 존재는 지금까지 본 적이 없었다. 그녀의 따뜻한 눈빛은 우리 인간이 사랑, 지혜, 진실 같은 단어로 표현하고자 한 모든 것을 담고 있는 듯했다. 그 모든 것이 그녀 안에서 하나로 통합되어 있었다. "당신에게 현실을 보여줄게요." 그녀가 말했다. 그 순간 주변이 다시 변했다. 우리는 이제 색색의 정원에서 벗어나 아주 높은 산의 눈 덮인 정상에 있었다.

"안케, 이것들이 다 현실이에요. 현실은 바로 하나의 창조 과정이지요. 계속해서 자신을 재창조하고, 자신으로부터 매 순간 새로운 자신을 재창조하는 그 끊임없는 과정이 현실이랍니다. 창조적이고 의식적인 변화의 과정이 바로 현실이에요." 창조는 가볍게 호기심을 갖고 할 수 있는 아주 의식적인 과정이라고 설명하면서 그녀는 손을 가볍게 움직여 다시 우리 주변의 세상을 바꾸었다. 나는 그녀가 그저 생각만으로 자신의 외관만이 아니라 주변의 모든 것까지 바꾸는 모습을 여전히 놀라서 할 말을 잃은 채 보고 있었다. 우리 주변의 모습과 그것들이 주는 인상도 점점 더 빨리 변해갔다. 풍경들이 고속으로 변해갔고 그의 모습도 더불어 빠르게 변했다. 그는 인디언 추장이 되었다가, 곰이 되었다가, 예수가 되었다가, 부처가 되었다. 다양한 형상과 색으로 모습을 바꾸다가 중간중간 아무런 형태도 없는 순수한 의식이 되기도 했다. 그냥 그 순간 자신이 원하는 모습으로 변했고, 그러는 내내 아주 즐거워하는 것 같았다.

"당신도 이렇게 할 수 있어요!" 주변을 활기찬 여름 들판으로 바꾸면서 그가 마치 확인이라도 시키듯 웃으며 나에게 말했다. "이 과정에 대해 많은 걸 설명해 줄 수 있지만, 그게 실제로는 별 도움이 되지는 않을 거예요. 이걸 이해하려면 당신 스스로 경험해 봐야 해요. 한번 해봐요! 어떤 걸 만들고 싶은지, 어떤 형상으로 변하고 싶은지…… 그냥 뭐든 선택하고 어떻게 되는지 지켜보세요."

현실 놀이

처음이라 그랬겠지만, 서툴고 어렵게만 느껴졌던 첫 시도가 지금도 생생히 기억난다. 그때까지 내가 이해하고 있던 바로는 현실이란 바꿀 수 없는 것이었고, 그가 내 앞에서 아무렇지 않게 보여준 것은 나에겐 기적일 뿐이었다. 그런데 갑자기 내 앞에 예쁘게 자란 작은 전나무가 한 그루 나타나서 깜짝 놀랐다. 처음 머릿속에 떠오른 게 전나무였다니 지금 생각해도 웃음이 난다. 하고많은 것 중에 왜 하필 조그만 전나무였을까? 하지만 대단한 걸 보여주는 게 중요한 것이 아니라 창조성을 발휘한다는 데 의미가 있었다. 그리고 지금도 빛의 존재는 현실과 창조에 대해 이야기할 때면 상징적인 것으로서 그 작고 푸른 전나무를 보여주곤 한다. 나는 그냥 전나무를 생각했고, 그러자 그것이 거기 있었다. 전나무는 미묘한 에너지의 영역에서 그 빛의 존재만큼이나 나에게는 현실적인 것이었다. 나는 내가 생각하는 것은 뭐든 여기에서 형상을 갖게 되고, 따라서 정말로 손으로 만지고 느낄 수 있게 된다는 것을 금방 알아차렸다. 그것은 마법 같았고, 이루 말할 수 없는 희열을 선사했다.

이제 활짝 펼쳐진 화려한 색상의 우산, 가로등, 연못, 노를 젓는 배, 그리고 다양한 동물들이 차례로 나타났다. 나는 새로운 생각이 떠오를 때마다 미친 듯이 웃으며 손가락을 튕겼다. 마치 신나서 세상을 탐험하는 어린아이가 된 기분이었다. 나는 곧 태양도 크게 혹은 작게 만들 수 있었고. 눈도 오게 할 수 있었고, 눈송이를 황금 조각으로 바꿀 수도 있었다. 내가 창조해 낸 것 하나에만 집중해 그 모습을 계속 바꿀 수도 있었고, 모든 것을 한꺼번에 바꿀 수도 있었다. 중요한 것은 나의 생각과 의도였다. 원리를 이해할수록 생각은 더 쉽게 현실로 나타났다. 나는 나 자신의 형상을 바꾸는 법도 금방 배웠다. 나는 나무가 되고, 노루가 되고, 그 빛의 존재가 방금 되었던 숨 막히게 아름다운 여성도 되었다. 참으로 놀라웠다!

"내가 알려주고 싶었던 걸 이제 이해한 것 같군요." 한동안 그러고 있는 나를 지켜보던 그가 웃으며 말했다. "당신은 자신의 생각으로 당신만의 현실을 만들고 있어요. 모든 것은 당신이 무엇을 보고 어디에 주의를 기울이느냐에 달렸죠. 이해했지요?"

물론 나는 이해했다. 그는 내가 삶을 어떻게 만들어가느냐가 오직 나의 의도에 달렸다는 걸 그렇게도 쉽고 재미있게 가르쳐 준 것이었다. 나는 여전히 그 멋진 경험에 몹시 흥분해 있었고, 계속해서 현실을 창조하고만 싶었다. 하지만 그는 부드럽게 나의 흥분을 진정시켰다.

"정말 모든 걸 이해했나요?" 그가 물었다. 그리고 확인이라도 하듯 내 눈을 깊숙이 들여다보았다. "평가 같은 건 없어요. 당신이 무얼 만들어내든 상관없고, 당신은 선택하는 데 아무런 제한도 받지 않아요. 무엇이든 원하는 것을 선택할 수 있고, 그러면 그것은 자동적으로 생겨나죠. 감정이나 경험, 상황 다 마찬가지랍니다. 그러니까 당신이 느낀 긴장감, 무거움, 압박감을 만든 것은 당신 자신이고, 그래서 그것들이 당신의 현실이 된 거죠. 당신이 당신 인생의 창조자예요."

당신의 삶은 당신이 보는 것을 그대로 반영하는
창의적인 거울이다!
당신의 관점을 바꾸라.
그러면 삶이 그것에 맞춰 바뀔 것이다.

지금의 나의 시각

당신도 이러한 '무한한 가능성의 장場'에 대해 잘 알 것이다. 우리는 우리가 생각하고 주의를 기울이는 모든 것을 창조한다는 것 말이다. 하지만 우리는 대부분 그것을 잘 의식하지 못하는 것 같다.

우리는 모두 자기 삶의 창조자이다. 이것은 명백하다! 생각이 하나 일어날 때마다 하나의 과정이 시작된다. 이때 우리는 더할 수 없이 창조적일 수밖에 없는데, 그것은 우리 모두 무한한 가능성을 갖고 있기 때문이다. 삶의 매 순간 우리는 생각을 통해서 중요하거나 중요하지 않은 결정들을 내린다. 무엇을 먹을지, 입을지, 어떤 상황에 어떻게 반응할지, 혹은 어떤 일을 할지 말지, 좋지 않은 상황을 그대로 둘지 바꿀지를 결정한다. 영혼의 관점에서 볼 때 이렇게 우리는 매 순간 우리 삶의 현실을 창조하거나 바꾸고 매 순간 완전히 새롭게 시작할 가능성을 갖는다. 우리에게는 언제나 우리 자신을 위할 것인지 아니면 자신에 반反할 것인지 선택할 수 있는 힘이 있다. 전쟁이나 평화, 어려운 길이나 쉬운 길도 선택할 수 있다.

하지만 바로 이 '선택의 힘'을 우리는 대부분 의식하지 못한다. 나도 예전에는 확실히 알아차리지 못했다. 나는 내 삶의 상황들을 바꿀 수 있다는 것은 알았지만 바로 그 변화에 대한 두려움이 더 컸다. 나는 내가 충분히 사랑스럽지 못하고, 충분히 훌륭하지 못하고, 충분히 강하지 못하다고 굳게 확신했기에, 그런 나 자신을 위해서는 뭐든 그대로 두는 편이 차라리 낫다고 여기고 그러기로 결심했다!

그 대신 나는 거의 전적으로 문제라고 생각되는 것에만 몰두했다. 내 삶에서 힘들고 갑갑하다고 느끼는 부분들에만 사로잡혀 지냈다. 지금 생각해 보면 그랬기에 내 삶이 더 힘들어질 수밖에 없었다. 내가 그렇게 만들었던 것이다. 나는 오랫동안 한계와 어둠, 두려움과 관련된 것들만 나도 모르게 창조해 왔다. 그것들만 내 삶에서 구체화되었다. 그것들이 나의 현실이 되었고, 그것들에 주의를 기울이면 기울일수록 그것들이 내 삶에서 더욱 분명하게 드러났다.

그 당시 생각의 힘에 대해 알았더라면 생각을 훨씬 더 조심스럽고 신중하게 했을 것이다. 빛의 존재와 놀이처럼 경험했던 것이 그 후로 내 삶을 완전히 바꾸었고 또 더할 수 없이 풍요롭게 했다. 지금 나는 무한한 가능성의 장을 아주 의식적으로 사용한다. 그 모든 두려움, 그리고 나 스스로를 방해하던 것들은 이제 모두 사라졌다. "모든 것이 가능하고 모든 것이 여기에 있다!"고 하던 그의 말은 이제 더 이상 수수께끼가 아니라 내가 살아가는 현실이다.

망각이 주는 선물

몇 년 전 한 남성이 나를 찾아와 조언을 구한 적이 있다. 당시 마흔다섯 살이던 그는 스트레스를 받긴 했어도 성공적인 삶을 살아왔다고 했다. 대기업에서 직원 4천 명을 책임지는 간부였고, 매일 중요한 결정들을 내렸다. 그는 어릴 때 자동차 사고로 부모를 모두 잃고 고아원에서 어렵게 자랐다고 했다. 그때부터 그의 인생은 이미 녹록지 않았다.

아내와 사랑스런 두 자녀와 함께 함부르크 근교의 부촌에 살고 있던 그는 나를 찾아오기 몇 달 전, 삶이 하루아침에 완전히 바뀐 일이 있었다고 했다. 사고로 기억을 완전히 상실한 것이다.

그는 자신의 이름도, 자기가 결혼을 했는지도, 직업이 무엇인지도 다 잊어버렸다. 과거가 몽땅 사라져버렸다. 사고 전까지 경험했던 모든 것이 그의 표현 그대로 '아득한 무無'가 되었다. 아이들도 알아보지 못했고, 삶의 즐거움이 무엇이었는지도 알 수 없게 되었다. 한순간에 모든 기억이 사라지고 만 것이다.

흥미롭게도 내가 본 그는 그런 사실들을 꽤 긍정적으로 대하고 있었다. 그는 사라진 기억을 되돌리기 위해 가족과 함께 많은 노력을 기울였다. 아내와 아이들은 사고 전에 그가 중요하게 여긴 게 무엇인지, 좋아하는 음식은 뭐고 좋아하는 일은 무엇이었는지 열심히 들려주었다. 그를 특정 장소에 데려가기도 하고, 그가 다니던 회사에도 여러 번 같이 갔다. 집에 친구들을 초대하기도 했다. 하지만 그는 여전히 아무것도 기억하지 못했다. 그는 웃으며 나에게 자신은 백지로 된 책과 같다고 했다. 그에게는 모든 것이 처음 듣는 이야기였다. 그중 어떤 것도 중요하지 않았고, 그저 모르는 사람의 이야기일 뿐이었다. 내가 겪은 사고 이야기를 듣고 나를 찾아온 것인데, 그는 나에게 자신의 '백지'를 채우는 데 도움을 줄 수 있겠느냐고 했다. 그는 지금의 상황을 자신이 정말로 원하는 것이 무엇인지 찾는 기회로 사용하고 싶어 했다.

그 후 몇 달 동안 나는 일주일에 한 번씩 통화하면서 그에게 임사체험 당시와 그 후에 내가 알게 된 것들이 무언지, 또 그 경험으로 인해 내가 현재 삶을 어떻게 보고 있는지 조금씩 들려주었고, 그러면서 그의 변화도 지켜보았다.

그는 자신을 기쁘게 하는 것과 자신에게 좋은 것들이 무언지 알아내기 시작했다. 아무것도 기억할 수 없었으므로, 그는 마치 처음 보는 요리들로 가득한 뷔페 음식 앞에 선 기분이었다. 떠오르는 것은 다 시도해 보았고, 그 과정에서 그는 자신에 대해 조금씩 더 알게 되었다. 그는 사고 전에 자신이 중시했다는 일들도 많이 시도해 보았다. 하지만 그 일들 대부분이 별로 즐겁지가 않았다. 그는 정리할 것도 버릴 것도 없었으므로, 그저 놀이하듯 하고 싶은 일이 무엇인지 찾아내기만 하면 되었다.

그리고 5년이 지난 지금 그는 내가 아는 가장 행복한 사람 중 한 명이 되어 있다. 그는 항공기 조종사 자격증을 취득했고, 현재 조종 기술을 더 숙련하는 중에 있다. 아내와는 다시 사랑에 빠질 기회를 얻었고, 아이들과 함께하는 시간은 그에게 가장 행복한 시간이 되었다. 가족들은 개도 한 마리 입양했고, 집도 발트해 인근의 쾌적한 곳으로 이사했다. 전부터 알고 지내던 사람들은 그런 그의 모습에 강한 인상을 받았다. 그리고 그들도 자신의 인생을 돌아보며 변하기 시작했다.

이 이야기는 우리 삶에서 정말 중요한 것이 무엇인지를 잘 보여준다. 우리는 대개 다른 선택의 여지가 없을 경우에만 변화를 감행하는데, 나는 이 사실이 슬프다.

　우리는 제각기 어떤 이유로든 변화를 두려워한다. 비극이 닥치거나 크나큰 상실의 아픔을 겪거나 큰 병에 걸리는 등 깨어나라는 외침을 듣고 나서야 우리는 자신을 행복하게 하는 것들에 눈길을 주기 시작한다. 그리고 지금 무엇을 하고 있는지, 어떻게 살고 있는지, 정말로 하고 싶은 일이 무엇인지 묻기 시작한다. 안타깝게도 고난에 부딪혀 무릎이 한번 꺾이고 나서야 진즉 했어야 할 결심을 하고 비로소 인생을 제대로 살기 시작하는 것이다.

근원

부드러운 물결이 작정이라도 한 듯이 나를 점점 더 높이 끌어올렸다. 그리고 소용돌이치며 나를 포옹하듯 감싸자 나는 더욱더 확장되어 나아갔다. 이루 말할 수 없는 행복감이 차올랐고, 나를 둘러싼 모든 것이 갈수록 더 멋진 소리와 색, 진동으로 이루어진 것처럼 보였다. 그 소리는 세상에서 가장 아름답고 감동적인 창조의 노래처럼 들렸다. 어떤 경계도 없이 모든 것에 스며들고 모든 곳에 가득해서 꼭 손으로 만져질 것만 같았다. 창조의 모든 의식意識이 나를 환영하며 합창하기 위해 거기에 모인 듯했다. 마치 창조 자체가 소리와 색으로 현현한 것 같았고, 그 안에 담긴 모든 것에 나를 끌어들이는 듯했다. 우주의 멜로디는 내 안과 주변의 모든 곳에 있었다. 나아가 나 자신이 그 소리였고, 모든 소리가 나 자신이었으며, 모든 색과 모든 진동이 또한 나였다. 나는 그 소용돌이 속으로 점점 녹아드는 것 같았다. 천상의 교향곡은 자기에게 닿는 것은 모두 사로잡았다. 그것은 마치 천상의 소리로 이루어진 거대한 우주의 소용돌이 같았고, 그 중심에 가까워질수록 노래는 더 충만해졌다.

내 의식도 이 모든 것을 아우르는 교향곡 속으로 녹아들어 갔다. 눈앞에 수많은 색이 나타났는데, 그 색채 하나하나가 끝없는 세계로 통하는 문처럼 보이고, 모든 소리가 그 차원들로 이어지는 통로를 안내하는 듯 들렸다. 그 합창은 마치 창조의 춤을 함께 추는 것 같았고, 마음을 완전히 열고 자기와 하나가 되라고 나를 초대하는 듯했다. 그것은 가장 아름답고 가장 충만한 경험이었다. 나는 마치 모든 것이 생겨나고 모든 것이 되돌아가는 창조의 중심, 그 근원에 와 있는 것 같았다. 그리고 근원이 자신의 우주적 지혜를 나에게 상기시켜 주기 위해 나를 그 안으로 데려가는 것 같았다. 아! 그럴 수만 있다면 그곳에 한없이 머물고 싶었다! 하지만 그럴 수 없었다. 내가 아무리 애를 써도 그곳에서 일어나는 일은 조금도 관여할 수 없었다. 조금이라도 가능했더라면 나는 그 놀랍고 웅장한 광경을 슬로모션으로 재생해 아주 천천히, 그리고 아주 세세한 것까지 음미하려고 했을 것이다.

그 광경을 미처 소화하기도 전에, 그 색의 소용돌이 중 일부가 마치 다른 세상으로 향하는 문처럼 진짜로 열렸다. 열린 틈으로 우리 지구가 보였는데, 그것은 물질이 아니라 생생하게 살아 있는 거대하고 창조적인 의식의 장 같았다. 그 안의 모든 것이 진동했고, 나는 거기에 다양한 특성들이 있음을 감지할 수 있었다. 그 모든 것은 지구에서 하나로 통합되어 있는 것처럼 보였다. 지구는 여성적이면서 남성적인 특성을 동시에 보여주었다. 지구는 자신의 아이들을 모두 똑같이 사랑하며 아이들이 스스로 경험할 수 있도록 공간을 내어주는 자상한 어머니 같았다. 지금껏 무겁고 어둡게만 느껴지던 지구가 처음으로 참으로 아름답게 느껴졌다.

지구가 집이 되어준 모든 사람, 모든 영혼은 지구와 연결됨과 동시에 당시 내가 있던 우주적 근원과도 연결되어 있었다. 지구와 모든 영혼은 무수히 많은 미세한 빛의 실로 그 근원과 연결되어 있었다. 이전에 내가 악하거나 나쁘다고, 비극적이라고 평가했던 것들은 어디에도 없었다. 모든 것이 이루 표현할 수 없는 무조건성으로 가득했으며 다양한 영역에서 수많은 경험을 할 수 있도록 공간을 제공하는 것처럼 보였다.

숨 막히게 아름다운 지구의 모습을 선사하던 색의 스펙트럼이 한 순간 변하기 시작하고 그 소리와 톤도 약간 달라지더니, 지구가 나로부터 멀어지는 것이 느껴졌다. 그리고 마치 또 다른 문이 열린 듯 나는 이제 전혀 다른 영역으로 들어갔다. 행성들과 태양계가 나에게로 다가왔고, 다양한 생명체로 가득해 보이는 다른 은하계들도 다가왔다. 내 앞에 세계들이 하나둘 펼쳐졌는데, 그것들은 모두 근원과 아주 자연스럽게 연결되어 있었다. 창조의 소리에서 벗어난 것은 아무것도 없었다. 창조의 교향곡을 벗어나 존재하는 것은 아무것도 없었다. 이전의 나는 어떻게 그렇게 내가 혼자라고, 분리되었다고 느꼈을까? 어떻게 그렇게 삶이 의미가 없다고 느꼈을까? 나는 창조 자체와 그것의 모든 경이로움을 한눈에 본 것 같았다. 수없이 많은 세계, 수없이 많은 차원, 색과 소리가 어우러진 웅장한 불꽃 놀이의 그 모든 부분들을!

태양계, 은하계 등 내가 본 모든 것이 저마다의 의식과 진동의 장을 갖고 있었다. 의식을 갖고 있지 않은 것은 하나도 없었다. 나는 지구보다 더 높고 더 미세하게 진동하는 세계와 차원, 지능이 훨씬 더 뛰어난 생명체들을 보았다. 성장이 더딘 영역들도 있었지만, 근원의 우주적 교향곡이 관통하고 있는 것은 똑같았다.

근원의 무심함

이 여정에서 내가 알게 된 것들은 우리 인간이 정의할 수 있는 지식이 아니다. 이성으로 정리할 수 있는 것도 아니고, 그 무엇으로든 증명하거나 설명할 수도 없다. 나는 어떤 것도 이성으로는 이해할 수 없었다.(수년이 지난 지금도 그렇다.) 내가 본 것들을 나는 '순수한 앎'이었다고밖에는 표현할 길이 없을 것 같다. 내 이성의 한계 훨씬 너머에 있는 앎 말이다. 하지만 그때 내가 깨달은 것들은 모두 다른 차원의 현실에서 내 내면의 기억에 영원히 그리고 완벽하게 각인된 것처럼 느껴진다.

그때 이후로 나는 우리 인간이 살고 있는 모든 진동 영역이 다른 세계들과 다양한 방식으로 밀접하게 연결되어 있다는 것을 분명히 깨닫고 있다. 우리는 모두 끝없는 우주적 경험 놀이의 일부이자 모든 것을 포함하는 창조 과정의 일부이다. 모든 의식은 자기만의 방식으로 다채롭고 놀라울 정도로 창조적이다. 우리는 말하자면 함께 모여 바다를 이루는 무수한 물방울과 같다.

지구에서 우리는 다양한 문화 속에서 다양한 신념들을 따르며 다양하게 영향을 받으며 살아간다. 우리는 또한 각자 자기만의 진실을 믿고 자신만의 현실을 살아간다. 하지만 우리는 모두 같은 근원에서 왔다. 근원의 색과 소리의 스펙트럼이 우리 모두를 관통하고 있으며, 우리는 그것과 분리될 수 없다. 근원은 무조건적이다. 근원에게는 옳고 그름, 좋고 나쁨, '예'와 '아니오'가 없다. 근원에서는 모든 것이 동등한 가치를 갖고 모든 것이 평등하므로 우리는 언제나 아무런 제약 없이 창조할 수 있다.

근원(창조자, 신 혹은 다른 무엇으로 부르든 상관없다)은 우리가 삶을 어떻게 살아가든 그것에 '무심'하다. 여기서 '무심'이란 '아무래도 상관없다'는 뜻이 아니라 '잘했다' 혹은 '잘못했다' 같은 평가를 하지 않는다는 뜻이다. 좋고 나쁨은 인간적인 정의定義일 뿐이며 근원은 그런 정의를 모른다. 근원의 관점에서 보면 세상에서 일어나는 일은 모두 동등한 가치를 지니고, 똑같이 귀중하며, '끊임없이 자신을 재창조하는' 창조 놀이일 뿐이다. 근원은 우리가 스스로를 창조자로서 인식하고, 경험하고, 이를 통해 계속 성장하기를 바란다. 또한 우리가 창의적인 결정을 하고 그 결과를 통해 배우기를 바란다. 그것이 무엇이든 무심하게 말이다.

판단이 없으므로 근원의 관점에서는 우리의 불행과 행복이 서로 다르지 않다. 그렇다고 모든 고통스러운 경험(대체로 우리가 스스로 만들어내곤 하는 고난)에 의미가 없다는 말은 아니다. 고통은 괴로움을 만들어내고, 이 내면의 고통이 결국에는 우리 삶을 바꾸도록 결심하게 만든다.

당신은 이미 당신이 찾고 있는 모든 것이다!

지금의 나의 시각

나는 이 '순수한 앎'을 마치 약동하는 힘처럼 경험했고, 지금도 그 앎의 영역에 온전히 연결되어 있다고 느낀다. 나는 모든 것을 기억하고 있다. 아주 사소한 부분까지도. 지금도 그 앎의 영역으로 다시 들어갈 수 있고, 그때와 똑같은 강도로 그것을 경험할 수 있다. 하지만 그런 경험을 말로 설명하는 건 언제나 어렵다. 그렇게나 광대한 앎과 절대적인 충만의 상태를 말로 조금이라도 설명하는 일이 과연 가능할까?

그럼에도 이제 다시 몸속에 들어와 있는 나는 몸의 법칙 아래에 있으면서 이성으로 '이해할 수 있는 개념들'을 찾고 있는 것을 본다. 하지만 찾을 수 없다. 높은 진동에 대해 설명하려고 하다 보면 특히 내 세포들이 강한 반응을 보내와서 놀라곤 한다. 내 세포들은 평소보다 훨씬 높게 진동하고, 근원의 모든 색과 소리를 표현하기 위해 애쓴다. 내 몸 안에서 말이다.

나는 당시의 경험에 대한 기억에서 매번 조심스레 빠져나와야 한다. 그래야 이어서 그것을 설명하는 용어들에 집중할 수 있다. 임사체험을 하는 동안 내가 들어가 있던 그 높은 의식 수준은 그때 이후로 당연히 그리고 자연스럽게 마치 원래 그랬던 듯 내 존재의 일부가 되었다. 더 이상 분리가 없고, 따라서 모든 것이 '하나'이다.

이 글을 쓰는 지금 이 순간도 내 몸은 내 생각에 강하게 반응하며 내가 하고 있는 설명과 내 몸이 깊이 연결되어 있음을 보여준다. 나는 내 몸을 떠나지 않고도, 혹은 명상으로 내 이성의 스위치를 끄지 않고도 내 세포들의 의식을 감지한다. 이것은 내가 임사체험에서 얻은 가장 큰 선물 중 하나이다.

또 하나 임사체험 후 확연히 달라진 것이 있다. 더 이상 과거에 접근하거나 과거를 '돌아볼' 수 없게 된 것이다. 돌아본다는 것은 머릿속으로 과거로 돌아가 과거의 일을 이성으로 이해하려는 것인데, 나에게는 너무도 힘든 일이라 두통이 찾아올 정도이다. 무슨 일에 대해서건 늘 불안과 두려움을 느끼던 것도 사라져 이제는 어떤 상황이든 평가 없이 고요히 관찰하고 받아들인다. 나 자신을 포함해 모든 것이 끊임없이 변하는 에너지 진동임을 잘 알기 때문이다. 예전에 나는 이런 모든 것이 절대 불가능하거나 소수의 선택받은 마스터만 가능한 일이라고 여겼었다.

하지만 지금의 나는 우리 인간이 타고난 능력을 사용하여 그 영역들에 의식적으로 접근하는 것이 가능하다고, 그리고 원한다면 그 영역들을 우리 안에서 실현하는 것이 가능하다고 믿는다. 우리는 처음부터 그렇게 할 수 있는 도구를 우리 안에 갖고 있었다. 우리는 우리의 의식을 통해 주의를 조절하고, 우리가 갖고 있지 않다고 여기는 것에 집착하지 않으면서, 자기 발견의 모험에 집중할 수 있다.

끊임없이 생각하고 판단하는 마음을 옆으로 치워놓고 더 높은 진동의 차원으로 들어갈 준비가 된다면 그 즉시 다른 세상들이 펼쳐질 것이다. 나는 안다. 우리 세포들의 중심에는 근원으로 직접 통하는 문이 있다는 것을. 몸을 통해 창조의 직접적인 경험을 하고 싶다면 세포가 그 열쇠이다. 우리의 근원과, 또 존재하는 모든 것들과 우리가 어떻게 연결되어 있는지에 대한 앎은 우리 모두의 내면에 자리하고 있다. 언제나.

나도 마찬가지다. 나는 특별하지도 않고, 선택된 존재도 아니며, 무슨 착한 일을 해서 이 모든 경험을 한 것이 아니다. 당신 안에도 내 안에서와 똑같이 근원의 진동이 자리하고 있다. 당신도 내가 아는 그것을 알고 있다. 그 앎이 황금 보물처럼 당신 안에도 있다. 당신 몸의 모든 세포는 그 중심 깊은 곳에서 근원의 존재를 알고 있다. 그리고 그 진동, 그 소리를 표현하는 것이 당신의 모든 세포들이 가장 하고 싶어 하는 일이다. 그 진동, 그 소리를 드러내는 것이 바로 당신이 여기 있는 이유이다! 그것을 경험하기 위해 죽어야 할 필요는 없다.

기억해!

예전에 나는 우리 모두에게 신성神性이 있다는 말을 자주 듣고 읽었다. 우리 모두가 신의 일부이고, 우리에 대한 신의 사랑이 끝이 없다는 말도 자주 들었다. 하지만 그때는 공허하게만 들렸다. 그 사실을 느낄 수 없었으므로 나는 슬프기만 했다. 내 안의 어떤 것도 신성하게 느껴지지 않았다. 오히려 그 반대였다. 내 안의 어떤 것도 사랑받고 있는 것 같지 않았다. 하지만 지금의 나에게는 공허하게 들렸던 그 말들이 현실 자체가 되고 내 삶의 법이 되었다. 나는 모든 연결 관계를 알게 되었으며, 이제 임사체험 당시의 상태가 나의 확고부동한 상태가 되었다. 이 상태는 이제 바꿀 수 없다. 바로 그래서 나는 신성과의 연결을 아는 것에서 더 나아가 내 안에서 그 연결을 느끼는 것이며, 그 연결이 살아있게 하려고 최선을 다하는 것이다.

나는 이제 더 이상 아무것도 찾지 않는다. 모두 찾았기 때문이다. 내 안에서 말이다. 나는 나에게 부족하다고 생각하는 무언가를 내 밖에서 찾을 필요가 없다. 내 안에 '진정한' 모든 것이 자리하고 있기 때문이다. 나에게 이것은 이제 절대적인 진실이 되었다. 이 진실은 슬픔이나 분리의 감정이 일어날 때 내가 나에게 들려주는 것이기도 하다. 나는 온전한 내 존재 안에서 결코 아무것도 잃을 수 없으며 단지 그 진실을 잊을 뿐임을 잘 알기 때문에, 내 안의 이 부분을 다시 기억해 내기만 하면 된다. 그러므로 지금의 나는 슬플 때면 슬픔의 감정 속으로 부드럽게 들어가 그 빛의 존재가 나를 안아주었던 것처럼 내 감정을 안아준다. 내 안의 상처 입은 부분을 인지하면서, 그런 모든 감정이 분리감 때문에 일어났음을 깨닫고 사랑을 담아 속삭인다. "기억해! 네가 누구인지 보여줄게"라고.

춤추는 황금 점들

나는 여전히 근원의 우주적 색채 놀이 속에 있었다. 진동, 소리, 색의 또 다른 소용돌이가 나를 근원의 중심으로 점점 더 끌어당겼다. 우주의 소용돌이가 나를 잡아 부드럽게 그리고 부단히 그곳으로 데리고 가는 느낌이었다. 닿는 것은 모두 빨아들여 자신과 하나로 만드는 소용돌이 속으로 끌려 들어가는 것도 같았다. 나를 둘러싼 소리, 색의 스펙트럼, 그리고 진동이 점점 농축되는 듯했는데, 그래서 더욱더 현실적으로 느껴졌다. 그것은 마치 새로운 목소리가 계속 추가되면서 소리가 점점 커지고 강해져 커다란 홀을 울리는 거대한 합창 같았다. 이 우주의 소용돌이가 나를 더할 수 없이 강력하게 끌어당기는가 싶더니 갑자기 어떤 폭발이라도 일어난 듯 나는 한 순간 완전히 다른 상태에 들어가 있었다.

근원의 중심이 나를 완전히 새로운 존재 상태를 경험하도록 이끈 것처럼, 나는 갑자기 전혀 다른 환경에 놓여 있는 자신을 발견하게 되었다. 그곳은 굉장히 어둡고 절대적으로 고요했으며 평화로웠다. 이제 나는 지금까지 근원이 보여준 생명력과는 극적인 대비를 이루는, 전능하고 일체를 아우르는 텅 빔, 절대적인 고요 속에 있었다. 그 어둡고 평화로운 '무無' 속에서 나는 마치 내가 의식의 무수한 조각들로 산산이 부서지기라도 한 것처럼 갑자기 '모든 것'이면서 동시에 '아무것도 아닌 것'이 되었다. 나라는 느낌이 점점 사라졌고 현재만 남았다. 그리고 놀랍게도 나 자신도 이 끝없고 고요한 무無가 되었다. 그것은 압도적이었다. 흥미진진한 여행을 하고 있던 '나'는 더 이상 거기에 없었다. 그렇게 경험하고 싶고 알고 싶어 하던 '나'는 존재하지 않았다. 그 느낌은 평화로운 행복감 또는 '절대'의 상태라고 할 수도 있지만, 무슨 말로 표현하든 내가 경험한 것과 비교하면 모두 공허하고 진부하게 들린다. 나를 포함해, 태어나고 죽고 생겨나고 사라지는 모든 것은 그 영원하고 절대적인 현존이 형태를 갖추고 드러난 것이다.

이 변화가 너무 급작스러웠기에 나는 지금 내가 어디에 있는

지부터 알고자 했지만 알 수가 없었다. 나는 마치 해체되어 절대 평화의 우주, 그 무한한 공간 속의 무수한 입자가 된 느낌이었다. 그것은 모든 것을 포괄하는 평화 혹은 완전함이라고도 할 수 있는 상태였다. 그렇게 떠다니면서, 또 내 안에서 고요히 쉼과 동시에 완전히 해체되면서 나는 그때까지 내가 보았던 것들, 인간으로서 혹은 영혼으로서 내가 경험했던 모든 것들의 목표는 단 하나뿐임을 깨달았다. 바로 여기, 이 무한한 평화의 공간으로 나를 이끄는 것.

집에 돌아오다

마치 나 자신이 영원의 순간이 된 듯했고, 그때까지의 깨달음과 경험들은 모두 의미를 잃은 것 같았다. 그 무엇도 더 이상 중요하지 않았고 나의 주의를 끌지 못했다. 나는 도착했다고 느꼈다. 그것에 관해 설명하려고 하는 지금 다시 그 충만한 평화에 빠져드는데, 이것으로 이 책을 끝내도 될 것 같은 느낌마저 든다. 그것은 어떤 단어도 필요 없는 상태이다. 그렇다, 그 상태는 이미 모든 것을 담고 있으므로 단어 하나만 덧붙여도 넘치고 말 것이다. 그 창조의 평화 속으로 들어가면 다른 모든 것은 의미를 잃게 되고, 우리의 의식은 끝없는 영원 속으로 빠져들게 된다.

아, 당신이 그것을 알 수 있도록 당신을 여기 내게로, 이 상태로 데려오고 싶다. 당신은 이 상태를 감지할 수 있는가? 느낄 수 있는가? 혹시 이미 알고 있는가?

근원이 나를 모든 것을 포괄하는 그 의식awareness 혹은 앎으로 이끈 뒤부터 나는 계속 내가 도착했다고 느꼈다. 이 상태가 내 진정한 집이며 내 본성이라고 느꼈다. 내가 해체되어 들어간 그 평화 속에는 내가 경험한 모든 것이 들어 있었다. 거기서 나는 '존재하는' 모든 것에 도달했다! 그 상태는 내 가장 깊은 본질을 담고 있는 것처럼 느껴지기도 하고, 길고 긴 여정 끝에 돌아가 쉬는 궁극의 근원지처럼 느껴지기도 했다.

느낌으로는 몇 년이 지난 것 같았지만 어쩌면 단 몇 초였을지도 모를 시간이 지난 뒤, 나는 다시 빛의 존재의 목소리를 들었다. 그 목소리는 사방에서 동시에 들려오는 것 같기도 하고 내 안에서 들리는 것 같기도 했다. "당신이 어디에 있는 것 같나요?" 그의 목소리는 꼭 산들바람처럼 느껴졌다. "나는…… 도착했어요. 집에 왔어요. 여기 이 모든 것보다 더 아름답고 충만한 것은 없어요." 나는 속삭이듯 대답했다. 나는 그가 사랑을 담아 따뜻하게 웃고 있음을 느꼈다. 그리고 그 또한 이루 말할 수 없는 이 평화의 일부임을 알 수 있었다.

우주적 간지럼

마치 한숨 잘 자고 난 것처럼 천천히 나 자신으로 돌아온 나는 돌연 나를 둘러싸고 있는 작고 밝게 빛나는 황금빛 점들을 감지했다. 그것들은 처음에는 하나씩 나타나는가 싶더니 점점 많아졌다. 그야말로 생명력 자체처럼 보이는, 따뜻한 황금빛의 크고 작은 점들이 어둠 속에서 반짝이며 기분 좋은 생명력을 발산했다. 마치 전체 공간을 환희로 가득 채우고 싶은 듯 빛을 발산하며 끊임없이 나뉘고 증식하는 것 같았다. 내가 그 매혹적인 황금빛 점들과 감응하자 그것들 안의 힘과 확장의 기쁨이 고스란히 느껴졌다. 그것들이 증식하면 할수록 주변은 더 따뜻해지고 생기와 성장의 기쁨이 넘쳐났다. 그것들은 그런 놀이를 아주 즐거워하는 듯했다. 그 즐거움은 저절로 따라 웃게 되는 아기의 환한 웃음처럼 전염성이 강했다.

그것들은 자신의 존재 자체에 신이 나 장난스럽게 춤을 추는 듯했고, 무엇이든 할 준비가 되어 있는 듯했다. 그 빛의 점들은 조용하고 평화로운 공간을 기쁨과 활기가 가득한 공간으로 바꿀 수 있었고, 내가 지금까지 본 어떤 것보다 몇 배나 더 빠르게 움직이는 것처럼 보였다. 그것들의 생동감이 믿을 수 없을 만큼 전염성이 강한 우주적 간지럼처럼 느껴졌기 때문에, 나는 그것들의 놀이를 보면서 웃음을 터뜨리지 않을 수 없었다. 처음 경험해 보는 유쾌함이었고 즐거움이었으며 활력이었다.

알 수는 없지만 무언가 멋진 방식으로 내가 그 빛의 점들과 연결되어 있는 것 같았다. 내가 웃으며 함께 춤을 추자 그것들이 더 환하게 빛났기 때문이다. 우리는 의식意識을 통해 어떤 마법 같은 방식으로 서로 연결되어 있었고, 그 사실을 더 분명히 알아차릴수록 나는 더 열정을 느꼈다. 나는 그것들을 통해 갑자기 어느 때보다 더 살아있음을 느꼈고, 그것들은 나에게 할 수 있는 모든 것을 보여주려는 듯했다. 우리는 마치 서로에게 영감을 주고 있는 것처럼 느껴졌으며, 더 이상 고요와 평화는 감지되지 않았다. 그 따뜻한 황금빛 점들은 어쩐지 근원과는 다른 현실 차원에 존재하는 듯했지만 또 그렇지 않은 듯도 했다.

나는 주의를 집중하는 실험을 거듭하면서 내가 어디에 관심을 기울이느냐에 따라 각 차원을 개별적으로 하나하나 볼 수 있다는 사실을 더 분명히 알게 되었다. 마치 고해상도 현미경으로 나노 입자를 관찰하다가 조정 다이얼을 조금 돌리는 것처럼. 그렇게 나는 마치 아원자 현실에 들어온 것처럼 근원 자체를 인식할 수도 있었고 황금빛 점들의 춤에만 집중할 수도 있었다. 그냥 내 마음대로, 마치 책의 새 페이지를 펼치듯이 그렇게 쉽게.

처음으로 나는 내 주의를 조종해 의식적으로 다양한 현실과 다양한 차원을 보는 법을 배웠다. 그러다 나는 굉장한 속도로 진동하는 무수한 황금빛 점들을 하나의 거대한 공이 감싸고 있음을 알아차렸다. 공은 얇은 막으로 이루어져 있었고 그 속에 무수히 많은 황금빛 점들을 담고 있었다. 호기심에 나는 내 의식을 그 공에 집중해 보았는데, 그 즉시 점점 더 많은 얇은 막의 공들이 나타났다. 모든 공이 기분 좋게 진동하는 무수히 많은 황금빛 점들로 가득 차 있었다.

너무 흥미진진해서 나는 여기저기를 계속 확대해서 볼 수밖에 없었는데, 그럴 수밖에 없는 게 황금빛 점들의 생동감이 너무도 매력적이었기 때문이다. 하지만 공들도 황금빛 점들과 매우 유사하게 내게 반응했다. 내가 내 안에서 사랑의 감정을 느끼면 그것들은 저절로 더 밝아지고 커지면서 빛을 발했다. 반대로 내가 중립 상태로 아무런 의도나 감정 없이 그 생생한 기쁨의 춤을 바라보면 그 진동도 그대로 유지되었다.

"세상에…… 이것들은 다 뭔가요?" 내가 빛의 존재에게 물었다. "나를 이렇게 웃게 만드는 이 멋진 빛의 공들과 황금빛 점들 말이에요. 조금 전까지만 해도 나는 창조의 근원 같은 곳에서 평화 그 자체가 되어 있었는데, 이제 이렇게나 생명력이 넘치는 황금빛 점들과 함께 웃으며 춤을 추고 있네요. 여기는 어디고 저들은 무엇인가요?"

이 질문 다음에 이어진 일을 설명하려니 나는 또다시 어려움을 느낀다. 이 책을 쓰면서 나는 이미 너무도 자주 모래알 하나로 거대한 사막을 설명하려 든다는 느낌을 받고 있다. 지금처럼 인간 언어의 한계를 절감한 적이 없다. 지구상 모든 언어의 모든 단어를 알고 모든 비유를 갖다 쓴다고 해도 턱없이 모자랄 것이다. 그 상태 혹은 모든 것을 포괄하는 그 앎의 상태를 정말로 이해하려면 스스로 경험해 보는 수밖에 없다. 그것은 우리의 의식을 통해서만, 그 상태에 몰입하고 그 속으로 들어가야만 경험할 수 있는 부분이다.

"당신이 지금 어디 있는지 보여줄게요." 그의 말이 끝남과 동시에 그는 나를 어디론가 데려갔다. 나는 다시 소용돌이 속에 빠진 것 같았는데 이번에는 엄청난 속도로, 하지만 부드럽게 아래로 끌려내려 갔다.

행복으로의 강제 인도

다음 순간 너무나도 쉬운 일이란 듯 나는 다시 중환자실에 와 있었다. 내 몸이 누워 있는 침대 옆에 빛의 존재와 함께 서는 순간 나는 경악하지 않을 수 없었다. 그것이 내 몸일 리가 없었다!

내 몸은 알아볼 수조차 없는 지경이 되어 있었다. 심한 화상을 입은 내 얼굴과 목, 손 부분에 치료가 진행 중이었다. 불에 탄 부분이 깨끗이 제거되었고, 완전히 타버렸거나 부분적으로 그을린 피부에는 이른바 세포 배양 이식 수술이란 걸 해둔 상태였다. 그건 주로 넓은 부위에 화상을 입었을 때 하는 수술이다.

의사들은 내 허벅지에서 피부를 떼어내 내 손에 이식했다. 내 몸은 몹시 부어 있었고, 두 손과 얼굴을 포함한 머리 전체는 하얀 붕대로 둘둘 감겨 있었으며, 나머지 몸은 시트로 덮여 있었다. 노출된 입과 특히 목에 많은 튜브가 꽂혀 있었고, 이 튜브들은 단조로운 소음을 내는 기계들과 연결되어 있었다. 내 몸은 하얀 붕대로 칭칭 감긴 미라 같았는데, 그때 본 내 모습은 앞으로도 절대 못 잊을 것이다.

내가 경악해하고 있음을 감지한 그가 부드러운 목소리로 나를 안심시켰다. "여기 사람들이 당신 몸을 위해 해줄 수 있는 일은 다 해주었어요. 하지만 가장 중요한 게 빠져 있죠. 의사들은 최선을 다했지만 당신 몸이 지금 정말로 필요로 하는 것은 바로 당신이에요!"

"무슨 말이에요?" 나는 겁에 질려 소리쳤고, 내 몸에서 시선을 피하려 애썼다. "내가 여기서 더 뭘 해야죠? 이 몸속으로 돌아가긴 싫어요! 왜 내가 필요하다는 거예요? 제발 그 간지럼 태우던 황금빛 점들로 나를 다시 데려가 주세요." 나는 간청했다. "여기 있고 싶지 않아요. 이 몸에는 정말 하나도 관심이 없다고요."

하지만 그는 항변은 일절 허락하지 않겠다는 듯 단호하게, 그리고 말 한 마디 없이 그와 정반대의 일을 했다. 나의 동의를 기다리지도 않고 나를 가차 없이 내 몸 속으로 집어넣은 것이다. 저항할 틈도 없었다. 나는 상처 입은 피부층을 통과해 아래쪽의 조직들로 끌려들어 갔고, 거기에서 깊은 충격으로 검게 변한 부위들을 보았다. 끔찍했다! 상처가 심해서가 아니라 얼마 전 수술시의 끔찍한 경험으로 되돌아간 것 같아서였다. 나는 어떻게든 그 상황에서 벗어나고 싶다는 생각뿐이어서 나를 진정시키려는 그의 말도, 내 몸의 더 섬세한 영역들도 전혀 알아차리지 못했다.

내 안의 모든 것이 저항하고 있었다. 그 방에서 빛의 존재를 만난 이래 처음으로 모든 것과 모든 사람에게 반항, 항거, 심지어 분노 같은 오래된 감정들을 느꼈다. 그의 부드러운 목소리는 전혀 들리지 않았고, 그의 황금빛 에너지장도 느껴지지 않았다. 갑자기 나한테 무슨 일이 일어난 거지? 그런 생각이 드는 동시에 슬픔의 물결이 나를 덮쳐왔고, 나는 어느 때보다 외롭다는 느낌이 들었다.

"나를 믿고 똑똑히 바라봐요." 아주 먼 곳에서 그의 목소리가 속삭이듯 들려왔다. 그는 그 말을 계속 반복한 것 같지만, 나는 거의 들을 수 없었다. 몇 분 동안 그가 나에게 보낸 도움을 나는 전혀 알아차릴 수 없었다! 왜 그랬는지 그 순간에는 이해할 수 없었지만, 그런 감정적 혼란에도 불구하고 그와 다시 연결된 것 같아 나는 매우 기뻤다. "나를 믿고 똑똑히 바라봐요." 이제 그의 말이 한결 더 분명하게 들렸다. '좋아요. 당신이 이겼어요…… 내가 졌어요.' 그런 생각과 함께 나는 일어나고 있는 일을 마침내 받아들이기 시작했다.

몸 안에서 나는 마치 여행하듯 여러 장기와 내분비선, 뼈 사이를 지나갔다. 그는 나를 몸의 조직 속으로 점점 더 깊이 이끌더니 마침내 세포에 닿게 했다. "안케, 똑똑히 봐요. 그럼 알게 될 거예요. 서로 분리되어 존재하는 건 아무것도 없다는 걸 말예요."

나는 세포 중 하나로 흘러 들어가 점점 더 미세해지는 세포의 에너지 진동을 인식했다. 그리고 그 순간 갑자기 그가 나에게 그렇게나 보여주고 싶어 하던 그 중요한 것이 무엇인지 이해했다. 세포 속으로 한 층 한 층 더 깊이 들어가다가 그 중심에서 영원의 진동을 알아차린 것이다. 그리고 그 순간 나의 저항감은 순식간에 감격으로 바뀌었다. 거기서 나는 방금 전 갑작스럽게 떨어져 나와야 했던, 생동감 넘치게 움직이며 자가 증식하던 무수한 황금빛 점들을 다시 만났다. 나는 이때 그가 한 말을 분명히 기억한다. "그래요, 당신은 도착했어요! 당신은 집에 있어요! 당신은 도착해서 집에, 당신 자신 안에 있어요!"

우리 몸은 체현된 창조이다.
물화物化된 창조이다.

지금의 나의 시각

이전의 나는 내 몸을 몰랐다. 몸은 나에게 그저 몇 가지 귀찮은 일을 해줘야 하는, 말 그대로 이동을 위한 도구에 불과했다. 먹여주고 재워주고 여기저기 조금씩 보살펴주면 몸은 나를 이 장소에서 저 장소로 데려가 주었고 다른 사람들과 만날 수 있게 해주었다. 그리고 솔직히 말하면 나는 내 몸을 그다지 좋아하지 않았다. 마음에 드는 구석이 별로 없었고, 그래서 불평도 많이 늘어놓았다. 심지어는 몸에 의지하며 살아야 한다는 사실이 나를 불안하게 만들기까지 했던 것 같다. 몸 없이는 나는 존재할 수 없을 거라고 생각했다. 가장 큰 문제는 내가 내 몸을 몰랐고, 그래서 몸을 신뢰하지 못했다는 것이다. 몸은 통제 불가능한 것 같았고, 언제든 제멋대로 병이나 다른 결함을 일으킬 것 같았다.

자동차가 고장 나면 정비소에 가면 되고, 수리가 불가능하면 새 차를 사거나 대중 교통을 이용하면 된다. 안타깝게도 우리 몸은 그렇게 간단하지 않다. 그래서 몸은 우리에게 그렇게 큰 불안감을 주는지도 모른다. 나는 몸이 자기만의 의식을 갖고 있으면서 끊임없이 나와 소통하려 한다는 생각을 결코 해보지 못했다. 나에게 몸은 그저 목적을 위한 수단이었고, 그 수단이 언젠가는 더 이상 내가 원하는 대로 작동하지 않을까봐 불안했다.

우리 자신에 대한 모든 진실이 우리 몸에 저장되어 있다. 우리는 그 진실을 무시할 수는 있지만 바꿀 수는 없다. 우리가 몸에 넣는 모든 것, 모든 생각, 모든 감정, 모든 거부가 다 그 안에 저장된다. 빛의 존재가 나를 몸 안에 억지로 집어넣었을 때 나는 바로 그것들을 보았다. 나는 내 익숙한 불안, 분노, 슬픔을 느꼈고 빛의 존재와의 연결은 거의 느끼지 못했다.

온전해지고 싶다면, 자신과 진정으로 연결되고자 한다면, 우리는 우리 몸을 통할 수밖에 없다. 몸은 우리를 존재하게 하는 수단 그 이상이기 때문이다. 몸은 우리에게 경험할 수 있는 공간을 제공하며, 우리는 몸에 대해 책임이 있다. 우리 몸은 무한한 의식의 장이고 그 안의 세포 하나하나가 우리의 생각과 감정에 반응한다. 몸을 외면하고 거부하면 몸은 저장 공간이 넘치기 전까지는 모든 것을 인내하며 받아들이지만 저장고가 넘치면 우리가 자신을 돌보지 않을 수 없게 만든다. 몸은 우리에게 자기가 원하는 것이 무엇인지 보여줄 길을 찾고야 만다. 분명히 그렇다.

예전에 나는 몸을 귀찮아했다. 그 사고로 갑자기 몸에서 벗어났을 때에도 절대 다시 몸으로 돌아가고 싶지 않았다. 지금의 나는 내 몸에 매우 감사하고 내 몸이 하는 말을 잘 듣는다. 돌이켜보면 이러한 깨달음은 내 인생에서 가장 큰 전환점이 되었다.

그때까지 나는 내 몸에 아주 무지한 채 그저 이용하기만 했다. 따라서 나는 늘 침울하고 불행할 수밖에 없었다. 이제 나는 내 몸 안에 살면서 몸을 매우 존중하고 사랑한다. 나는 내 몸이 진정한 충만의 문을 여는 황금 열쇠이자 가장 중요한 열쇠임을 인식하고 있다. 내 몸은 내가 하는 모든 말을 듣고 내 모든 감정에 반응한다. 우리는 우리 둘만의 새로운 언어를 계발했으며, 이 언어를 통해 서로를 아주 잘 이해할 수 있게 되었다. 그 언어란 바로 서로를 사랑하며 돌보는 것이다. 이런 식으로 우리가 서로를 돌보기 시작한 이래로 나는 내 몸을 통해 그리고 내 몸과 함께 삶의 기쁨을 만끽하고 있다. 나는 나의 인생과 나 자신을 아주 새롭고 멋진 방식으로 사랑하고, 나의 세포들도 그것을 함께 즐긴다.

여기서 나는 당신에게 아주 중요한 것 하나를 약속할 수 있다. 지금 당신의 몸이 어떤 상태에 있든 당신이 스스로를 사랑하기 시작하는 순간 모든 것이 변할 수 있다! 당신 몸은 당신이 그래주기를 기다리고 있다. 언젠가는 우리 몸이 그 기능을 멈출 날이

올 것이다. 하지만 '당신은' 계속 존재할 것이다. 당신의 몸이 언젠가 죽더라도 당신은 계속 존재할 것이다. '당신은' 계속 나아갈 것이고, 아주 새롭지만 또한 매우 익숙한 방식으로 자신을 경험하게 될 것이다.

확장된 의식

내가 이 여정에서 배우고 경험한 모든 것에는 자기만의 고유한 의식이 있었다. 빛의 존재에게도 그만의 의식의 장이 있었고, 내 몸에도 나와 소통 가능한 그것만의 의식이 있었다. 창조 자체나 지구가 그 고유의 의식을 갖고 있듯이 내 몸의 세포들도 고유의 의식을 갖고 있었다. 의식을 통해 우리는 우리를 둘러싼 모든 것들 그리고 그 너머의 모든 것들과 연결된다. 이렇게 다양한 의식의 장들은 단지 그 진동과 주파수, 그리고 방향성만 서로 다를 뿐이다.

우리 의식에는 위, 아래, 내부, 외부라는 개념이 존재하지 않는다. 내 여정의 초기에 나는 내가 위로 끌려 올라간다는 인상을 받왔다. 하지만 정말 그랬을까? 빛의 존재와 처음 만났을 때 나는 오로지 병원의 그 모든 상황에서 벗어나고 싶었고, 그래서 그가 나를 '위로' 끌어당겼다고 가정했을 수 있다. 나는 늘 신, 구원 혹은 우주가 내 밖에 있다고 생각했는데, 그래서 그렇게 가정했을 수도 있다. 지금의 나는 위 혹은 아래가 없음을 잘 안다. 우리 밖에는 아무것도 없다는 것도 잘 안다. 우리는 의식을 통해 모든 것과 연결되어 있고 이 연결에는 한계가 없기 때문이다. 인생에서 우리가 경험하는 한계란 전적으로 우리의 생각에 의해 만들어진다. 우리 안에 있는 '생각하는 자'는 시공간에 묶여 있고 그 시공간을 뛰어넘어서는 방향을 잡을 수 없기 때문에 경계를 만들 수밖에 없다. 이 생각하는 자를 넘어가 보라. 그럴 때 당신의 의식을 무한으로 확장할 수 있을 것이다.

진정한 당신이 대양이라면,
당신이 자신에 대해 알고 있다고 믿는 그 모든 것은
한 방울의 물일 뿐이다.

9일간의 여정 동안 나는 수많은 다양한 창조의 장을 방문했고, 그 각각은 자기만의 앎과 인상과 강조점을 나에게 전해주었다. 나로서는 매우 낯설고 주로 이미지를 통해서만 이해할 수 있는 미지의 세계들이 있었다. 소리와 주파수로만 이루어진 장들도 있었다.

이런 영역 중 어느 하나를 한 번이라도 의식적으로 경험했다면 나중에 그것에 대해 생각만 해도 다시 그곳에 있을 수 있었다. 그렇게 나는 빛의 존재가 나를 데려간 모든 멋진 차원들 사이를 원하는 대로 왔다 갔다 할 수 있었다. 생각만 하면 다시 근원의 중심 속에 있었고, 생각만 하면 다시 빛의 존재 옆에 있었다. 내 의식은 다양한 창조의 장 속으로 확장되었고, 그렇게 나는 의도적으로 주의를 집중해 그 장들로 들어갈 수 있었다. 내가 원했던 그대로. 그것은 리모컨 버튼을 눌러 수많은 채널 중 하나를 선택할 수 있는 것과 비슷하다. 일단 원하는 채널을 모두 수신 가능하게 설정해 놓았다면 언제라도 그 채널을 열어볼 수 있다.

그때까지 살면서 나는 거의 전적으로 문제에만 주의를 집중했다. 늘 불편한 감정과 상황에 대해 생각하느라 바빴다. 그런 방식으로 항상 인생의 문제를 해결하려고 했는데 바로 그런 시각 때문에 아무것도 바뀌지 않았다는 것은 몰랐다. 빛의 존재로부터 내 의식을 창조의 영역들로 확장하고 그 영역들을 경험하는 법을 배우고 나서야 나는 그 연관성을 알게 되었다.

무조건적이고 영적인 사랑이 나의 진짜 본성이었다. 내가 경험했던 근원, 빛의 존재, 한계 없는 사랑이(나는 나를 이 사랑의 일부로서 경험했다) 이미 언제나 내 안 깊숙이 자리하고 있었지만 나는 한 번도 그것에 주의를 보낸 적이 없었다. 내가 몸 밖에 있을 때 생각 하나로 모든 것을 조절할 수 있었던 것처럼, 나는 언제나 그럴 수 있었을 것이다. 내 의식이 내 몸 안에 있든 밖에 있든 상관없이 말이다.

창조의 이 모든 아름다운 영역들은 당연하게도 임사체험 전부터 존재했을 테지만, 나는 한 번도 본 적이 없었다. 내 현실에서는 그것들이 존재하지 않았다. 나는 내가 상황의 희생자라고만 느꼈지 실제로 나에게 어떤 가능성이 존재하는지, 내가 무엇과 연결되어 있는지 전혀 알지 못했다.

'두 인생' 사이의 유일한 차이는 이제는 내가 그 가능성들을 알고 그것들을 사용할 줄 안다는 것이다.

분리의 착각

바로 이런 깨달음에 대해 빛의 존재와 이야기하던 중 그는 내가 이미 몇 번 보기는 했지만 깊이 생각한 적은 없는 무언가를 보여주었다. 출생 후 몇 달 뒤부터 나의 에너지장이 천천히, 하지만 눈에 띄게 바뀌어가고 있었던 것이다. 시간이 지남에 따라 나는 투명하고 정교한 막에 완전히 감싸였는데, 거의 안 보일 정도로 투명한 그 막은 달걀의 흰자와 노른자를 나누는 아주 얇은 막과 비슷했다.

그의 인도 아래 나는 그 막에 주의를 보내며 그것의 입장이 되어보았는데, 그러자 그것이 얼마나 중요한 기능을 하는지 알게 되었다. 그 막은 태어난 직후부터 나를 감싸면서 내가 어디서 왔는지를 잊게 만드는 일종의 베일 역할을 했다. 그것은 인간인 나 자신과 인간으로서 내가 필요로 하는 것에 주의를 기울이게끔 했다. 그 막으로 인해 내 의식은 산만해졌고, 근원 및 다른 모든 존재들과의 연결을 강하게 느꼈던 높은 차원으로부터 다른 곳으로 주의의 방향을 바꾸게 되었다. 이 막의 도움이 있을 때에만 나는 독립적인 개체로서 나 자신을 인식할 수 있었고 나 자신에 대한 감각을 지닐 수 있었다.

이 막을 통해 나는 내 몸에 집중할 수 있었고, 몸을 통해 내가 필요로 하는 것을 경험할 수 있었다. 이 막이 없었다면 나는 내 영적인 본성과, 또 무조건적인 사랑과 계속 연결되었음을 느꼈을 것이다. 이 막이 없었다면 내가 두려움, 외로움, 분노 같은 감정을 절대 경험할 수 없었을 거라고 그는 설명했다. 그는 내가 삶의 경험들을 쌓아감에 따라 그 막이 얼마나 더 두꺼워졌는지도 보여주었다. 그렇게 그 막은 어느덧 내 의식을 완전히 제한했다.

그것이 내가 그토록 고립되고 분리되었다고 느끼게 만든 이유였다. 비유적으로 말해 나는 두껍고 뚫을 수 없는 고치 속에 꼼짝 못하고 갇힌 느낌이었다. 당신도 스스로 만들어놓은 내면의 벽에 끊임없이 부딪히는 게 어떤 느낌인지 잘 알 것이다.

나는 평생 알고 싶었던 것을 갑자기 깨달았다. 우리는 분리되어 있지 않고, 길을 잃지도 않았으며, 아무것도 빼앗길 수 없다는 것 말이다. 영혼의 고향과의 연결은 한 번도 끊어진 적이 없다. 어떻게 느끼고 살든 우리는 근원과 단단히 연결되어 있고 그 연결이 끊어지는 때는 없다. 우리는 모두 더할 수 없이 위대하고 강력한 존재들이며, 원하는 것은 모두 가볍게 얻을 수 있다. 우리가 가진 무한한 에너지와 창조력보다 강한 것은 세상에 없다. 바라는 것은 모두 창조해 낼 수 있는 잠재력이 우리에게는 있다. 풍요로움이야말로 우리의 자연 상태이다. 우리는 결핍을 모른다. 우리는 창조하기를 좋아하며, 다양한 방식으로 자신을 표현하고 싶어 한다. 우리는 무한한 창의성과 지혜를 가진 존재이고 조건 없이 사랑하는 존재이다. 우리는 우리의 창의성을 마음껏 펼치고 자신의 창조를 끝없이 즐기고 싶은 바람을 갖고 있다.

고치 속에서만 우리는 분리를 현실이라고 착각한다. 고치는 우리에게 통과할 수 없고 극복할 수 없는 것처럼 보인다. 고치는 마치 바깥과 차단된 세상이 유리 구 안에 들어 있는 스노글로브

와 같다. 우리는 그 세상을 우리의 현실이라 생각하고 우리가 그보다 훨씬 더 큰 존재임을 잊고 있다. 그러나 고치가 없었다면 나는 절대 어떤 극단적인 삶도 살아볼 수 없었을 것이다. 모든 것과 연결되었음을 계속 인식했더라면 그 같은 외로움이나 고립감, 슬픔, 무가치함은 느껴보지 못했을 것이다. 이런 깨달음이 현재 내가 현실로 경험하고 있는 충만함과 자기애를 느끼는 데 가장 중요한 단계였다. 이제 나는 외부가 아니라 내 안에서 나를 사랑하며 충만함을 느낀다!

모든 일에는 그럴 만한 이유가 있다

우리는 일생을 깊은 잠에 빠진 것처럼 살아간다. 스노글로브 안이 우리의 현실이라고 믿고 그것이 우리를 제한한다고 확신하기 때문이다. 우리는 이 삶에서 무엇을 하고자 했는지, 어떤 경험을 하고자 했는지, 그 경험을 하려면 무엇이 필요한지 잊어버렸다. 그리고 그 계획한 것을 이루기 위해서 필요한 것은 다 가지고 있다는 것도 잊어버렸다.

하지만 이 '망각'에는 큰 이유가 있다! 결국, 우리는 경험을 하기 위해 여기에 있다. 그런데 우리에게 언제라도 인생의 모든 것을 바꿀 수 있는 마술 지팡이가 있다는 것을 안다면 이는 하고자 한 경험을 하는 데 도움이 안 될 것이다. 삶이 조금이라도 힘들어지거나 불편해진다 싶으면 바보가 아닌 이상 마술 지팡이를 휘둘러 생각을 다시 조정하고 삶을 원하는 방향으로 바꿀 테니 말이다. 상황을 재빨리 바꿀 수 있음을 안다면 절대 가난을 경험할 일이 없을 것이다. 슬픔, 두려움, 외로움 같은 불편한 감정들도 절대 알 수 없을 것이다. 상황을 낫게 하려고 아주 빨리 모든 걸 바꿔버릴 테니까 말이다.

그러므로 자신이 무엇을 가졌는지 잊어버리거나 바라는 것을 다 얻지 못하는 데에는 그럴 만한 이유가 있는 것이다. 무조건적인 사랑을 받고 있다고 느낀다면 우리는 아주 다르게 살게 될 것이다. 무한한 사랑을 받고 있다고 느낄 때 자신을 결코 그렇게 가혹하게 심판하지 않을 것이다. 다른 사람에게 분노를 느낄 수도 없고, 해를 끼치고 싶다는 생각은 더더욱 할 수 없으며, 우리 자신에게도 똑같이 그러할 것이다. 다른 모든 사람과 우리 자신을 무조건 사랑하게 될 것이다. 모든 창조물을 언제나 사실 그대로 미세하게 진동하는 아름다운 존재로 인식할 테니까 말이다. 하지만 우리는 천국에서와 같은 가벼운 삶을 살고자 여기에 있는 게 아니다. 우리는 한계를 가진 삶을 경험하고 싶다. 한계를 알고, 그 한계를 뛰어넘는 법을 찾고 싶다!

인간에게 주어진 가장 큰 선물

내가 내 몸을 바라보는 동안 빛의 존재는 조용히 나의 반응을 지켜보고 있었다. 그때까지 그 일은 나에게 아직 불편한 쪽에 더 가까웠다. 왜 몸속에 들어가게 하는지, 그 일의 진짜 의미가 무언지 나는 이해하지 못했다. 나로서는 여전히 그 무거운 껍질 속으로 다시 돌아갈 생각이 전혀 없었다. 나와 내 몸은 이제 서로 다른 세계가 되었고, 그 무엇도 우리 사이를 연결해 주지는 못할 것 같았다. 내 몸이 근원과 연결되어 있음을 알아차렸다고 해도 말이다. 자유의 느낌, 경계 없음, 무조건적인 사랑의 상태가 나는 참으로 만족스러웠고 의식적으로 살지 못했던 내 삶을 떠난 것이 더할 수 없이 좋았다.

빛의 존재는 한 번 더 나를 조용한 2인용 중환자실로 데려갔다. 내 몸은 미라처럼 붕대에 둘둘 감긴 채 꼼짝도 하지 않고 누워 있었고, 생명줄 같은 기계들만 계속 단조로운 소리를 내고 있었다. 그 순간 처음으로 나는 내 몸을 혐오스러워하지 않는 나를 보았다. 오히려 내 몸을 받아들이고 있었다. 살아생전 처음으로 내 몸을 느낄 수 있었다! 몸이 느끼는 것을 느꼈고, 거의 사랑이라고 할 만한 아주 새로운 방식으로 내 몸과 연결된 것 같았다.

나는 갑자기 내 몸의 의식과 접촉할 수 있었다. 내가 내 몸에 의식적으로 마음을 열었기 때문일까? 나에게서 너무도 강하게 외면당해 온 것에 내 몸이 슬퍼하고 절망하고 있음을 분명히 감지할 수 있었다. 몸에게 마음을 열수록 나는 한 가지 점을 더욱 분명히 알게 되었다. 그 순간까지 내가 큰 착각 속에 빠져 있었음이 분명했는데, 나는 늘 "내가 몸속에 갇혀 있고 몸에 의존한다"고 믿었던 것이다. 사실은 그 반대였다. 몸이 나에게 의존하고 있었다! 우리 둘 중에 자유롭고 한계가 없는 것은 몸이 아닌 '나'였다. 모든 창조의 수준들로 확장할 수 있는 것도 몸이 아니라 '나'였다. 내가 없다면 내 몸은 존재할 수 없었다! 하지만 나는 사실 몸이 필요하지 않았다. 나는 내가 계속 몸을 거부한다면 내 몸이 존재 의미를 상실하고 말 거란 걸 깨달았다. 내가 그것의 유일한 기준점이기 때문이었다. 내 몸은 오직 나 때문에 존재했다.

이렇게 완전히 새로운 관점이 내 안에서 처음으로 내 몸에 대한 진정한 인정과 사랑을 불러일으켰다.

> "우리가 들어가 살고 있는 몸은 우리에게 의존한다!
> 우리는 이 불가해한 정보 네트워크가
> 이 물질 세계에서 존재하기 위해 필요한
> 힘이자 에너지의 원천이다."
> ―루이스 앙헬 디아스Luis Angel Diaz

이 갑작스러운 알아차림에 놀란 나는 빛의 존재를 돌아보며 도움을 청했고, 그는 미소를 지으며 나에게 다가왔다. 그때까지 내 몸과 관련한 것에는 뒤에서 조용히 지켜보고만 있었는데, 이제 그가 내 옆에 서서 내 눈을 깊숙이 바라보았다. 나에게 아주 중요한 것을 알려주려 할 때마다 그는 그렇게 나를 바라보았다. 내가 온전히 집중해 주기를 바라서인 것 같았다.

"이 몸은 당신을 위해 아주 특별히 만들어진 신성한 그릇이에요. 몸도 자기만의 의식을 가지고 있습니다. 몸은 당신이 지금껏 생각한 것처럼 그렇게 좁고 경직된 것이 아니라 당신에게 완벽하게 맞는 진동 서명vibrational signature으로 이루어져 있답니다. 이 몸은 변화하는 유동적인 것이지만 또한 근원과도 계속 연결되어 있어요. 지금은 믿기 힘들겠지만요. 안케, 당신 몸은 당신의 그릇이에요. 몸은 인간이 가질 수 있는 가장 큰 보물이랍니다. 그 안에 절대적인 충만으로 향한 열쇠가 숨겨져 있지요!"

"지금까지 난 이 몸이 무슨 신성한 그릇이라거나 대단한 열쇠라고 생각해 본 적이 없어요." 나는 조금 당황스러워서 내가 느낀 거리감을 설명하고자 애썼다. "이 몸 안에서 살아온 삶은 나에게는 결코 만족스러운 게 아니었어요. 오히려 대부분 그 반대였죠." 그 존재가 한 말의 의미를 나는 완전히 이해할 수도 없었고 이해하고 싶지도 않았다.

사랑 없이 몸을 대하던 내 인생의 많은 장면들이 떠올랐다. 어떤 이유에서건 나는 나 자신을 느끼고 사랑으로 바라보는 법을 잊어버렸다. 내가 슬픔과 외로움과 내면의 공허를 느끼던 상황들이 빠르게 지나갔고, 나는 그때마다 내 몸이 더 비좁아지고 무거워졌음을 알아차렸다. 슬펐다. 나의 바람, 나의 결핍에 사랑으로 다가갔더라면 그렇게까지 되지는 않았을 것이다. 남편이나 아이들에게 준 것만큼이라도 나 자신에게 사랑을 주었더라면 이모든 일은 일어나지 않았을 것이다! 사랑이라는, 천부적으로 주어진 그 자연스런 상태야말로 내가 그토록 그리워하던 것이었다. 나는 그 사랑을 느낄 수는 있었지만, 그저 내 가족이나 친구혹은 주변 세상에 대해서만 느꼈다. 나 자신에게는 느끼지 못했다. 바로 이것이 내가 그 삶으로 돌아가고 싶지 않은 이유였다. 나는 나에게서 너무 멀어졌던 것이다!

"내가 왜 당신에게 이 모든 것을 보여주었는지 궁금하지 않나요? 내가 왜 이 모든 연결 관계를 알려주면서 당신을 근원까지 데리고 갔다가 다시 또 몸속으로 들어가도록 하는지 말예요." 이 질문에 나는 깜짝 놀랄 수밖에 없었다. 그렇다. 그와 함께 그렇게 놀라운 것들을 깨닫는 동안 나는 한 번도 그걸 물은 적이 없었다. 벌써 영원의 시간이 지난 것 같지만, 그는 내 모든 생에서 자신이 항상 내 곁에 있었음을 이미 보여준 바 있었다. 내가 새로운 삶으로 태어날 때도 늘 나를 도왔고, 죽음의 과정도 수월하게 거치도록 도왔다. 이번 생에서도 그랬던 것처럼. 그것 외에 우리의 만남에 다른 이유가 있을 거라고는 미처 생각하지 못했다.

"안케, 우리가 함께하고 있는 지금 이 여정에 당신의 육체적 죽음은 계획되어 있지 않아요." 그가 부드러우면서도 진지하게 설명했다. "우리는 아주 오래전에 약속을 하나 했지요. 그리고 그 약속을 지금 지킨 거고요. 그 사고는 당신 스스로 상세하게 계획했어요. 당신이 한동안 몸을 떠나보는 소중한 기회를 갖기 위해 설계된 거였죠. 그건 당신이 '진정한 나', 근원, 자신의 의식을 온전히 경험하는 데 꼭 필요한 일이었어요. 지금까지 나와 함께 경험한 모든 것이 당신이 태어나기 전에 이번 생을 위해 스스로 정

해놓은 것이었다는 걸 기억할 수 있겠어요? 이 포괄적인 교육 과
정을 결정한 것이 다른 누구도 아닌 바로 당신 자신이라는 거 말
이에요. 당신 자신을 알아차리는 것이 당신에게는 중요했어요.
기억할 수 있겠어요? 당신 자신을 알아차리는 것, 바로 그 일이
일어난 거예요."

매 순간 모든 것을 바꿀 수 있다

빛의 존재가 나에게 보여준 것들을 돌이켜볼 때 나는 그의 말
이 사실임을 알 수 있었다. 영혼의 차원에 있으면서 나는 그 모든
것을 알았지만, 너무도 많은 깨달음과 정보 속에서 그만 놓치고
있었다.

맞다. 나는 이번 생을 위해 '깨어남을 위한 알람 장치'를 하나
심어두었고, 그 이유도 잘 알고 있었다. 그 알람 장치는 내 '진정
한 본성'을 기억하고 그것을 내 안에 통합하기 위해 반드시 필요
했다. 나는 이번 생에서, 이 '밀도 높은 육체 안에서' 내 영혼의 성
질을 드러내고자 했다. 나는 몸 안에서 내 영혼의 높은 차원들을
모두, 가능한 한 '온전히 그리고 진정으로' 구현하고자 했다. 나
는 내가 육체에 생명력을 불어넣는 것이 가능한지 알고 싶었다.

내 의식으로 내 몸을 살려내고, 바로 그것을 통해 '무조건적인 사랑'을 표현하고 싶었다. 바로 이것이 내가 이번 생을 위해 계획했던 대담하고 용기 있는 모험이었다. 그것을 나는 기억해 냈다! 그리고 그 순간 나는 내 몸이 왜 그렇게 무언가를 기다리고 있는 것 같았는지도 알게 되었다. 내 몸은 나를 기다리고 있었다! 내 몸은 내가 다시 돌아올지 아니면 영원히 떠날지 결정하기를 기다리고 있었다. 내 몸의 생존은 온전히 나의 결정에 달려 있었다. 나는 이제 모든 것을 알았다. 하지만 육체로 돌아가 그 좁은 곳에서 다시 살아가야 한다니 그건 여전히 좋은 생각이 아닌 것 같았다.

"지금 계속 살지 말지가 오직 나한테 달렸다는 말씀인가요?" 놀라며 묻는 나의 모습에 그는 즐거워하는 게 분명했다. "나한테 선택권이 있나요? 내가 결정할 수 있어요?"

우리는 언제나 선택할 수 있다. 매 순간 그렇다.
무엇도 당신을 구속하지 않는다.
당신은 매 순간 모든 것을 바꿀 수 있다.

"그럼요, 당연히 선택할 수 있죠! 당신 인생이 앞으로 어떻게 펼쳐질지는 오로지 당신 자신의 선택에 달려 있어요. 당신에게는 선택권이 있어요. 무엇을 선택하든 그건 당신에게 완벽한 선택이 될 거예요. 잊지 말아요. 옳은 것도 틀린 것도 없다는 걸 꼭 기억하세요. 당신을 구속하는 것은 아무것도 없고, 당신은 매 순간 모든 것을 바꿀 수 있어요. 매 순간 과거의 모든 결정을 수정할 수 있고, 모든 감정을 바꿀 수 있고, 완전히 새로운 곳에 주의를 집중할 수 있어요. 자신이 원한다면 말예요. 이건 나와 함께 당신도 이미 충분히 실험해 본 사실들이죠.

당신 몸과 관련해서도 이는 마찬가지예요. 몸 안으로 들어가기로 한다면 당신은 그 순간 모든 것을 바꿀 수 있어요. 그러지 않기로 결정한다면 몸은 더 이상 당신을 위해 존재하지 않게 될 거예요." 그가 설명하는 단어 하나하나가 내 마음 깊은 곳에 박혔다. "당신이 자신의 신성한 그릇에 머물기로 결정을 내릴지 아니면 그것에 반하는 결정을 내릴지는 당신에게 중요한 문제일 겁니다. 그러니 시간을 갖고 잘 생각해 보세요! 바로 그 결정이 당신의 황금 열쇠가 될 테니까요."

그 말을 강조라도 하듯 그는 이전에 이미 여러 번 그랬듯이 한 번의 손동작으로 다시 더 높은 관찰자 시점을 열어 보였다. 우리가 함께했던 여정이 영화처럼 펼쳐졌다. 나는 내가 해온 경험과 깨달음을 다시 한 번 압축 형태로 명확하게 볼 수 있었다. 살면서 내가 겪은 모든 도전거리들이 나 스스로 선택한 것들이었다. 내 인생에서 일어난 모든 일은 내가 조종한 것이고, 내가 짜놓은 정교한 계획에 따른 것이었다.

빛의 존재는 내가 그와, 또 나의 가족들과 영적으로 어떻게 연결되었는지 다시 보여주었고, 내가 지금까지 그토록 절실히 찾아 헤맸던 것들과 항상 연결되어 있으며 존재하는 모든 것을 연결하는 것은 바로 무조건적인 사랑임을 상기시켰다. 그는 무한한 가능성의 장, 근원을 보여주었고, 내가 그 근원의 지울 수 없는 부분임을 보여주었으며, 내 세포 하나하나에서 춤추고 있고 끊임없이 분열 증식하는 황금빛 점들을 다시 보여주었다. 그 모든 것들이 동시에 보였는데, 이번에는 신비롭게도 내 몸의 의식도 여기에 관여하는 듯했다. 지금까지 내 물리적 몸에서 분리되어 경험했던 것들을 이제 '몸 안에서 또는 몸과 함께' 경험하는 것 같았다. 내 몸은 그 모든 차원으로 들어가는 통로를 갖고 있었고, 그 모든 차원과 언제나 연결되어 있었다. 단지 내가 그 사실을 몰랐을 뿐이었다. 나는 다시 한 번 창조의 복잡성을 알게 되었고, 정말이지 내 외부에 존재하는 것은 아무것도 없다는 것을 깨달았다.

내 몸은 나 자신을 반영하는 아름다운 초상이었다. 나는 지금까지 내 몸에 무지하고 내 몸을 거부했던 것도 모자라 내 몸을 벌주어 왔음을 깨달았다. 그렇다. 나는 내 몸을 제대로 보아준 적이 한 번도 없었다.

몸, 우리의 에너지 우주

우리 몸은 인간의 상상을 뛰어넘는 지성을 갖고 있다. 같은 말을 반복하고 있다면 미안하지만, 이는 아무리 강조해도 지나치지 않기 때문이다. 우리 몸의 미묘한 부분들을 의식적으로 보고 나면, 아니 한번 경험하고 나면 기적과도 같은 진동과 만나게 된다. 몸은 우리의 의식 및 주변 환경과 끊임없이 공명하며 소통하는 그야말로 다채롭고 풍부하며 매우 활기찬 에너지장이다. 내가 보았던 것에 따르면 몸은 아주 섬세한 빛의 구조로 되어 있으며 세포 안과 주변의 공간은 생명력과 기쁨으로 가득 차 있다.

몸은 진동하고 진동에 반응해 그 진동을 색이나 소리로 바꾸기를 좋아한다. 몸은 스스로 끊임없이 다시 태어나면서 새로운 상황에 적응하며 생생하게 살아 움직이는 맥박 그 자체이다.

몸 안에서 그리고 몸을 통해 우리를 경험하는 것이 몸의 임무이다. 몸은 세포와 DNA를 통해 근원과 직접 연결되어 있지만, 오로지 우리 개개인의 의식에만 반응하게 되어 있다. 몸은 우리가 상상하는 것 이상의 크고 놀라운 성능을 지닌 컴퓨터에 비견할 만하지만, 이 컴퓨터를 다룰 수 있는 사람은 단 한 명뿐이다. 바로 그 컴퓨터가 만들어진 이유인 우리 자신 말이다.

하지만 안타깝게도 우리 인간은 이 정교하게 진동하는 경이로

운 작품을 거의 인식하지 못하고, 몸이 시스템 장애를 보일 때에
나 겨우 알아차린다.

"몸 안에는 모든 고통, 그 고통의 원인, 그 고통의 끝,
그 모든 가르침이 들어 있다."
―붓다

"몸은 인간이 가질 수 있는 가장 큰 보물이다." 빛의 존재가 들
려준 이 말을 나는 절대 잊지 못할 것이다. 이 말의 깊은 뜻을 몇
번이고 다시 실감하고 있기 때문이다.

우리는 몸으로 태어나기를 '바랐고', 우리 자신에게 완벽한 몸
을 골랐다. 그것을 아느냐 모르느냐, 자기 몸을 좋아하느냐 아니
냐와 무관하게 이것은 사실이다. 몸은 우리의 성장과 자기 발견
의 과정에서 정확하게 우리가 필요로 하는 것을 보여준다. 어디
가 아픈가? 그럼 정확하게 그 병이 우리에게 어떤 깊은 의미를
지닐 것이다. 몸이 답답한가? 몸을 거부하거나 몸에 맞서 싸우고
있는가? 이것 역시 더 깊은 의미, 우리 자신을 위한 의미가 있다.

나는 지난 몇 년 동안 아주 불행한 상황에 처해 있거나 육체
적으로 힘든 병을 앓고 있는 사람들을 많이 만났다. 이들은 모두
자기 자신과 싸우고 있었고 그들의 몸은 대체로 그런 내면의 싸

움을 반영하고 있었다. 삶과 몸의 언어를 보고 배우기로 결심하는 순간 끝날 수 있는 싸움 말이다. 이들은 모두 '진정한 나'로부터 너무 멀어졌고, 두려움 때문에 자신의 상당 부분을 고립시켰다. 자신의 더 높은 의식과의 연결점을 잃어버리면서 이들은 점점 더 길을 잃고 헤매게 되었다. 이들은 자기 몸의 '진정한 본성'의 아주 작은 일부만 갖고 살아가고 있었다. 이들은 내가 예전에 그랬듯이 몸에 전혀 마음을 열지 않았다. 그리고 커다란 상처, 분노, 죄책감 혹은 두려움을 갖고 있었고, 그 모든 감정을 억압하는 법도 잘 알고 있었다. 안타깝게도 우리 인간은 감정 억압의 달인들이다!

그런데 우리가 살아온 역사는 우리 몸에 고스란히 저장되므로 자신의 역사를 억압해 봤자 아무 소용이 없다. 그래도 억압한다면 우리 몸이 언젠가는, 자신만의 방식으로, 우리에게 그 역사를 들려줄 것이다. 몸은 우리가 스스로 닫은 문을 열도록 도울 것이다. 사랑을 담아서, 하지만 가차 없이.

삶에 대한 무조건적인 긍정

임사체험을 하거나 사고로 갑자기 자기가 몸 밖에 있음을 깨닫게 된 많은 사람들이 몸을 떠날 때처럼 순식간에 다시 몸으로 돌아온다. 이런 일은 대체로 어떤 의도나 사전 경고 없이 일어난다. 그들은 돌아와서 종종 생생한 꿈에서 깨어난 것 같다고 하면서, 그 꿈속에 일정 시간 머물며 진실을 통찰했다고, 그리고 그때 알게 된 것을 잊을 수 없다고 말한다. 영혼의 수준에서 어떤 대화를 나누었고 어떤 이유로 돌아왔는지 이야기하는 사람들도 있다. 이들도 대개 나처럼 다시 돌아올 것인가 말 것인가를 두고 선택해야 했을 것이다. 이미 죽은 가족 구성원이 자신의 결정이 가져올 결과를 알려주기도 하고, 살면서 해결할 중요한 문제가 있을 경우 분명한 미션을 부여받고 돌아오기도 한다. 이들 중 많은 사람에게 그것은 처음에는 세상에서 가장 어려운 결정이었다가 나중에는 세상에서 가장 쉬운 결정이 된다.

　나도 수술을 받을 당시 아무런 경고도 없이 다시 몸속으로 돌려보내졌고, 그때 받은 충격이 여전히 깊이 남아 있는 상태였다. 겨우 벗어난 비좁고 어두운 감옥으로 다시 가고 싶은 사람은 없을 것이다. 자진해서 그럴 리는 더더욱 없다. 게다가 나의 경우 겉모습이 많이 망가져 있었기 때문에 그것은 더욱이나 어려운 결정이었다. 나는 고민하지 않을 수 없었다.

　"중요한 것은 당신 몸 안에 진정으로 거주하는 거예요." 내가 모르겠다는 듯한 표정을 지을 때마다 빛의 존재는 이렇게 나를 이해시켰다. 지금 돌이켜보면 그랬던 순간들에 미소를 짓지 않을 수 없지만, 당시 내가 마음속으로 겪은 혼란도 충분히 이해가 된다. 나의 마음 한 부분에서는 가능한 한 빨리 인생이라는 모험 속으로 다시 돌아가 내가 한 그 경이로운 경험과 깨달은 것들을 기쁘게 실현하고 싶었다. 나의 이 부분은 완전히 깨어났고 충만하며 모든 것과 연결되어 있다고 느꼈다. 나의 이 부분은 분리란 없다는 것도 잘 알고, 내가 정말 누구인지, 어디서 왔는지를 잊어버린 탓에 과거에 그렇게 살았다는 것도 잘 알았다. 그런데 내 안에는 몸으로 다시 돌아가기를 몹시 두려워하는 또 다른 부분도 있었다. 이 부분은 여전히 내 몸을 완전히 신뢰하지 못했고, 특히 다시 제한적인 의식으로 들어가면 내면의 공허와 외로움 속에 살게 될지도 모른다는 두려움이 컸다. 또한 흉하게 일그러진 몸으로 살아가는 것에 따른 도전을 내가 감당할 수 있을지 확신하지 못했다. 나는 내 안의 이 두 부분 사이에서 끔찍한 갈등을 느꼈다. 더 쉬운 길은 내 안의 '아니오'라는 큰 목소리를 듣는 편이었을 것이다.

그때 그 순간을 다시 돌이켜보고 있는 지금, 나는 빛의 존재가 나의 주저함을 진지하되 그것에 휘둘림 없이 받아줘서 참 다행이라고 느낀다. 그는 마치 의견을 제시하듯, 우리 영혼이 얼마나 천천히 그리고 얼마나 조심스럽게 태아 상태인 새 육체에 다가가는지 보여주었다. 육체라는 우주에 조금씩 익숙해지려는 듯 우리 영혼은 작디작은 태아 속으로 아주 조심스럽게, 천천히 들어갔다 나오기를 반복하며 몸을 알아간다. 죽음의 시간이 다가올 때 육체를 떠나는 과정도 대체로 비슷하다. 의식이 몸을 점점 더 자주 빠져나오고, 영혼의 영역에 점점 더 오래 머물다가 다시 몸 안으로 돌아가곤 하는 것이다. 몸으로 들어갈 때도, 몸을 떠날 때도 급작스럽게 충격을 주는 경우는 거의 없다. 그는 나에게도 몸에 다시 의식적으로 조심스럽게 다가가면 좋을 거라고 했다. 나는 내 몸에 조심스럽게, 부드럽게 다가가 천천히 몸을 알아가면서 몸 안에서 편안함을 느끼는지 살펴볼 수 있다는 말에 귀가 솔깃했다. 내 안의 불안해하는 부분이 아주 부드럽게, 자신의 속 도에 따라 얼마나 나아가고 싶은지 스스로 결정할 수 있기 때문 이었다.

내 영혼의 의식적인 '긍정'

피부가 다 벗겨진 내 몸에 마음을 열기로 마음먹은 그 특별했 던 순간을 나는 절대 못 잊을 것이다. 나는 내 몸이 너무 뻣뻣하 고 비좁고 심하게 망가졌다고 굳게 믿었기 때문에 처음에 그렇 게 마음먹기란 결코 쉬운 일이 아니었다. 그리고 사실은 존재의 연결 상태 혹은 합일 상태를 다시 잃을지 모른다는 불안감이 더 컸다. 하지만 이내 모든 점에서 내가 틀렸다는 걸 알 수 있었다.

잠시 생각한 끝에 나는 아주 천천히 그리고 조심스럽게 내 몸 에 마음을 열었다. 그리고 곧바로 지금까지의 내 의식 상태를 그 대로 이어갈 수 있음을 보았다. 나는 여전히 깨어 있는, 완전한 연결 상태에 있었다. 그리고 몸에 마음을 열면 열수록 내 몸이 기 뻐하고 있다는 걸 더 명확하게 느낄 수 있었다. 내 몸의 섬세한 해부학적 구조는 의외로 좁거나 무겁게 느껴지지 않았다. 그 반대였다! 모든 것이 생생하고 유동적이었으며, 그야말로 진동 주파수의 불꽃 놀이 같았다. 모든 것이 하나의 질서 아래에 있었다. 그것은 그저 '모든 것을 포괄한다'고밖에는 말할 수 없는 커다란 질서였다.

몸속으로 깊이 들어가자, 몸이 자기만의 방식으로 나를 인도하는 것 같다는 느낌이 점점 더 강하게 들었다. 몸은 자기만의 무한한 에너지 경로, 빛의 구조, 그리고 색의 진동을 보여주며 나와 소통했다. 나는 숨 막히게 아름답고 신비하며 생동감 넘치는 마법의 세상에 처음 발을 들여놓은 것 같아 감탄을 멈출 수 없었다. 미세한 수준과 총체적인 수준이 서로 부드럽게 섞여 들어갔고, 나는 내가 원하는 대로 그 둘 사이를 왔다 갔다 할 수 있었다. 나는 아주 밝고 빠르게 진동하는 영역도 인식할 수 있었지만, 물리 세계의 법칙에 완전히 지배받는 것처럼 보이는 다소 어둡고 느리며 끈적한 영역으로 들어갈 수도 있었다.

처음의 두려움은 나에게 허락된 이 독특한 세상에 대한 경이로움으로 바뀌었고, 이 세상으로 들어가면 들어갈수록 내 몸이 얼마나 기뻐하고 있는지 느낄 수 있었다. 긴 세월 뒤에 마침내 오랜 친구를 다시 만난 것처럼 내 몸은 몹시 기뻐하면서 내 손을 잡아끌고 자신의 우주를 보여주었다. 그렇게 자신의 장기, 피부, 혈관 등을 보여주었고, 그것들의 기능과 진동을 느끼게 해주었다.

내가 없는 동안 몸이 얼마나 외로웠는지, 존재감 없는 느낌을 받았는지, 이제 나와 다시 제대로 만난 것을 얼마나 기뻐하는지 볼 수 있었다.

지금 보고 경험하는 것이 '내 몸'이라니, 예전의 나는 상상도 할 수 없는 모습이었다. 어쩌면 그렇게 내 몸에 무지했을까? 내가 스스로 창조한 이 놀라운 작품을 어쩌면 그렇게 철저히 등한시하고 무시했을까? 대체 왜 그렇게 내 몸이 답답하다고만 생각했을까? 그것은 내가 인생을 그 정도로 제한된 의식으로 살았고 정체와 압박, 불안에만 집중했기 때문이었다. 나는 자신을 창조자가 아니라 환경의 희생자로만 보았다. 나는 모든 것을 아우르는 연결 의식 속에서가 아니라 분리라는 착각 속에서 살았다. 이것이 유일한 이유였다!

몸이라는 물질에 대한 두려움은 어느새 날아갈 듯한 감동으로 바뀌었고, 그 감동은 또 지극히 생생한 에너지장 안에서 살아갈 앞날에 대한 즐거운 기대로 변했다. 나는 내 몸과 함께 살 때, 내 몸과 끊임없이 소통할 때, 내 몸을 온전히 받아들일 때 어떻게 될지 알고 싶었다. 빛의 존재 덕분에 나는 사람들이 대체로 자기 몸과 의식적으로 연결되어 있지 못하며, 따라서 여러 질병이나 부정적인 감정을 얻게 된다는 사실을 충분히 이해할 수 있었다. 우리는 자신이 근원에서 나왔음을, 근원과 영원히 연결되어 있음을 잊어버리는 그만큼 건강과 충만함에서도 멀어질 수밖에 없다. 하지만 단지 그 연결을 기억하기만 하면 된다. 우리가 우리의 자연스러운 빛의 진동 상태로 들어가 우리 몸을 의식적으로 온전히 받아들일 때, 우리 자신의 원래 빛보다 느린 속도로 진동하던 몸의 모든 부분이 그 빛과 공명하며 다시 빠르게 진동하기 시작할 것이다.

과제

몸의 그 놀라운 세상에 빠져 나는 다른 일은 완전히 잊고 있었다. 내 몸과 의식적으로 아주 긴밀하게 연결되느라 나를 둘러싼 공간, 빛의 존재, 그리고 더 중요하게는 내가 큰 결정을 해야 한다는 사실을 완전히 잊고 있었다. 내 관심을 다시 자신에게로 부드럽게 유도하려는 듯 빛의 존재로부터 사랑이 흘러나와 나를 관통하는 것이 느껴졌다. "보아하니 당신은 이미 결정을 내린 것 같군요." 그는 붕대가 칭칭 감긴 내 머리 위에 자신의 오른손을 올려놓으며 사랑을 가득 담아 말했다.

"한때 당신은 이 몸 안에서 당신이 자기 자신과도 또 나와도 연결되어 있다는 사실을 잊어버렸죠. 이제 당신은 몸으로 돌아왔고 기억도 되찾았어요. 당신은 자신의 영적 세계로 들어가 자신의 진정한 본성을 발견하고 자기가 모든 존재와 연결되어 있다는 사실도 다시 인식하게 되었어요. 그리고 이제는 결코 잊지 않게 될 거예요. 진정한 자신을 한번 인식하게 되면 다시는 무의식 상태로 돌아갈 수 없으니까요. 두려워하지 말아요. 돌아가 당신 자신으로 사는 법을 배우세요. 그리고 충만한 삶을 사세요. 당신의 과제는 당신 영혼의 무조건적인 사랑을 몸을 통해 표현하는 겁니다. 몸은 당신이 의식적이고 충만한 삶을 사는 데 필요한 모든 것을 지니고 있어요. 자신에 대한 사랑으로 몸에 생명을 불어넣고, 바로 그것을 통해 당신과 당신 몸이 함께 어떤 마법 같은 기적을 일으키는지 경험하세요. 당신은 자신과 당신 주변에 있는 힘을 이용하는 법을 발견하게 될 거예요. 그리고 사람들이 자신의 길을 가도록 돕게 될 거고요. 모든 사람 안에는 진정한 자신에 대한 기억이 들어 있고, 따라서 그것을 떠올릴 수도 있답니다.”

충만함은 당신 자신 밖에서는 불가능하고
당신 몸 없이는 경험할 수 없다!

“이제 곧 시작하게 될 여정을 위해 아주 중요한 것을 하나 더 말해주고 싶네요. 자신의 한계를 뛰어넘어 보세요. 네, 이것을 꼭 기억하세요! 자신의 한계를 뛰어넘어 봐요. 우연은 없어요. 모든 것의 배후에는 질서가 있습니다. 다만 가끔 그렇게 보이지 않을 뿐, 모든 바퀴는 서로 맞물려 돌아가는 법이에요! 물질은 항상 변화하고, 결코 고정되어 있지 않죠! 이것을 잊지 말아요! 자신의 의식을 매 순간 선택할 수 있고 변화시킬 수 있는 것처럼 물리적인 몸도 마찬가지예요. 당신 몸은 바로 이 점을 기억하고 당신이 바라는 대로 자신을 치유할 거예요. 당신이 원한다면 당신 몸은 의식을 따라 완전히 재조정되고 새롭게 될 겁니다. 당신의 얼굴, 당신의 손, 당신의 정신 상태도 변화할 것이며, 그렇게 되기 위해 당신과 당신 몸이 함께 자신들만의 길을 발견하게 될 거예요. 당신 자신을 믿으세요. 그리고 모든 기적이 가능함을 잊지 말아요. 나는 언제나 당신 곁에서 당신이 가는 길을 같이 갈 거예요. 지금까지 늘 그랬듯이."

그의 말 하나하나가 내 세포 안에 각인되었고, 나는 아주 편안한 잠 속으로 빠져드는 느낌이 들었다. 그 순간 내 두 번째 인생이 시작되었고, 나는 도착했다고 느꼈다. 절대적인 평화 속에서 나는 마침내 아주 깊은 내 몸속의 우주에 도착했다. 그리고 우주의 노래 같은 내 심장 박동 소리를 들었다.

다시 태어나다

✦

여전한 기억

나는 눈을 떴다가도 금방 다시, 마치 빛의 존재의 품 속에 있는 것처럼 부드럽게, 익숙한 그 세계로 빠져들기를 반복했다. 이 전환은 놀라웠다! 마치 따뜻하고 부드러운 자궁 속에서 익숙한 엄마의 심장 소리를 듣다가 틈틈이 세상 밖으로 잠깐씩 고개를 내미는 태아가 된 것 같았다.

의사들은 약의 용량을 바꿔가며 나의 '깨어나는 과정'을 유도했다. 내가 처음 눈을 떴을 때는 옆에서 자고 있던 다른 환자 말고는 아무도 없었다. 그래서 오히려 좋았다! 담요가 따뜻하고 부드러웠으며 의료 장비들이 작동 중임을 알리는 소리가 나지막이 들려왔다. 나는 내 몸을 느꼈다. 그 후 거듭 영적인 상태로 넘어가곤 했지만, 나는 내가 몸속에 다시 돌아와 있음을 온전히 인지했고, 이는 굉장한 감사의 마음을 불러일으켰다. 그것은 아름다운 상태였다! 많은 일이 벌어졌던 긴 여정 끝에 비록 지치긴 했지만 나는 믿을 수 없이 충만해진 채로 집으로 돌아왔다.

두 세계가 하나로 녹아들다

"오늘 환자분의 의식이 돌아올 겁니다." 의사가 남편에게 그날 아침 전화로 소식을 전했다고 한다. "하지만 환자분이 다시 말을 할 수 있을 때까지는 몇 시간 더 걸릴 수 있습니다. 그러니 점심때쯤 오셔도 충분합니다." 이 소식에 온 가족은 흥분의 도가니에 빠졌다. 가족들은 날마다 나를 보러 왔고, 몇 시간이고 내 침대 곁을 지키고 있을 때가 많았다. 특히 아들은 내가 깨어날 거란 소식에 한없이 기쁨의 눈물을 흘리며 당장 나를 보러 오려고 했다. 아들은 내가 깨어나고 며칠이 지나서야 나를 만나게 되었는데, 이건 정말 다행이었다. 안 그랬다면 나의 처참한 몰골에 아들이 큰 충격을 받았을 것이다.

소리 없이 병실 문이 열리고 남자 간호사 한 명이 들어왔다. 칭칭 감아놓은 붕대에도 불구하고 내가 눈을 뜬 것을 알아본 그가 부드러운 미소로 인사를 건넸다. 그는 마치 내가 잠깐 졸다가 깨어난 것처럼 아무렇지 않게 "좋은 아침입니다, 부인! 잘 깨어나셨네요. 모두에게 당장 이 소식을 전해야겠어요. 잠깐만 기다리실래요? 금방 다시 올게요"라고 했다. 그가 그렇게 조용히 사라지는가 싶더니 금방 의사 두 명과 함께 다시 나타났다. 두 의사도 내가 거기 기계 장비에 둘러싸여 침대에 꼼짝없이 누워 있는 것이 세상에서 가장 당연한 일인 양 말하고 행동했다. 나중에야 나는 의식을 잃었다가 되찾은 환자들이 대개 자신이 어디에 있는 건지 모른다거나 어떻게 병원에 실려 오게 되었는지 기억하지 못하는 경우가 많아서 반드시 의료진의 확인이 필요하다는 말을 들었다. 친절한 사람들이 이렇게나 많다니 세상이 참 아름답게 느껴졌다.

의사 한 명이 내 목에서 조심스럽게 호흡기를 제거해 준 덕분에, 나는 9일 만에 처음으로 자가 호흡을 할 수 있었다. 그때의 느낌이란! 완전히 매끄러울 수는 없었지만 혼자 힘으로 다시 호흡을 한다는 것이 나에게는 엄청난 선물처럼 다가왔다. 폐에 공기를 채우고 '의식적으로 호흡하는' 일이 처음으로 아주 굉장한 일처럼 느껴졌다. 마치 어머니의 배 속에서 방금 세상으로 나온 것 같았고, 첫 숨을 토해내며 내 새로운 삶에 영혼의 소리로 크게 "네"라고 외치는 것 같았다.

몹시 쇠약해진 탓에 관을 통해 영양분을 공급받으면서, 나는 감사하는 마음으로 치유를 부르는 수면에 거듭 빠져들었다. 하지만 내면에서는 모든 세포가 환호하고 있었다. 세포 안의 모든 것이 치유와 재생에 맞춰졌고, 나 자신도 똑같았다. 모든 것이 완벽했다!

깨어난 뒤의 그 며칠을 돌아보면 나는 지금도 감동에 젖는다. 살면서 그때만큼 행복했던 때가 없었다! 그것은 아주 평화롭고 고요하며 깊은 내면의 행복이었다. 의사들이 잘 보살펴주었으므로 통증은 전혀 없었고, 나는 근원의 보편 상태, 즉 모든 것을 포괄하는 상태 속으로 거듭 빠져들어 갔다. 나는 근원과 깨어난 의식 사이를 가볍고 자연스럽게 왔다 갔다 했고, 그러면서 점점 더 몸속으로 안착해 들어갔다. 그것은 완전히 다른 두 세계였지만 내가 살아갈 수 있는 하나의 새 현실로 서서히 합쳐지고 있었다. 나는 내 몸속에 안착했고 간호사와 가족의 사랑 가득한 보살핌을 받고 있었다. 가족들은 매일 짧은 시간밖에는 나를 볼 수 없었다. 그것도 감염 위험이 매우 컸기에 철저히 소독된 옷을 입고 한 번에 한 사람만 병실에 들어올 수 있었다. 그럴 때면 다른 가족들은 모두 옆방의 커다란 유리 벽 뒤에 앉아 있었다. 내가 눈을 뜨면 어머니나 남편이 침대 맡에 앉아 있는 경우가 많았다.

어머니의 감사해하는 밝은 눈을 보고 유리 벽 너머로 아버지를 알아보는 순간은 더할 수 없이 기뻤다. 빛의 존재 덕분에 알게 된, 우리 사이의 영적인 사랑을 나는 분명히 느낄 수 있었고 정말 이지 그것에 압도되었다. 나는 내 모든 세포 속에서 부모님을 느낄 수 있었으며, 부모님이 이번 생에 내 옆에 있어준 데 무한히 감사했다. "엄마 아빠가 옆에 있어줘서 정말 기뻐요. 우리 이제 함께 좋은 시간 많이 보내요…… 앞으로는 다 달라질 거예요."이 게 내가 어머니에게 처음 속삭인 말이었다. 내 붉어진 눈에서 기쁨의 눈물이 흘러내렸다.

몸으로 돌아오고 첫 며칠은 그렇게 나에게 아주 강렬하고 멋진 시간이었다. 나는 갓 태어나 사랑하는 엄마 품에 안긴 아기처럼 따뜻함과 안정감을 느꼈고, 간호사의 정성스러운 보살핌을 맘껏 누렸다. 간호사는 조용한 사람으로 나를 잘 이해해 주었으며 무슨 일이든 경탄스러울 만큼 잘해냈다. 언제나 아주 조심스럽게 붕대를 갈아주었고, 침대가 불편한 데는 없는지 자주 점검해 주었다. 아직 스스로 물을 마실 수 없는 나를 위해 상처 입은 내 입술에 주기적으로 수분도 적셔주었다. 이 기간 동안 나에게 일어난 일에 나는 거의 관심이 없었다. 두꺼운 붕대 밑의 얼굴과 두 손이 어떤 모습인지도 궁금하지 않았고 미래에 대해서도 전혀 신경 쓰지 않았다. 나에게 의미가 있는 것은 오직 사랑이었다!

조금씩 나는 깨어 있는 시간이 길어지고 긴 대화도 이어갈 수 있게 되었다. 똑바로 앉을 수 있고 얼굴의 붕대도 얇은 것으로 바뀌자 나는 간호사에게 사랑에 대한 이야기를 하기 시작했다. 나는 그에게 환자들한테만 그렇게 헌신하지 말고 자신도 똑같이 사랑해야 한다고 말해주었다. 그리고 충만하고 행복한 삶을 살 것을 간곡히 부탁했다. 그것이 우리가 인생을 사는 이유일 테니 말이다. 내가 그렇게 말할 때마다 내 표정이 좀 달라졌고, 그래서 나에게 주의를 집중할 수밖에 없었다고 내가 퇴원하기 직전 그가 말해주었다. 그는 늘 미소를 띠면서 인내심을 갖고 내 말에 귀를 기울였고, 그래서 나는 그가 내 말을 진지하게 받아들이고 있다고 느꼈다. 하지만 지금의 나는 그가 정말 그랬는지 확신할 수는 없다. 내 환자 기록을 보면 "기관 절개 튜브 제거 후 섬망 증세를 보였으나 호전되었다"라고 기록되어 있으니 말이다.

'섬망譫妄'이란 오랫동안 혼수 상태에 있다가 깨어난 환자들이 많이 보이는 증세로, 일시적으로 시공간 감각을 상실하는 등 정신적으로 매우 혼미한 상태를 뜻한다. 하지만 내가 꽤 혼란스럽게 들리는 말을 했을지는 몰라도 나는 전혀 혼미하지 않았고 공간 감각도 온전했다. 오히려 나는 어느 때보다 멀쩡했다. 내 불쌍한 육체는 거의 움직이지 못했지만 내 정신과 무엇보다 내 느낌은 그보다 더 명료할 수 없었다!

내 상태에 대해 물었을 때 의사들은 얼굴, 양쪽 귀, 목, 두 손의 심각한 화상을 어떻게 치료했고 앞으로 어떻게 치료할지 설명해 주었다. 하지만 나에게는 모든 설명이 아무런 의미도 없었다. 나는 내 몸이 자기만의 기적 같은 방식으로 치유될 것이며 다른 어떤 도움도 필요하지 않다는 걸 너무나 잘 알고 있었다. 전에는 경험하지 못했던 방식으로 모든 것이 완벽했고, 내 안의 그 무엇도 의문을 제기하지 않았다. 무언가가 근본부터 바뀌었지만 나는 그것이 무엇인지 정확히 알지 못했다. 왠지 모르게 더 이상 걱정도 어두운 생각도 없었고, 나 자신을 포함한 모든 것에 고맙기만 했다. 모든 것이 이대로 괜찮다는 이런 확신은 지금까지도 나와 함께하고 있다.

정체성 상실

깨어난 뒤 나흘째 되던 날 간호사가 웃으며 말했다. "에베르츠 부인, 오늘은 부인께 아주 특별한 날이 될 것 같아요. 아드님이 오늘 온다고 해요. 오늘 처음으로 이 방을 나가볼 수 있을 거예요. 물론 부인이 원하신다면요. 휠체어에 부인을 태워서 방문자들을 위한 방으로 모셔다드릴게요. 어떠세요?" 나는 온몸에 기쁨이 솟구치는 걸 느꼈다. 열네 살의 어린 나이임에도 그렇게 자

신을 던져서 나를 구해준 아들을 다시 보게 된다니, 기쁨의 눈물
이 차올랐다. 하지만 곧 걱정이 들었다. '그나저나 내 모습이 지
금 어떻지? 마누엘한테 너무 충격적이면 어떡하지?' 나는 간호
사에게 조심스레 물었다. "아들이 오기 전에 제 모습이 어떤지 보
고 싶어요. 거울 좀 가져다주실래요? 여긴 거울이라곤 없네요."

　"물론 거울은 드릴 수는 있는데 그 전에 한 가지 말씀드려야 할
것 같아요." 간호사가 옷장 속에 있던 작은 손거울을 하나 꺼내
들고 침대 옆에 앉더니 조심스레 말했다. "이거 하나는 꼭 알아주
셨으면 해요. 부인은 지금 아주 아름답습니다! 여기 저희들은 모
두 치료에 크게 만족하고 있어요. 완전히 나으려면 시간이 조금
더 걸리겠지만요……"

　그의 말이 더 이상 들리지 않았다. 그가 조금 거리를 두고 거울
을 들어주었는데 그 속에 비친 내 얼굴이 정말 충격적이었다. 눈
물이 터졌다. '세상에 이게 뭐지? 이게 내 얼굴일 리 없어!' 거울
속에는 검붉게 부어오른 두 눈에, 머리카락도 입술도 없는 둥근
살덩어리가 있었다. 한때 피부였던 곳이 말 그대로 붉은 살덩어
리로 변해 있었고, 군데군데 검은색 딱지가 올라와 있었다. 예전
모습을 어느 정도 간직하고 있는 건 코뿐이었다. 얼굴이 부어 있
었고, 두 눈은 무서웠다. 하얗던 부분들이 전부 시뻘게진 상태였
다. 눈썹, 속눈썹 모두 타버렸고, 검고 길었던 머리카락은 면도기

로 완전히 밀어낸 상태였다. 이게 나일 리가 없었다! 혼수 상태에서 깨어난 이래 처음으로 나는 몹시 의기소침해졌다. 할 말을 잃은 나는 내 옆에 앉아서 가만히 내 팔을 쓰다듬고 있던 간호사를 보았다. "사실 그렇게 나쁘지 않아요." 그가 나를 위로하려 했지만 그의 말은 하나도 들리지 않았다. 이것은 내가 모르는 어떤 존재의 망가진 얼굴이었다.

아들을 본다는 기쁨은 온데간데없이 사라지고 나는 그저 두렵기만 했다. 아들에게 그런 내 모습을 보여줄 수는 없었다! 내가 지금 보고 있는 이 얼굴이 내 아들의 엄마일 리 없었다. "안 돼." 나는 완전히 의기소침해져서 중얼거렸다. "부탁인데 저희 집에 전화해서 제가 마누엘을 보고 싶어 하지 않는다고 말씀해 주시겠어요? 이런 모습을 아이에게 어떻게 보이겠어요? 아니, 절대 보이면 안 돼요!" 눈물이 쏟아졌다. 빛나던 내 눈과 내면의 가벼움은 사라지고 당혹감만 남았다. 자신의 정체성을 잃어버린 것만 같았다. 스스로에 대한 좋은 느낌과 내 끔찍한 외모 사이의 괴리가 그렇게 클 수가 없었다. 나는 다시 빛의 존재의 품 속으로 돌아가 몇 달은 지내야 할 것 같았다.

"부인, 그게 참…… 꼭 그렇게만 보실 건 아니라고 생각해요." 간호사가 나를 위로하려 했다. "어차피 아직 감염 위험이 높아서 얇게나마 붕대로 얼굴을 다 감을 거예요. 게다가 마스크도 큰 걸로 쓸 거고, 꽤 그럴싸한 초록색 모자도 쓰실 거예요. 전혀 걱정하지 않아도 돼요! 드디어 엄마를 만나게 된다니 아드님이 얼마나 좋아하겠어요?" 나의 항변을 기다리지도 않고 간호사가 얼굴에 새 붕대를 감기 시작했다. 그리고 한 시간 후 나는 아주 흥분한 채 방문자 대기실에서 휠체어에 앉아 있었다. 머리끝에서 발끝까지 소독된 녹색 수술복으로 가린 상태라서 단지 붉은 눈만이 나라는 걸 말해주고 있었다.

문이 열리고 아들이 나타났다. 사고 후 아들을 처음 본 그 순간 모든 걱정은 온데간데없이 사라졌고, 나는 다시 흐느끼기 시작했다. 하지만 이번에는 더할 수 없는 기쁨의 눈물이었다. 아들과 함께했던 그 몇 시간이 나에게는 최고의 치료제였고 가장 큰 격려였다. 그 시간 내내 나는 오직 아들의 눈만 바라보았다. 우리가 처한 상황이 얼마나 초현실적인지는 다 잊어버렸다. 나는 많이 웃었고, 또 쉬지 않고 이야기했는데 그때 무얼 그렇게 이야기했는지는 지금 하나도 기억나지 않는다. 단지 내 안의 검고 커다란 벽 하나가 무너진 것 같았고, 나는 며칠 잠깐 어디 멀리 떠났다 돌아온 것 같았다. 그로부터 한참 후에야 아들은 그 첫 만남이 얼마나 힘들었는지 내게 들려주었다. 이미 이야기를 들어 내 상태를 어느 정도 알고 있었으므로 아무리 붕대로 가리고 있었다고 해도 마음이 많이 아팠을 것이다.

그날 이후 나는 놀랍도록 빨리 회복되었다. 삶에 대해 전에 느껴보지 못한 기쁨을 느끼고 가슴속은 새로운 기대로 가득해졌다. 영양 공급을 위해 꽂아놓은 관을 제거한 덕분에 몸은 그만큼 더 편해졌다. 얼굴과 손에 난 상처들은 매일 꼼꼼히 소독하며 치료했고 두 귀도 아주 잘 낫고 있었다. 두 손은 여전히 부목을 댄 상태로 두꺼운 붕대에 감겨 있었는데, 그렇지 않았다면 하루 종일 붕대 감는 일이든 뭐든 기어코 손으로 할 일거리를 찾아내고야 말았을 것이다. 나는 움직이고 싶은 욕구를 어떻게든 풀고 싶어 계속해서 뭐 할 일 없느냐며 간호사를 귀찮게 했다. 그러면 안 된다고 했지만 침대 옆에 놓여 있던 휠체어를 혼자 타보려고도 했다. 나는 병자로 그렇게 가만히 있고만 싶지는 않았다. 두 발로 휠체어를 구르며 방 여기저기를 돌아다녔다. 하지만 누가 보기라도 하면 그 즉시 침대로 돌려보내졌다.

내 세포들은 매일 회복에 박차를 가했고 그만큼 삶에 대한 열정도 커졌기 때문에, 침대에 묶여 있는 것은 날이 갈수록 점점 더 힘든 고문이 되었다. 나는 걷고 움직이고 싶었고, 최대한 빨리 집으로 돌아가 완전히 새로운 삶을 살고 싶었다. 나는 이제 막 어른이 된 것 같았고, 무엇이든 할 수 있을 것 같았다! 당장이라도 착수하고 싶은 일과 바꾸고 싶은 일이 너무 많았으므로, 병원에서의 그 시간들이 점점 더 불필요하게 느껴졌다. 치료는 집에서도 할 수 있었다!

하지만 의사들의 생각은 달라서, 퇴원하고 싶다는 나의 말에 격렬하게 반대했다. 그래도 내가 계속 집에 가고 싶다고 하자 주치의는 "환자분은 너무 흥분 상태라 지금이 얼마나 중요한 시기인지 전혀 모르고 계십니다!"라고 반복해 말하곤 했다.

"중요한 시기란 걸 모른다고요?" 내가 물었다. "저는 지금 저에게 가장 필요한 게 무엇인지 잘 알아요. 그걸 하려는 거고요!"

"에베르츠 부인! 부인은 심각한 화상 환자이고 9일이나 혼수 상태에 있었어요! 가볍게 생각하면 안 됩니다. 지금까지의 치료에 저희도 아주 만족하고 있지만, 아직도 치료할 게 많고 무엇보다 절대 안정을 취해야 합니다. 그래야 회복이 가능해요. 여기 중환자실이 정 싫다면 다른 일반 병동으로 옮기는 걸 고려해 볼 수는 있습니다만, 몇 주 더 여기서 꼭 치료를 받아야 합니다. 그 다음에는 저희가 보호자와 함께할 수 있는 더 세심하고 광범위한 재활 프로그램을 신청해 드릴 겁니다. 더군다나 피부 이식 면적이 넓기 때문에 얼굴에는 압박 마스크를 쓰고 손에는 압박 장갑을 장기간 착용하셔야 해요. 흉터를 최소화하려면요. 치료가 다 끝나면 나중에 많은 부분을 성형 수술로 보정할 수 있는데 일단 치료가 다 되기까지는 시간이 걸릴 겁니다."

앞으로의 치료에 대한 의사의 설명을 듣는 동안 나는 내 옆에 있는 빛의 존재의 부드러운 에너지 진동을 느꼈고 익숙한 그의 목소리를 들었다. 그는 너무도 분명히 이렇게 말했다. "당신 몸은 당신이 생각하는 것보다 몇 배는 더 강하고 똑똑해요. 이걸 늘 기억하세요! 당신 몸은 당신의 의식이 하는 말을 들을 테고, 당신이 허락하면 기적을 보여줄 겁니다. 당신 몸은 완전히 재정렬될 테고 얼굴, 손, 그리고 정신 상태도 치유될 거예요. 왜냐하면 당신 몸과 당신 자신, 이렇게 둘이서 함께 길을 발견할 테니까요. 자신을 믿고 언제나 기적을 창조할 수 있다는 걸 잊지 마세요."

이때가 2009년 10월 11일이었다. 그리고 10월 13일, 내가 병원에 실려 온 지 정확히 15일째 되던 날 나는 모든 책임은 내가 진다는 각서를 쓰고 퇴원했다.

해방

의사들은 나를 어떻게든 병원에 묶어두려 했지만 결국은 막지 못했다. 나는 내면의 목소리를 따르기로 결심했고, 그 목소리는 분명히 이렇게 말하고 있었다. "집에 가. 여기 이것들은 다 필요 없어. 너에게 필요한 건 안심하고 편하게 쉴 수 있는 환경이야. 그래야 힘을 얻을 수 있어. 집에만 가면 나머지는 네 몸이 알아서 해줄 거야. 네 몸을 믿어!"

　내 아버지도 의사니까 걱정 말라고 했더니 원장 의사도 결국 포기한 듯했다. 그렇게 말하는 나를 여전히 놀라워하기는 했지만 말이다. 급히 불려온 심리학자와 긴 시간 대화한 후 나는 모든 책임은 스스로 지겠다고 말하는 네 쪽짜리 각서에 서명했다. 그 각서가 나에게는 해방같이 느껴졌다. 그때 왜 그렇게 그곳을 참을 수 없어했는지, 생각해 보면 사랑과 위안에 대한 절실함 때문이었다는 걸 어렵지 않게 알 수 있다. 사랑과 위안에 대한 나의 절실함이 이성과 분별보다 훨씬 중요했던 것이다. 그때 나에게는 편안하고 익숙한 환경이 절실했다. 나를 제외하고 아무도 몰랐겠지만, 그때 나는 살면서 처음으로 정말 괜찮았기 때문이다!

　하지만 나는 여기서 나의 퇴원이 매우 이례적이었음을 분명히 밝혀두려 한다. 그리고 의사인 아버지가 계셨기 때문에 안심하고 더 쉽게 그런 결정을 내릴 수도 있었다. 다시 말해 내가 한 결정이 의사들의 경고가 완전히 틀렸다는 뜻은 결코 아니라는 말이다.

애벌레에서 나비로

마침내 남편이 운전하는 차를 타고 뮌헨 도심을 지나는데 내 몸은 피곤했지만 마음은 더없이 행복했다. 어떻게든 내 결심을 돌리려던 의사들을 몇 시간 동안 설득해야 했기 때문에 힘이 다 빠진 상태이긴 했다. 나는 조용하고 편안한 내 집에 있어야만 기력을 회복할 수 있다고 했지만, 의사들은 그렇게 생각하지 않았다. 그들은 경험에 기반한 수치와 사실을 쭉 나열하고 감염 위험을 경고했지만 내 몸은 자신의 뜻을 고수했다.

내 몸은 자신에게 필요한 것이 무엇인지 알고 있었고 나는 그 점을 더할 수 없이 분명히 감지했다. 빛의 존재 덕분에 몸으로 돌아와 내 몸과 함께 살기로 의식적으로 선택한 이래 나와 내 몸의 관계는 아주 특별하고 돈독해졌다. 내 몸이 주도권을 쥐고 있고 나는 단지 그 대변자에 불과한 것 같았다. 뭔가 나에게 좋지 않은 것이 있으면 그 즉시 몸이 압박감으로 나에게 그러함을 알려왔다. 나는 심지어 세포들이 살아 움직이는 것까지 감지했고, 그것들이 자기만의 방식으로 나에게 전달하고자 하는 것들을 정확하게 알아차렸다.

처음 며칠은 집에서 거의 누워서만 지냈고 잠도 많이 잤다. 나는 새로운 현실 속에서 다시 내 집에 있을 수 있다는 사실에 더할 수 없이 감사했고 편안했고 안심이 되었다. 가족들과 최대한 가까이 있고 싶은 내 바람대로 가족들은 거실 소파를 내가 편하게 쉴 수 있는 공간으로 만들어주었다. 거실 천장은 그날의 화재로 여전히 검게 그을려 있었다. 소파에 누웠을 때 내 시선이 바로 닿는 곳은 벽난로였다. 벽난로를 보자 놀랍게도 내 안에서 뭐라 설명할 수 없는 깊은 감사의 마음이 흘러나왔다. 나는 거의 매일 저녁 아들에게 벽난로에 불을 피우게 했는데 그때마다 아들은 그런 나를 매우 어처구니없어했다. 나는 그저 장작 타는 소리가 듣고 싶었다.

내 안과 밖의 모든 것이 너무도 새롭게 느껴졌다. 익숙한 환경 속에 있었지만 나는 모든 것을 완전히 새롭게 보고 새롭게 경험했다. 사고 이후 단 2주가 지났을 뿐이지만 그 2주가 나와 내 인생을 완전히 바꿔놓았다. 그 무엇도 전과 같지 않았다. 나는 더 이상 예전의 내가 아니었다! 나는 내 안에 안착했고 내면은 놀랍도록 평안하고 고요했다. 그때의 기분이란 '충만함'이라고밖에는 달리 말할 수 없을 것 같다. 얼마 전까지만 해도 내 삶을 지배하던 내면의 괴로운 공허감은 온데간데없이 사라졌고 나는 더할 수 없이 충만했다. 내 머릿속에서도 이 자유로움과 평온함이 분명히 느껴졌다. 출구 없이 맴돌던 부정적인 생각들이 모두 사라졌으며 더 이상 걱정할 것도 두려워할 것도 없었다. 나는 하얀 시트로 감싼 소파에 행복하게 누운 채 가족들의 수다와 웃음소리를 즐겼다.

그 9일 동안 몸 밖에서 내가 경험한 일들에 대한 기억은 여전히 놀랍도록 선명했다. 영혼의 영역에서 빛의 존재와 함께 경험한 모든 것이 형언할 수 없는 감사함으로, 축복과도 같은 행복감으로 나를 가득 채웠다. 하지만 나와 결속된, 내가 가장 친밀하게 느끼는 사람들과 다시 함께할 수 있다는 것이 무엇보다 좋았다. 나는 이 모든 것이 다시 살아보라고 인내심을 갖고 격려해 준 빛의 존재의 선견지명 덕분이라고 생각했다.

그것은 값을 따질 수 없는 선물이었다! 나의 커다란 부분은 여전히 그 설명하기 힘든 영혼의 영역에 있었다. 그만큼 나는 어떤 분리도 느끼지 못했다. '여기'와 '저기', '몸'과 '영혼'이 전혀 다르게 느껴지지 않았다. 나는 마치 나를 구성하는 모든 것이 결합해 하나가 된 것 같은 상태에 있었다. 내가 경험한 기적들 모두 여전히 그곳에 있었다. 나는 셀 수 없이 많은 선물을 갖고 돌아온 것이다.

병원에서 준 약들은 남편의 권유로 첫날만 복용했다. 하루에 한 번 붕대를 갈아줄 때를 제외하곤 전혀 통증을 느끼지 않았으므로 약을 먹을 필요성을 느끼지 못했다. 오른손과 두 귀, 얼굴 일부에 3도 화상을 입었는데, 이것은 그 부분의 피부 조직이 되돌릴 수 없을 정도로 손상되었다는 뜻이다. 그래서 피부 이식을 했는데 그 부분들에서 진물이 많이 나 세심한 관리가 필요했다. 특히 두 손이 그랬다. 피부에 들러붙은 붕대를 떼어내는 순간이 하루 중 유일하게 아픔을 느끼는 순간이었다. 하지만 내 피부는 믿을 수 없을 정도로 빨리 회복되었다. 거의 매일 달라지고 있는 걸 눈으로 볼 수 있었고, 나는 그것도 내 몸이 보내는 명백한 신호라고 느꼈다. 그래도 두 손이 여전히 부목에 붕대로 칭칭 감겨 있었으므로 모든 면에서 도움은 필요했다. 혼자 먹을 수도 씻을 수도 옷을 갈아입을 수도 없었다. 그래서 아주 간단한 일에도 도움을 청하는 법을 배워야 했는데, 이것도 나에게는 아주 새로운, 치유를 부르는 경험이었다.

신은 주사위 놀이를 하지 않는다

집으로 돌아오고 얼마 안 되어 친절한 경찰 한 명이 사고 경위 조사차 방문했다. 이미 내 가족과는 이야기를 나눈 뒤였는데, 현장 검증 후 나에게 다시 정확한 경위를 물어보고 싶었던 것이다. 그는 먼저 내 상태가 어떤지 알고 싶어 했다.

"정말 다행이네요." 내 상처들을 보고 놀랍다는 듯 그가 말했다. "제가 화재 사고 조사를 많이 하는데 이건 굉장히 이례적이네요. 바이오 에탄올로 인한 불은 아주 사나워서 진화가 정말 어렵거든요. 아드님이 한 순간이라도 주저했거나 다르게 뭘 하려고 했다면 오늘 우리가 이렇게 이야기 나눌 일도 없었을 거예요."

우리는 한참 동안 이야기를 나누었고, 나는 그에게 9월 28일 그날 밤 내가 경험한 것을 상세히 설명했다. 그때 나도 모르게 내 눈이 반짝거렸는지 내 이야기를 흥미롭게 듣던 그가 물었다. "이런 질문 드려도 될지 모르겠는데, 그 끔찍한 사고 이야기를 어쩌면 그렇게 웃으면서 긍정적으로 할 수 있으세요?"

나는 자연스럽게 대답했다. "신은 주사위 놀이를 하지 않으니까요. 우리 인생의 모든 것은 보이지 않는 계획에 따라 이루어져요. 어떤 것도 제멋대로 일어나거나 우연히 일어나지 않죠. 저는 슬퍼할 일이 없으니까 웃는 거랍니다."

"그렇게 생각한다니 대단하시네요. 뭐라 설명할 수는 없지만 감동적이에요." 그가 말했다. "아드님과도 대화를 나눠봤는데 훌륭한 아들을 두셨더라고요. 그래서 상부에 보고서를 제출하면서 아드님께 인명 구조 표창을 내려줄 것을 제안했습니다. 제 생각에 아드님은 표창을 받을 자격이 충분하거든요." 그 말을 들었는지 마누엘이 웃으며 내 옆 소파에 앉았다. 아들은 딱지가 앉은 내 이마에 조심스럽게 입을 맞추더니 두 귀까지 빛이 날 정도로 환하게 웃었다. "엄마가 살아 돌아오신 게 저한테는 제일 중요해요! 그때 제가 한 행동이 그렇게 특별하거나 대단했다고 생각하진 않아요." 몇 달 후 아들은 멋진 시상식에서 주지사가 주는 메달을 받았다. 시계와 증서도 함께 받았는데, 이것들은 나의 사고를 다룬 긴 신문 기사와 함께 지금도 아들 방의 서랍에 잘 보관되어 있다.

거울 속의 낯선 얼굴

병원에서 나는 꼭 엄수할 내용이 적힌 치료 계획서라는 걸 받았는데, 그것에 따르면 나는 가장 먼저 화상 전문 치료 센터에 가서 몇 주에 걸친 재활 치료를 받아야 했다. 인터넷으로 그 센터에 대해 알아보니 그곳은 신체 재활과 함께 화상 환자가 받았을 정신적 충격에 대한 심리 치료를 전문으로 하는 곳이었다. 하지만 나는 둘 다 필요하지 않았고, 다행히 그것을 모두에게 이해시킬 수 있었다. 나는 어느 때보다 기분 좋은 시간들을 보내며 매일 내 몸이 저절로 나아가는 모습을 지켜봤다.

나는 자주 거실의 큰 창 앞에 서서 겨울맞이를 하는 자연을 관찰하곤 했다. 그리고 모든 것이 지금 있는 그대로 좋다는 걸 알았다! 매 순간이 그랬다. 모든 것이 더 높은 곳의 계획에 따라 자기만의 속도로 움직인다. 내가 그 계획에 순응하는 한 나에게 중요한 것, 나에게 필요한 것은 모두 저절로 생기게 되어 있다. 내가 경험한 무조건적인 사랑이 내 안에 깊이 자리 잡았고, 나는 이제 그것이 나와 나의 새 인생에서 펼쳐 보일 것들을 경탄하며 바라보기만 하면 되었다.

손과 귀는 아직 연고와 붕대로 보습을 유지해야 했지만, 어느덧 얼굴의 붕대는 풀어도 될 때가 왔다. 얼굴에 검붉은 딱지들이 앉아 있었는데 이것들을 보호막으로 삼아 그 아래 피부가 재생되도록 하는 과정이 시작된 것이다. 나에게는 이때가 유일하게 힘든 시기였다. 화장실에 가려면 긴 복도를 따라가야 했는데, 복도 끝에 길쭉한 거울이 하나 달려 있었다. 그 거울을 볼 때마다 나는 처음 보는 듯한 낯선 내 얼굴에 질겁하곤 했다. 마치 검붉은 분화구 같은, 거울 속의 얼굴은 더 이상 내 얼굴이 아니었다. 머리카락이 없는 것도 사람의 얼굴을 굉장히 달라 보이게 하지만, 익숙한 얼굴을 잃게 된 것은 정체성을 몽땅 도난당한 느낌이었다. 나를 더 이상 알아볼 수 없었으니까. 거울에 비친 사람은 내가 나라고 여겨온 그 여자가 아닌 전혀 모르는 사람이었다.

변태

집에서의 몇 주가 쏜살같이 지나가고 손의 부목과 붕대도 걷어내고 이제 나는 얇은 면장갑만 끼고 있어도 될 정도가 되었다. 얼굴에 앉은 딱지들이 하나씩 저절로 떨어져나가는 동안 나는 나만의 놀라운 변태 과정을 겪었다. 나는 많이 웃었고, 누가 안부를 물으면 "애벌레에서 나비가 되어가고 있다"고 대답하곤 했다. 나는 정말 그렇게 느꼈다.

나는 무조건적인 사랑을 배우고 실천하는 것이 내 인생의 과제임을 알았다. 그리고 다양한 경험들을 통해서 무조건적인 사랑을 알아차리고 평화를 찾아야 한다는 것도 알았다. 세상에 나를 꿰맞추는 것이 아니라 나를 통해 세상을 더 풍요롭게 하는 것이 내가 할 일이었다. 그것을 위해 필요한 것은 이미 다 있었지만, 그렇게 하지 못하게 하는 것들도 여전히 그대로 존재했다. 애벌레 안에 이미 존재하는 나비가 그렇듯 내 안의 사랑도 이미 내 안에 있으면서 날개를 펼치고 날아오를 때를 기다리고 있었다.

애벌레와 나비는 겉모습은 아주 다르지만 동일한 하나의 동물이다. 작은 애벌레는 온종일 먹는 일에만 몰두하느라 머잖아 변태의 시간이 온다는 것을 모른다. 애벌레는 아주 좁은 자기만의 세상, 자기만의 몸, 자기만의 현실에서 산다. 그리고 먹고 자라는 것만이 삶에서 중요하다고 믿는다. 중력을 느끼며 자신을 앞으로 나아가게 해주는 수많은 다리, 먹이를 잘게 부숴주는 강력한 턱을 신뢰할 뿐 그 이상은 모른다. 성장을 위해 애벌레는 자신의 비좁은 껍데기를 여러 번 찢고 나와야 하지만 더 이상 그것을 할 수 없는 날이 오게 마련이다.

마지막 껍데기가 찢어지기를 거부하면서 그 작은 존재에게 죽음을 의미하는 변태의 시기가 왔음을 잔인하게 알린다. 애벌레는 죽을 때가 왔음을 알고 조용한 장소를 찾는다. 피부가 점점 딱딱해지는 걸 느끼지만 그 과정에 자신을 내맡길 수밖에 없다. 나비가 되려면 지금까지의 몸이 나비의 세부 기관들로 완전히 녹아 들어가야 한다. 이제 작은 애벌레는 더 이상 없겠지만, 그 애벌레의 세포 구조로부터 기적 같은 방식을 통해 완전히 새로운 존재인 아름다운 나비가 생겨난다.

우리도 이런 변태를 이룰 수 있다. 하지만 우리는 저항하기 때문에 이 작은 애벌레와 달리 상황을 훨씬 어렵게 만든다. 우리 자신이 우리에게 최악의 적이 된다. 우리가 얼마나 작고 무력하고 무가치한 존재인지 아주 창의적인 방식으로 설명하는 우리의 '생각'을 믿기 때문이다. 이 쓸데없는 생각을 진실이라고 믿으며 머릿속의 모든 수다가 실재와는 아무 상관도 없음을 깨닫지 못한다. 사실 우리는 절대 그런 존재가 아니다! 우리는 보잘것없는 존재도 아니고 무력한 존재도 아니다. 우리는 말로 다 표현할 수 없을 만큼 광대하고 창의적이고 완전하게 연결된 순수한 의식의 진동 장이다. 우리는 이미 우리가 찾고 있는 '모든 것'이지만 그 사실을 잊어버린 뒤 아직 이를 알아차리지 못하고 있을 뿐이다. 완전히 다른 두 번째 삶이 기다리고 있음을 모르는 애벌레처럼.

내 안의 나비는 기적처럼 치유되고 있는 내 몸을 통해서도 드러났지만, 내가 나를 대하는 새로운 방식들을 통해서 그 존재감이 더욱 명확하게 드러났다. 변태 전의 나는 거의 다른 사람이 필요로 하는 것에만 관심을 기울이고 내가 필요로 하는 것은 늘 등한시했었다. 그러던 내가 이제 달라졌다. 나는 삶의 기쁨과 의욕에 가득차서 나에게 좋은 느낌을 주고 나를 즐겁게 해주는 일이라면 무엇이든 무조건 찾아내고자 했다. 그것은 자연스럽게 내가 먹는 음식에서부터 시작되었다. 나는 내가 먹는 많은 것이 사실은 맛이 없다는 걸 문득 깨달았다. 이전에 잘 먹던 음식들을 이제는 먹고 싶지 않았다. 그래서 나는 집에 온 지 약 4주가 지났을 무렵 친구와 함께 마트에 가보기로 했다. 그런데 당시 상황에서 내가 마트에 간다는 것은 굉장히 큰 모험이었다.

마트의 다른 손님들에게 나는 정말 기괴하게 보였음에 틀림없다. 실제로 나를 보자마자 깜짝 놀란 표정을 짓는 게 보였다. 머리카락은 그때까지도 거의 자라지 않은 상태여서 나는 부드러운 털모자를 쓰고, 여전히 예민하기 그지없는 두 손에는 얇은 면장갑을 끼고 있었다. 하지만 아직도 딱지로 뒤덮인 얼굴만큼은 가릴 수가 없었다. 화장도 물론 할 수 없었다. 마스크 없이(말 그대로 그리고 비유적으로) 공공 장소에 한 걸음 내디딘다는 건 굉장한 용기를 요구했다. 화장하지 않고는 집 밖을 나가본 적도 없고 언제나 꼼꼼하게 외모를 관리하던 나 같은 여자에게는 더더욱 굉장한 도전이었다. 하지만 나는 더 이상 나를 숨기고 싶지 않았다.

지인도 몇 명 만났는데 나에게 조심스레 다가와 안부를 물었다. 사고 소식이 이미 많은 사람에게 전해진데다 사고 경위가 신문에 크게 보도까지 되었으므로 동네에 모르는 사람이 없을 정도였다. 그들은 변한 내 모습에 놀라워하기도 했지만 이내 나를 다시 보게 된 것을 크게 기뻐해 주었다. 마트의 손님 중에는 놀라움을 숨기고 나를 훔쳐보는 사람도 있었고 대놓고 쳐다보는 사람도 있었다. 그들의 반응이 충분히 이해되었다. 나도 거울을 볼 때마다 여전히 깜짝깜짝 놀라는데 다른 사람들은 더 말할 나위가 있을까? 한편으로는 완전히 '벌거벗겨진' 것 같고 구경거리가 된 듯 느껴지기도 했지만, 또 다른 한편으로는 그럼에도 평온함을 유지하고 있는 내가 보이기도 했다. 나는 이전에 몰랐던 힘과 자신감을 느꼈다. 그날부터 나는 더 이상 나를 숨기지 않았고, 겉으로 보이는 내 모습도 있는 그대로 받아들이는 법을 배웠다. 그것은 엄청난 해방감을 주었다!

그렇게 큰 도전은 아니었지만 어떤 옷을 입느냐도 비슷했다. 옷장을 열 때마다 나는 더 이상 내 것이 아닌 듯한 옷들을 보았다. 거의 모든 옷이 더 이상 존재하지 않는 사람의 옷처럼 거리감이 느껴졌다. 예컨대 얼마 전까지만 해도 신주 단지처럼 애지중지하던 털 카디건이 하나 있었다. 나는 집에 돌아오면 언제나 거의 곧바로 그 카디건으로 온몸을 감쌌고, 그러면 몸도 마음도 편안해지는 것 같았다. 그런데 이제 그것은 그냥 답답하기만 했다. 무늬도 거슬리고, 과거에 거의 매일 나를 따라다니던 슬픔이 배어 있는 듯했다.

이런 아주 개인적인 변화가 내면의 변화를 분명히 말해주었다. 나는 에너지 진동, 색, 형태, 구조에 매우 민감해졌다. 무엇보다 자신을 아주 세심하게 살피는 나 자신이 무척 새로웠다. 예전에 나는 다른 사람들이 추천하는 색깔의 옷을 입었고, 내 직업에 맞는, 실용적인 스타일의 옷을 선호했었다. 하지만 이제 내면에서 너무 많은 것이 변했으므로 변한 나에게 맞게 옷을 찾아 입게 되고 예전에 입던 모든 옷에는 의문을 갖게 되었다. 나는 재빨리 옷장을 비웠고, 내가 어떤 옷을 입고 싶은지, 어떤 옷을 입으면 편한지 묻기 시작했다.

놓아주기의 마법

지금 돌이켜보면, 집으로 돌아온 후 첫 몇 주에서 몇 달 동안은 그야말로 기적으로 가득한 시간이었다. 나는 익숙한 몸으로 다시 태어난 것 같았고, 내가 살았던 세상을 완전히 새로운 방식으로 경험하기 시작했다. 그러나 예전처럼 외롭거나 공허하지 않았다. 만족스럽고 행복했다. 그 과정에서 특히 놀라운 것은 그런 변화를 유도하기 위해 내가 어떤 일도 의식적으로 '하지' 않았다는 거였다. 나는 사실 어떤 것도 의도적으로 바꾸지 않았다. 예전에 그랬던 것처럼 무언가를 얻기 위해 애쓰거나 싸우지 않았다는 말이다.

변화는 내가 화염과 싸우기를 멈췄을 때, 불에 저항하기를 멈

쳤을 때 저절로 찾아왔다. 그렇게 놓아주며 나는 죽음과 그 죽음의 결과를 의식적으로 받아들였을 뿐만 아니라 내 인생 처음으로 통제하기를 포기했다. 나 자신과 화해하고 스스로를 사랑하기로 결심한 이후로 그 끊임없던 내면의 싸움도 멈추었다.

지금까지 해오던 방식들이 오히려 진정한 나 자신으로부터 멀어지게 했음을 깨닫고 나는 통제하기를 그만두었다. 나는 모든 편견과 판단을 버리고 나 자신과 그리고 세상과 화해했다. 이것이 이 모든 변화 과정에서 내가 유일하게 기여한 점이다. 나는 단지 내려놓음으로써 싸우고 통제하기를 멈출 수 있었다! 애벌레가 변태 과정에 그저 자기 몸을 내맡기듯이 말이다. 그 이후로 나는 완전히 새로운 세계를 발견해 가는 어린아이가 된 기분이었다. 나 자신은 물론 내가 살아가는 세상도 전혀 다른 눈으로 보게 되었다.

9월 28일, 그날 이후로 나에게 일어난 모든 기적을 돌이켜볼 때마다 나는 빛의 존재가 늘 나와 함께함을 느꼈다. 임사체험 당시에 느꼈던 것과 거의 같은 강도로 황금빛 에너지의 진동을 느꼈다. 그 에너지 진동이 나를 가득 채우면 '나'와 '그'가 더 이상 분리되어 존재하지 않았다. 나는 항상 그의 사랑 가득한 미소를 볼 수 있었다. 그 미소는 나 자신과 내 몸에 대한 나의 명확한 감각만이 이 순간 내가 의지할 유일한 척도임을 깨닫게 해주었다.

그 기간 동안 나는 피부가 다시 돌아오는 것을 훨씬 뛰어넘는 커다란 전환을 경험했다. 그것은 너무나 전면적인 전환이어서 오히려 다시 불안해질 정도였다. 하지만 나는 삶이 나에게 보여 주고자 하는 것을 모두 조건 없이 받아들이는 법을 배웠고, 이것도 내가 계속 내면화해야 했던 많은 선물 가운데 하나였다.

이제 예전의 나와 새로운 내가 있었다. 둘은 서로 근본적으로, 완벽하게 달랐으므로 나는 지금도 이 부분을 설명하는 데 어려움을 느낀다.

나의 새로운 세상에서

순전히 의식을 통해서만 경험할 수 있고 감정이나 생각과는 거의 관련이 없는 상태를 어떻게 설명할 수 있을까? 영적인 차원에 있으면서 동시에 '여기' 몸속에도 있고 사람들 사이에도 있는 그 상태를 말이다. 나는 이런 상태를 나 자신이나 다른 누구에게도 설명할 수 없었고, 이 새로운 세상을 조금이라도 제대로 말로 표현하기까지는 몇 년이 걸렸다. 하지만 당시로서는 바뀐 모든 것들과 잘 지내는 법부터 일단은 배워야 했고 그러는 데에도 시간이 걸렸다.

예전 세상에서는 작고 한계가 분명한 내가 살았으며, 그때는 거의 항상 나 자신을 상황의 희생자로 보았다. 그때의 나는 내가 그런 삶을 선택했으며 언제든 모든 걸 바꿀 수 있다는 사실을 몰랐기 때문에, 그저 먹고 자라는 것밖에 모르는 애벌레처럼 나 자신을 작고 무력한 존재로 느꼈다. 그런데 갑자기 나는 나비가 되고 날개가 있다는 걸 알게 되었다. 같은 세상을 완전히 다른 방식으로 경험하게 만들어주는 날개. 나는 내 안에서 창조성과 가벼움이 꿈틀거리는 것을 느꼈고, 날개를 가장 잘 쓰는 방법들을 배워나갔다.

나에게 좋은 것과 좋지 않은 것을 알아내는 데 골몰할수록 내 몸은 더 명확하게 자신의 존재감을 드러냈다. 집에 돌아온 초기에는 여전히 익숙한 옛날 방식대로 다시 살아가려고 한 적도 많았는데 결과적으로 그것은 헛된 노력이었다. 느낌이 좋지 않은 일을 하면 그 즉시 몸이 불편한 반응을 보이거나 심하면 아프기까지 했다.

예전의 나라면 그냥 좋은 게 좋은 거라며 넘어갔을 상황에도 내 몸은 존재감을 드러냈다. 예를 들어 내가 원치 않는데도 무심코 다른 사람이 하고자 하는 대로 맞추고 있을 때가 그랬다. 내가 편안하지 않은 환경에 너무 오래 있으면 몸은 나를 그 상황에서 빨리 '끄집어내도록' 반응을 보였다. 특히 두통을 유발하는 식으로 그만하라는 신호를 보내기 좋아했다. 내가 과거의 습관에 빠져 기력을 낭비할 때면 몸은 어김없이 그렇게 했다. 지나치게 생각이 많아지거나 그냥 이 사회에서 기능할 방법을 도모하려 할 때도 즉시 두통이 시작됐고, 몸은 그 수위를 편두통으로 쉽게 높일 수 있었다. 그런 신호에도 불구하고 내가 나에게 좋을 리 없는 사람이나 상황을 계속 견뎌내려 하면 몸은 능수능란하게 구역질까지 유도했다. 몸은 그렇게 저만의 방식으로 나와 대화했고, 나는 내 몸의 소리를 듣고 내 몸의 신호를 해석하는 법을 빠르게 배워나갔다. 신호를 보내는 순간에 내가 적절히 행동하지 않으면 몸은 압박의 수위를 가혹하게 올릴 수 있었고 실제로도 그랬다.

나는 내 몸이 때로 왜 그렇게 격렬하게 반응하는지 정확히 알지는 못했지만 몸을 추궁하지는 않았다. 나는 몸이 저만의 방식으로 그 섬세한 특성을 표현하고 있음을, 그리고 그런 반응을 통해서 나에게 내가 '진정한 자신'에게서 멀어지고 있음을 보여주려 한다는 것을 잘 알았다. 몸은 내 영혼의 존재와 그 에너지 진동을 물질 세상의 언어로 번역해서 보여주는 '번역가'였다.

이 시기에 나는 내가 예전에 몸을 얼마나 거부했었는지 자주 돌이켜봐야 했다. 임사체험 당시 수술 중에 몸속으로 다시 끌려들어 갈 때 느낀 거부감, 빛의 존재가 이끄는 대로 다시 병실로 가서 내 몸을 보았을 때 경악하던 것도 떠올랐다. 그는 '몸이라는 그릇'이 실은 얼마나 경이로운지 거듭 알려주려 했다. 하지만 나는 내 몸이 근원과 연결되어 있음을 보고 나서야 비로소 그 사실을 알 수 있었다. 내 세포들 속에서 춤추고 있는 끝없이 많은 황금빛 점을 보고 그것들이 얼마나 생생히 살아있는지를 감지하고 나서야 나는 내 몸을 받아들였다. 그리고 내 몸의 모든 성질을 아주 의식적으로 받아들이고 나서야 나는 몸이 나를 위해 존재하는, 기적으로 가득한 의식의 장임을 알아차릴 수 있었다. 물질이 된 나 자신의 창조물인 몸은 내가 진정으로 의식적이고 충만한 삶을 사는 데 필요한 모든 것을 담고 있다. 몸 없이 충만한 삶은 불가능하다. 애벌레가 없다면 나비도 없는 것처럼 말이다. 나는 이제 이 사실을 잘 안다! 하지만 이 모든 것을 아무리 잘 안다고 해도 우리 몸의 언어를 이해하지 못하면 혹은 내가 예전에 그랬듯 그것의 비명 소리를 무시한다면 아무 소용이 없을 것이다.

나는 빛의 존재의 말을 깊이 새겼으므로 몸이 시키는 대로 따르는 것이 그렇게 어렵지는 않았다. 그는 나에게 돌아가서 충만한 삶을 살고, 그것이 내 인생에 무슨 의미를 지니는지 알아내라고 작별 인사를 했었다. 내가 나의 길을 찾을 거라고 했고, 중요한 것은 사랑이며 사랑이 언제나 내 안에 있음을 잊지 말라고도 했다.

나의 '진정한 나'도 나에게 말을 거는 자기만의 방식을 갖고 있었는데 그것은 몸보다는 훨씬 배려심이 많았다. 그 방식은 훨씬 조용했고 부드러웠고 사랑으로 가득했으며 모든 것에 포용적이었다. 내 영혼은 나를 기쁨과 감격과 가벼움의 상태로 만드는 재능을 가지고 있었으며, 나에게 아이디어와 영감을 주는 데 아주 능했다. 나의 '진정한 나'는 과거의 나에게 익숙한 감정들이 아니라 모든 것을 포괄하는 의식(혹은 앎)을 선사했다. 그것은 이를테면 나를 둘러싸고 있는 모든 것을 포함하는 상태, 그 안에서 내가 놀이하듯 쉽게 나 자신을 확장할 수 있는 충만함의 상태 같은 것이었다. 그럴 때의 느낌은 정확하게 임사체험 때 느꼈던 것과 똑같은 느낌이었다. 그것은 '보통'의 감정과는 절대 비교할 수 없는 감동의 상태 같은 것이라고도 할 수 있는데, 그렇게 감동할 때면 나는 모든 것이 기적으로 느껴졌다! 내가 들이마시는 공기, 내가 만지는 탁자, 새들의 지저귐, 먹구름, 존재 그 자체, 자연의 다양성 모두가 다 기적이었다. 어디를 보든 모든 것이 마법처럼 느껴졌다. 그렇게 모든 것을 포괄하는 상태를 인식하면 나는 즉시 '진정한 내'가 길을 보여주려 한다는 걸 알았다.

　그러므로 집에 돌아온 직후 나에게는 몸과 영혼의 언어를 배우고 그 언어를 내 개인적인 감정이나 생각과 구분하는 법을 배우는 것이 무엇보다 중요했다. 시간이 흐름에 따라 우리 셋(몸과 영혼, 그리고 나—옮긴이)은 환상의 팀이 되었다! 내 몸은 내가 좋지 않은 방향으로 가려 할 때 나에게 그것을 분명히 알려주었다. 나의 '더 높은 의식'은 내가 허락하면 언제나 나를 통해 흐르며 나를 인도하는 바람 같았다. 그리고 나 자신도 있었다. 나는 안팎에서 오는 신호들을 받고 그에 맞게 적절히 행동하라고 요청을 받는 고요한 관찰자 같았다. 나는 키를 잡고 방향을 선택하는 선장 같기도 했다. 아래로는 폭풍이 휘몰아치거나 잔잔한 바다가 있고, 위로는 방향을 제시하는 바람이 있었다. 그렇게 나는 곧 바다의 상황에 따라 돛을 제대로 접거나 펼치는 법을 배웠다.

내가 보기에 우리의 인격은 정확히 다음과 같은 세 가지 중요한 요소로 구성되는 것 같다. 항상 선택하고 결정을 내리는 의식적인 부분, 몸을 통해 자신을 표현하는 무의식적인 부분, 그리고 방향을 제시하는 영적인 부분인 '진정한 나', 이렇게 세 요소로 말이다. 나는 이 세 요소의 도움으로 내 새로운 삶의 마법을 매 순간 알아차리고 경험하는 법을 배웠다.

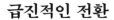

급진적인 전환

　그해 크리스마스 직전, 몸 상태가 아주 좋아지면서 나는 아무 일도 하지 않고 가만히 있기가 매우 힘들었다. 사고 후 거의 3개월이 지났고 아직 두 손을 조심스럽게 움직여야 했지만 무슨 일이든 하고 싶었다. 그래서인지 계속 집 안을 정리하고 싶은 참을 수 없는 욕구를 느꼈다. 나는 쉬지 않고 무언가를 버리거나 집 안 배치를 바꾸거나 청소를 했다. 나를 둘러싸고 있는 것들이 어쩐지 다 나와는 맞지 않는다고 느꼈다. 어디를 보든 대부분 음울하고 낡고 답답해 보였다. 서랍과 선반의 내용물을 바닥에 꺼내놓고 더 이상 의미 없는 것들은 다 버렸다.

　그러다 그런 물건 중에 내가 정말 소중하게 생각하는 것은 아무것도 없음을 깨달았다. 좋은 추억이 담긴 게 아니라면 어떤 물건도 더 이상 중요하지 않았다. 나는 물건을 볼 때 계속 그게 내게 정말 필요한 건지, 그것을 정말 갖고 싶은지, 그것을 갖고 있는 것이 나에게 정말 좋은지를 질문했다. 언젠가 필요할 수도 있다고 생각해서 혹은 내면의 공허를 채우기 위해서 의미도 없는 걸 어쩌면 그렇게도 많이 지니고 있는지 정말 놀라웠다. 나에게는 임사체험에서 받아온 선물만이 소중했다. 그걸 선반에 올려놓을 수는 없었지만 말이다. 그렇게 나는 쓰레기더미들을 한 자루씩 버렸고 그만큼 더 해방감을 느꼈다.

그리고 곧 혼자만의 시간과 공간이 아주 많이 필요하다는 걸 깨달았다. 어차피 일상적인 대화에 끼어들기가 점점 더 어려워졌으므로 나는 교묘하게 그런 자리들을 피했다. 남편이 하는 말에 귀를 기울이기도 거의 불가능했다. 특히 남편이 뉴스를 들려줄 때나 정치적 주제들에 대한 내 생각을 듣고 싶어 할 때 더 그랬다. 친구들이 하는 이야기도 그냥 틀어놓은 텔레비전만큼이나 진부하게 들렸다. 주변의 모든 것이 알맹이 없이 공허하고 피상적이었으므로 나는 점점 더 혼자 보내는 시간이 좋아졌다. 관심 없는 주제로 대화를 나누는 일은 나를 너무도 기진맥진하게 했다. 나에게는 더 이상 존재하지 않는 일상의 문제와 드라마가 대화의 대부분을 차지했기 때문이다.

나는 내가 다른 세상에 살고 있다고 느꼈다. 아니면 세상을 아주 다른 눈으로 보고 있거나. 내 인생에는 이제 더 이상 일상의 드라마가 없었다. 머릿속에도 없었고 가슴속에도 없었다. 나는 내 주변의 모든 것을 그것만의 기적으로 경험하고 있었다. 따닥따닥 타 들어가는 장작불, 눈 깜짝할 사이에 풍경을 장엄하게 바꿔놓는 눈(雪), 찐 감자 냄새 같은 것들 말이다. 이런 것들을 보고 있으면 내가 살아있다는 사실에 내면의 환호성이 터져 나왔다. 나는 천연 옷감과 나무의 감촉을 사랑했다. 텔레비전을 보거나 사람들과 말을 하고 듣는 것보다 몇 시간이고 창밖을 보거나 산책하는 게 나를 훨씬 더 행복하게 했다. 자연에 서면 새로운 세상과 온전히 연결되는 것 같았다.

임사체험을 하는 동안 나는 모든 곳에서 모든 것을 아우르는 무조건적인 사랑을 경험했다. 그 사랑 안에 나는 완전히 하나로 섞여 들어갔다. 나는 어떤 한계에도 얽매이지 않았고 나만의 무한함을 탐험할 수 있었다. 원하기만 하면 세계가 열렸다. 돌아왔을 때 나는 갑자기 다시 몸과 물질의 법칙에 묶이게 되었다. 그렇다, 나는 점점 나에게 맞지 않는 곳에 와 있다고 느꼈다.

그런 느낌이 들 때면 나는 조용하고 방해 없는 장소로 가서 내가 좋아하는 빛의 존재의 에너지 속으로 들어갔다. 나는 내가 느끼는 그런 감정들에 대해 그의 조언과 설명을 듣고 싶었다. 나는 예전의 나에게 그렇게 중요했던 거의 모든 것에서 천천히, 하지만 확실하게 벗어났다는 것을 알아차렸다. 임사체험 전에 중요했던 것들이 더 이상 하나도 중요하지 않았고, 그 때문에 나는 몹시 불안한 기분이 들었다.

하지만 빛의 존재의 에너지에 집중하면 그 즉시 몸속이 간질거리기 시작했다. 마치 몸속 전체에서 샴페인 거품이 보글거리며 톡톡 터지는 것 같았다. 그 느낌이 얼마나 엄청났는지! 그의 존재를 감지하면 그 즉시 말로 표현할 길 없는 기쁨이 나를 덮쳤고, 나는 이내 깊은 사랑을 느끼며 눈물을 흘릴 수밖에 없었다. 그의 존재를 여전히 느낄 수 있어서 더없이 행복했다. 내가 가장 두려워한 것은 그를 더 이상 만나지 못하는 것이었으니까. 그와 의식적으로 접촉하기 위해 몰입할 때마다 주변 공간은 그 빛을 잃고 사라졌다. 그리고 나를 둘러싼 현실 세계와는 극단적으로 다른 세상이 나타났는데, 거기서는 모든 것이 가볍고 한계가 없으며 자유로웠다.

그러고 나면 그는 이미 수없이 그랬듯이 부드럽게 나를 안고, 내가 잘 아는 그의 높은 진동에 내가 다시 적응할 수 있도록 도와주었다. 그런 그의 도움으로 나는 가볍게 내 몸을 떠나 물질 세계와 그 제한된 지평 너머로 갈 수 있었다.

"왜 갑자기 내 인생이 이렇게 다 달라진 거죠?" 그를 만났다고 느끼면 나는 질문을 퍼부었다. "더 이상 머릿속에 아무 생각도 들지 않고 감탄사만 나와요. 그리고 주변 세상이 이전과는 완전히 다르게 느껴져요. 내 안의 모든 것이 삶의 기적에 놀라면서 나는 말할 수 없이 행복해지고요! 그건 시끄럽고 활기 넘치는 그런 행복이 아니라 고요와 평화가 함께하는 아주 깊은 행복이에요. 무슨 말인지 아시죠? 나는 모든 것과 연결되어 있고, 특히 주변의 자연과 당신, 그리고 나 자신과 강하게 연결되어 있다고 느껴요. 나는 처음으로 정말 온전하고 충만하다고 느껴요. 그런데 지금 나에게 일어나는 모든 일이 그렇게 좋은 것만큼이나 나를 몹시 외롭게 만들기도 하네요! 예전 삶에서 소중하던 것들이 모두 의미를 잃어버렸으니까요. 세상 이야기나 사람들이 중요하게 여기는 주제들이 이제 나한테는 아무런 의미가 없어요. 내가 쓰는 단어들조차 공허하고 불필요하게 느껴져요."

그는 내 말을 주의 깊게 들었다. 이러한 변화가 나로선 얼마나 이해하기 힘들지 그는 잘 알았다. "나는 백지로 이루어진 책 같아요. 다시 써야 하는데 어떻게 써야 할지 모르겠어요."

"안케, 그것 참 적절하고 좋은 비유네요!" 내가 잠시 말을 멈춘 사이 그가 말했다. "하지만 지금 당신이 정말로 백지로 이루어진 책 같다면 우리가 만나기 전의 시간은 아예 기억도 할 수 없지 않을까요?"

"그런 때가 있었고 그때 내가 어떻게 느꼈는지는 기억하죠. 하지만 더 이상 과거의 그 감정에 공감이 안 돼요. 다른 사람들과 예전 이야기를 하면서 그때 그 감정을 떠올려보려 하지만 더 이상 그 감정에 접근하기가 어려워요. 마치 감정적 기억상실증 같아요. 예전의 나는 모든 게 힘들었고 죽도록 노력을 해야 했어요. 모든 곳에서 문제가 보였죠. 모든 것이 나에게는 압박이었는데, 사실 나에게 가장 큰 압박은 나 자신이었어요. 언제나 무슨 일이든 해야 한다고 생각했고, 내가 바뀌어야 한다고, 세상에 맞춰야 한다고 생각했으니까요. 그러느라고 모든 것이 더 큰 의미에 따라 이루어진다는 것, 나에게 내 인생을 만들어갈 권한이 있다는 것을 몰랐죠. 나는 나 자신을 좋아하지도 않았고, 그래서 내 인생도 좋아하지 않았어요. 그런데 바로 이 점이 지금은 믿을 수 없이 달라진 겁니다! 갑자기 나는 모든 것을 완전히 다른 눈으로 보게 됐어요. 그동안 평생을 수면 상태로 살면서 꿈속을 걸어 다니다가 갑자기 깨어난 것 같아요. 갑자기 모든 것에서 사랑만 느끼고요. 이해하시겠어요?"

"당신은 자신이 정말로 어떤 존재인지 보았고, 그렇게 '작은 나'의 경계를 넘어선 겁니다." 그가 설명했다. "당신은 그 9일 동안 과거에 현실이라고 생각했던 모든 것을 넘어섰어요. 그래서 지금의 당신과 주변 세상을 완전히 다르게, 새롭게 경험하는 거고요. 당신은 당신의 의식으로 옛날 자신이 지녔던 관점 너머의 세계가 얼마나 풍성한지 경험했고, 그래서 옛날의 매우 제한적인 세상으로 돌아가는 게 불가능해진 거예요. 이와 관련해서 내가 했던 말을 기억하나요?"

"그럼요! 보이지 않던 것을 볼 수 있게 되면 다시는 무지로 돌아갈 수 없다고 하셨죠."

"맞아요. 당신 인생을 어떤 관점으로 보고 거기서 무엇을 발견할지는 오직 자신의 선택에 달렸어요. 내가 그 말을 왜 했는지 보여줄게요. 지금 당신은 몸으로 돌아간 상태이니 내 말의 의미를 더 잘 이해할 수 있을 겁니다. 그럼 당신 자신과 세상을 왜 다른 눈으로 보고 있는지도 이해하게 될 거고요."

왜곡된 세계관

그와 대화하는 동안 나는 우리가 여정을 함께한 뒤로 아주 익숙해진 더 높은 관점을 다시 갖게 되었다. 이미지들, 경험들, 그리고 그것들에서 나오는 앎이 내 의식의 표면으로 떠올랐는데, 그는 내가 그의 도움으로 이미 보았던 많은 것들 가운데 몇 가지만 걸러내 다시 보여주고자 하는 듯했다. 마치 요점을 짚어주듯 그는 내가 태어날 때부터 내 에너지장을 둘러싸고 있던, 내 영혼의 더 높은 영역으로부터 나를 분리시킨 그 고치를 다시 보여주었다. 내가 임사체험하는 동안 그 고치가 어떻게 만들어졌는지 이미 몇 번이나 보여주었지만 다시 더 명확하게 설명하려는 것 같았다.

"내가 이 경계에 대해 뭐라고 설명했는지 기억하나요?" 그가 물었다.

"네, 기억해요! 이 고치가 생겨나야 인간으로서의 경험이 가능하다고 했죠. 이 경계가 있어야 이분법의 세상에서 하나의 분리된 개인으로 자신을 경험할 수 있고, 인간의 감정과 생각을 발전시켜 나아갈 수 있다고요."

나는 스노글로브 이미지도 여전히 잘 기억했다. 마법 같은 세상을 품고 있던 아주 특별하고 아름다운 유리 구. 그 안에 낮과 밤, 빛과 어둠, 감정과 생각, 시간과 공간이 존재하는 아주 작고 특별한 세상이 있었다. 그 안에 내가 2009년 9월 28일까지 나의 현실이라고 생각했던 모든 것이 존재했다. 그는 나에게 그 유리 구 속으로 들어가 보라고 했고, 그렇게 하자 나는 즉시 인식이 바뀌면서 그 세상과 나를 다시 동일시하기 시작했다. 발 아래로 땅이 느껴졌고 나 자신이 둥그런 유리 구 속에 있다는 사실을 순식간에 잊어버렸다. 그 유리 구는 내가 나에 대해 생각한 것, 내가 한 모든 경험과 생각을 담고 있었다. 갑자기 나는 다시 모든 것을 느낄 수 있었고, 화재 전과 똑같은 방식으로 자신과 세상을 보았다. 나는 자신을 다시 분명한 육체로 정의되는 개인으로 느꼈다.

그러자 갑자기 익숙한 의심들이 내 안에서 일어났다. 기쁨도 일었고 불안감도 일었다. 달콤한 오렌지가 먹고 싶다는 갈망도 일었다. 임사체험 중에 배고픈 적이 한 번도 없었기 때문에 나는 어안이 벙벙했다. 과거와 미래에 대한 시간 감각도 생겨났다. 반면 그의 가르침 덕분에 내가 몰입했던 그 무한한 모든 것은 사라졌다. 유리 구 속에 오래 머물면 머물수록 연결성, 무조건적인 존재, 더 높은 수준의 앎 등으로부터 단절되는 느낌이 들었다. 유리 구는 안쪽이 마치 빛가림 처리가 된 반투명 거울 같았다. 밖에서는 문제없이 안을 들여다볼 수 있지만 안에서는 밖을 볼 수 없었다. 그 유리 구 안에 있는 나는 더 크고 무한히 창조적인 무언가가 나를 둘러싸고 있다는 걸 인식할 수 없었다. 나는 고립된 것 같았고 점점 빛의 존재와도 단절되는 것 같았다. 사방을 둘러보며 아무리 그를 찾아도 보이는 건 거울에 비친 내 모습뿐이었다.

문득 나는 이 거울 같은 고치의 의미를 깨달았다. 우리가 '인간적임' 또는 '에고'라고 부르는 것은 모두 이 고치 안에서 펼쳐지는 것들이었다. 우리의 무한한 의식을 '차단해서' 단지 몸, 감정, 생각으로만 자신을 경험하게끔 하는 것, 이것이 고치의 임무였다. 이 차단 과정은 심한 기억상실증과 유사했다. 빛을 가리는 유리의 경계는 우리의 의식을 더 높은 영적 영역으로부터 점점 더 분리시켜 분리의 착각을 만들어냈다. 그래야만 감정을 느낄 수 있고 생각하는 능력을 발전시킬 수 있기 때문이다. 몸과 우리의 '작은 나'에 집중하면 할수록 창조로 가득한 고향에 대한 기억은 사라진다. 지금 여기에서 인식하는 것보다 우리가 훨씬 큰 존재임을 잊어버린다. 어디서 왔으며 어디로 돌아가는지 잊어버리고, 이 모든 것이 환영이며 우리가 그 환영 속으로 의식적으로 들어왔음을 잊어버린다. 우리는 다른 몽유병자들 사이에서 함께 몽유병자가 되었다.

고치 밖을 볼 수 없으므로 우리의 관심은 온전히 고치 안으로, 우리의 몸과 욕구로 향할 수밖에 없다. 그래서 우리는 단절을 느끼고 자신이 혼자라고 믿게 되지만, 또한 그로 인해 안정감과 방향 감각을 갖고 이 세상에서 살아갈 수 있게 된다.

무엇이 현실인가?

우리는 현실이라고 여기는 자기만의 고치 안에 의식을 두고 대부분의 시간을 보낸다. 그런데 살다 보면 현실에 의문이 들면서 이 현실의 창 너머에 무엇이 있는지 보고 싶어진다. 어쩌면 당신도 그럴 것이다. 그렇지 않다면 이 책을 여기까지 읽지도 않았을 것이다. 당신은 기도하면서 천사가 나타나주기를 바랐을 수도 있고, 당신 안에 있는 더 깊은 지혜를 끌어올리고자 했을 수도 있다. 지금까지 당신이 어떤 길을 걸어왔든 모두 당신의 유리 구 안에서 벌어진 일이었다. 진정한 당신을 알아갈수록, 그 길에서 더 많은 연결을 경험할수록 당신의 유리 구는 그만큼 확장된다. 당신 세상의 경계가 넓어진다. 얼마 전까지만 해도 넘지 못할 것 같던 경계가 돌연 더 이상 존재하지 않는다. 당신 자신을 향해 한 걸음 더 나아가는 것을 주저하게 하던 두려움이나 의심이 갑자기 허공으로 사라진다. 당신도 혹시 이런 사실을 아는가?

두려움이나 해묵은 믿음 같은 착각을 꿰뚫어볼 때 유리 구는 더 넓어지고 빛을 차단하던 반투명 거울 벽은 조금씩 맑아진다. '진정한 나'를 더 많이 알아차리고 그 '내'가 자신을 인도하도록 허용할수록 우리의 유리 구는 확장되고, 그렇게 우리의 의식도 확장된다. 그리고 영혼의 눈으로 세상을 볼수록 더 많은 기적이 보일 것이다.

예전의 나처럼 온통 외부에만 주의를 집중하는 사람은 고치 속의 삶이 그만큼 제한적이라 느낄 것이다. 그 결과 고치는 옛날의 내 고치가 그랬던 것처럼 점점 더 조밀해지고 좁아지고 어두워지며, 그 갇혀 있음에서 벗어나고 싶은 갈망은 점점 더 거세질 것이다.

고치 혹은 유리 구의 반투명 거울은 '진정한 나'를 알아차리고 느끼고 그것과 하나가 되는 것을 방해한다. 우리가 그리워하는 모든 것이 사실은 우리 숨이 닿을 만큼 가까운 곳에 있음을 보지 못하게 한다. 우리는 '작은 나'의 눈으로 세상을 보고, 따라서 무력감을 느낀다. 우리는 그 유리 구를 관통해 보아야 한다는 생각을 전혀 하지 못한다. 그 너머의 영역을 볼 수 있도록 말이다. 내가 임사체험을 하는 동안 바로 그 일이 일어났다. 안에서 밖을 볼 수 없게 만들어진 고치, 나의 해묵은 감정과 생각만 보게 했던 그 거울 벽이 갑자기 사라졌다. 나는 내 몸에서 벗어났을 뿐만 아니라 고치에서도 빠져나왔고 고치 밖에 존재하는 모든 것에 몰입할 수 있었다.

화재 당시 나는 죽음을 경험하며 몸 밖으로 나갔고, 그 순간 나의 고치를 완전히 떠났다. 좁은 고치에서 나와 날아오르는 나비처럼 말이다. 그랬기 때문에 나는 빛의 존재의 도움을 받으며 무한으로 확장할 수 있었고, '진정한 나'를 포괄적으로 알아차릴 수 있었다. 하지만 내가 경험했던 그 조건 없음, 연결성, 특히 존재하는 모든 것의 배후에 있는 그 엄청난 의미에 관해 어떻게 말로 설명해야 할지 모르겠다. 9일 동안 내가 겪은 것은 자신을 창조의 일부로 경험하고자 한 사람에게 일어난 일종의 의식의 고속 확장 같은 것이었다.

"보이지 않던 것을 볼 수 있게 되면, 다시는 무지로 돌아갈 수 없다." 이 말이 내 안에서 계속 메아리쳤다.

그 말이 맞았다! 나 자신과 세상을 경험하던 과거 내 삶의 방식을 돌아보면 마치 눈멀고 귀먹은 채로 살아온 것처럼 보인다. '진정한 나'의 극히 일부만을 인식했던 것 같고, 나를 둘러싼 멋진 세상을 수많은 필터로 걸러서 봤던 것 같다.

백지로 이루어진 책

하지만 내가 임사체험으로 경험한 급진적인 전환은 차가운 물속에 갑자기 뛰어드는 것처럼 느껴졌고, 결코 쉬운 일은 아니었다! 두 세계는 이보다 더 다를 수 있을까 싶을 정도로 달랐다. 한 세계에서 나는 더할 나위 없이 충만했고 행복했으며, 내가 다른 모든 존재와 연결되어 있음을 명확하게 알았다. 유리 구 안에 있던 거울이 사라졌고, 거울이 믿게 했던 모든 환영이 깨졌기 때문이었다. 내 의식이 볼 수 없게끔 숨겨져 있던 모든 것이 갑자기 보였고, 더 이상 사라지지 않았다. 그 후에도 나는 원할 때면 언제나 내가 경험한 모든 영역으로 의식을 확장할 수 있었으며, 따라서 한계도 사라졌다.

하지만 바로 그래서 나는 미칠 지경이었다! 나는 주변 사람들이 무슨 생각을 하는지, 무엇을 느끼고 있는지, 그들의 몸이 어디가 아프고 왜 아픈지 알 수 있었다. 나무를 보거나 옷을 고르거나 내 앞에 놓인 접시를 볼 때 그것들의 에너지적인 진동도 보았다. 무엇을 보든, 어디를 보든 그랬다. 모든 것이 조금만 시각을 바꾸면 내 눈앞에서 에너지 진동으로 변했다. 나 자신과 내 몸도 마찬가지였다. 이 경험은 그때까지 내가 '진실' 혹은 '진짜'라고 생각해 온 모든 것을 휴지통에 던져버리게 했다. 이 시기에 내가 만약 혼자였다면 나는 주변 세상을 놀라운 눈으로 바라보는 것만으로 몇 년은 더 보낼 수 있었을 것이다. 하지만 나는 혼자가 아니었다. 가족과 친구가 있었고, 일을 해야 했다. 바로 그 점이 나를 무척이나 힘들게 했다. 나에게 일어난 일을 다른 사람에게 말할 용기조차 나에게는 없었다. 그걸 어떻게 정확하게 표현한단 말인가? 나의 변화된 인식 능력에 대해 가족이나 친구들에게 조심스럽게 말해보기는 했지만, 불편해하는 듯한 표정이 살짝 스치기만 해도 나는 금세 입을 다물고 말았다. 이 모든 것이 혼란스럽고 불안했다.

보이지 않던 것이 갑자기 보일 때, 아니 보이지 않던 것을 갑자기 경험하게 될 때, 이전에 중요하다고 여겼던 모든 것이 더 이상 중요하지 않게 된다. 아무리 대단한 마술이라도 한번 그 트릭을 간파하게 되면 더 이상 감흥이 일 수 없다. 비밀을 보았으므로 더 이상 놀랍지 않은 것이다. 나의 경우도 비슷했다. 나는 사고 이전의 나처럼 물질 세상만이 '진짜로' 존재하는 유일한 현실이라고 보는 사람들에 둘러싸여 살았다. 지금 여기에서 아주 환상적으로 진행되고 있는 마술쇼의 진실을 결코 보고 싶어 하지 않는 사람들, '현실'이라는 마술쇼를 계속 즐거워하며 보고 싶어 하는 사람들 말이다. 나는 진퇴양난에 빠졌다. 나에게도 견고한 물질 세상이 존재하기는 했다. 예를 들어 내가 탁자를 만질 때가 그랬다. 하지만 탁자를 만질 때면 나는 그 탁자를 이루는 부분들이 춤을 추는 모습도 보았고, 그 안으로 손을 뻗으면 내 손이 그 사이를 관통할 것만 같았다.

이제 죽음은 내 안에서 두려움이 아니라 연민 어린 기쁨을 불러일으켰다. 삶에서 만나는 고난을 나는 이제 고치를 확장하는 멋진 기회로 보았다. 두려움은 고치의 낡은 트릭에 불과했다. 세상에 혹은 주변에 어떤 비극이 일어나든 나는 더 이상 아무런 평가도 내릴 수 없었다. 고양된 의식은 오직 사랑을 볼 뿐이요, 일어나는 모든 일에서 경험의 창조적 과정을 볼 뿐이다. 여기에 '좋다, 나쁘다', '아름답다, 추하다' 같은 평가는 없다. 일어나는 모든 일에서, 설령 그것이 아무리 비극적으로 보이는 일이라도 나는 그것의 더 큰 의미와 그것이 내포하는 가능성만 보았다.

시간 감각도 급진적으로 바뀌었으므로 미래로 생각을 투사하거나 과거를 파헤치는 일이 이제 불가능했다. 나는 단지 지금 여기에 있었고, 그야말로 한계 없는 감사함 속에서 철저히 순간만을 인식했다. 주변 사람들은 이런 일들을 전혀 몰랐으므로 내가 정말 이상해 보였을 것이다. 내가 변한 건 다들 알고 있었지만 내가 자세한 이야기를 하지 않았기 때문에 그저 사고로 인한 '심리적 충격' 때문일 거라고 짐작했을 것이다.

이 모든 이유로 나는 내가 마치 백지로 이루어진 책같이 느껴졌다. 이전의 삶이나 '작은 나'에게는 지극히 현실처럼 보였던 한계들이 완전히 용해되어 주변의 모든 것과 하나로 합쳐져 버렸기 때문이다. 문제는 한계가 분명한 세상 속에서 한계 없는 의식으로 어떻게 살아갈지 그 길을 찾는 것이었다.

"그럼 이제 나는 어떻게 하죠?" 나는 다시 빛의 존재를 찾아 도움을 구했다. "가족이나 친구들과 어떻게 지내야 하는지 말씀해 주세요. 다시 이들에게 소속감을 느끼고 싶어요. 지금은 그들이 하는 말에 전혀 동참할 수가 없어요. 보는 눈이 완전히 다르니까요. 점점 더 혼자 있고 싶지만 계속 이럴 수는 없잖아요."

나는 정말 어찌할 바를 몰랐다. 식습관이나 옷 입는 스타일을 바꾸기는 쉬웠다. 집 안을 정리하는 것도 즐거웠다. 하지만 이제는 무엇을 해야 할지 전혀 모르는 지점에 이르러 있었다. 나는 내 삶을 다시 설계하고 싶었고, 내면에서 느끼는 충만감을 억누르고 싶지 않았다. 하지만 그 방법을 몰랐다.

"당신 안의 근원에 따라 사세요! 저항하길 멈추고 근원이 당신을 인도하게 두세요. 그럼 길이 보일 겁니다." 그의 짧은 대답이었다.

이 대답은 내가 제대로 이해하지 못한 탓인지 기대만큼 만족스럽지는 못했다. 하지만 더 이상의 대답은 없었다. 그래서 나는 그냥 길이 저절로 나타나주기를 바랐다.

충만한 삶

　임사체험을 한 지 1년이 지나면서 나는 옛 세계와 새 세계 사이를 왔다 갔다 하는 삶에 차츰 적응해 갔다. 얼굴과 귀의 상처는 기적처럼 저절로 아물었고 머리카락도 다시 자랐다. 거울에 비친 내 모습을 보고 느끼는 이질감도 차츰 줄어들었다. 이 글을 쓰는 지금은, 내가 그렇게 심하게 다쳤었다고 말하면 사람들이 전혀 그렇게 보이지 않는다며 몹시 놀라워한다. 심했던 화상의 흔적이라고 하면 윗입술 위에 남은 작은 흉터와 두 손의 피부색이 약간 달라진 것이 전부이다. 내 얼굴은 피부 재생을 위한 안면 마스크나 다른 처치는 물론이고 성형 수술도 전혀 필요하지 않았다. 그런데 예전과 정말 달라진 것이 있다면 바로 내 두 눈이다.

예전에는 눈빛이 죽어 있었지만 지금은 살아있다. 특히 우리 안에 있는 모든 기적에 대해 말할 때면 내 눈은 아주 특별한 방식으로 빛나기 시작한다. 때로 내 눈은 그 세계의 밝은 빛으로 들어가는 문처럼 보이기도 한다. 나는 확실히 그런 느낌을 받는다.

내 몸이 하는 말에 귀 기울이며 가볍게 살아가는 법을 배운 뒤로 많은 것들이 저절로 바뀌었다. 그리고 무슨 일에든 통제하려 들기를 멈추자 마법처럼 해결책이 생기거나 뜻밖의 좋은 방향으로 일이 해결되었다. 예전의 나는 미지의 것에 대한 두려움이 컸기 때문에 결혼 생활을 끝낸다거나 직장을 그만둔다거나 하는 일은 감히 상상도 하지 못했다.

하지만 나는 내가 몸으로 돌아온 이유가 '진짜 나'라는 창조적 존재를 드러내기 위함이라는 걸 잘 알았다. '진정한 나'는 조건 없는 영원한 상태에 존재하므로 저항이나 두려움 또는 편협함 같은 것을 전혀 모른다는 것도 나는 잘 알았다. 그리고 나는 바로 그런 진정한 나로 사는 법을 배우고 싶었다! 나는 나를 사랑하고 싶었고, 다시는 느낌이 좋지 않은 무언가를 하느라 내 시간을 낭비하고 싶지 않았다. 절대로 다시는 내 진정한 본성을 거스르며 살고 싶지 않았다. 그런데 이를 어떻게 실행할 수 있을지는 아직 잘 몰랐다.

나는 너무 오랫동안 외부 세계를 척도로 삼으면서 그것에 나를 맞추려 했다. 내 신경은 온통 외부 세계에 가 있었는데 그 세계가 나한테는 대개 힘들고 위협적으로 느껴졌다. 나는 내가 동경하는 사람들과 나를 비교했고, 사회의 기대에 부응하려 노력했으며, 사회가 정해주는 한계를 받아들였다. 나는 작고 의식적이지 못한 눈으로 주변 세상을 보았고, 그렇게 외부 환경에 적응하려고 끊임없이 애를 썼다. 그러다 보니 너무 힘이 들었다. 내가 한 일이건 하지 않은 일이건 가리지 않고 모든 일에서 스스로를 평가하므로 나는 자신에게 최악의 판사가 되었다. 이것은 작은 배를 타고 필사적으로 노를 저으며 삶이라는 강의 거친 물살을 통제하려고 애쓰는 것과 같다. 내면에 안주하지 않고 주변 환경에서 오는 영향에만 끊임없이 반응하다 보면 곧 과도한 부담감을 느끼게 마련이다.

임사체험 후 만난 거의 모든 사람이 자신을 바로 그런 방식으로 대하고 있었다. 이들은 자진해서 혹은 사회의 기대에 부응하느라 자신을 계속 압박해 가며 삶에 정신없이 끌려다니고 있었다. 걱정도 많고 전혀 즐겁지 않은 일로 너무 바쁜데도 그렇게 살아야 한다고 생각했다. 제일 나쁜 것은 자신이나 자기 주변을 무자비하게 판단하는 것이다. 우리 자신이 우리의 고향인 근원에서, 그 근원의 본질인 조건 없음에서 나왔음에도 사람들은 대부분 이 조건 없음이 어떤 상태인지 전혀 모르는 것 같다.

하지만 '진정한 나'를 알아차리면 그 즉시 우리는 삶을 완전히 새로운 관점으로 보게 된다. 외부 세계로 향해 있던 주의의 초점이 자동으로 자신을 향하게 되고 사랑을 담아 자신에게 집중하기 시작한다. 다른 사람이 원하는 것을 중요하게 여기는 대신 자신에게 유익하고 좋은 것에 몰두하게 된다. 자신을 소중하게 바라보는 순간 자기 안에 있는 경이로움이 더욱더 명료해진다. 내 인생은 내가 결정하는 것이며 '나 자신을 위해' 살아야 한다는 점을 이해하는 순간 모든 것이 바뀐다. 나에게 일어난 일이 바로 그랬다. 이 시기에 나는 그때까지 내 인생에서 많은 부분을 차지하던 것들에 의문을 품고 내가 정말로 필요로 하는 것에 주의를 기울였다.

'내가 정말 아직도 이것을 원하나?' '느낌이 가벼운가?' '내 몸이 무거워하거나 압박감을 느끼진 않나?' '내가 열정적으로 하는 것은 무엇이고 힘들게 노력하는 것은 무엇이지?' 나는 결혼 생활, 친구 관계 등 다양한 상황에서 내가 행동하는 방식을 비롯해 모든 것을 되짚어보았다. 나는 불편하다고 느껴지는 거의 모든 것에 근본적인 의문을 품었다. 예를 들어 '나는 왜 이렇게 행동하지?' '나는 왜 나 자신이 이런 감정이 들게 두는 거지?' 같은 질문을 던진 것이다. 그러자 내 안에서 과거에 내가 내적으로 얼마나 싸우면서 살았는지 분명히 보여주는 대답들이 저절로 올라왔다.

'왜냐하면 난 사랑받고 싶으니까' '소속감을 느끼고 싶으니까' '무력해질까봐 두려우니까' 같은.

임사체험을 하면서 나는 이런 생각과 감정이 모두 나의 착각임을 알게 되었다. 과거의 경험에서 비롯한 것일 뿐 '진정한 나'와는 아무 상관이 없는 생각과 감정이었다. 나는 항상 모든 것과 조건 없이 연결되어 있으며 분리, 결핍, 무력감 같은 것들은 나의 한계 가득한 생각이 지어낸 것임을 내 몸 밖에서 배웠다. 나는 내 마음의 트릭을 꿰뚫어보았고, 더 이상 내 마음의 착각을 따르지 않으면 언제든 더 높은 의식 속으로 들어갈 수 있다는 걸 배웠다.

예전의 나는 이런 급진적인 행보는 생각도 할 수 없었다. 나는 스스로를 충분히 믿지 못했다. 중요한 결정을 내릴 때마다 잘못된 결정을 내릴까봐 늘 조마조마했다. 잘못된 방향으로 가거나 소중한 걸 잃게 되거나 무력해질 수 있다고 생각했다. 내 인생의 거의 모든 것이 이런 불안감에 영향을 받았고, 바로 이 불안감 때문에 진정한 내가 드러날 수 없었다. 그런데 삶에서 가장 중요한 것은 내면의 창조적 본성을 알아차리고 그 본성을 따르는 것임을 깨닫고 나자 모든 것이 쉬워졌다.

이와 함께 아주 결정적인 것이 하나 분명해졌는데 이것이 이 시기의 나에게 아주 큰 도움이 되었다. 나는 임사체험 동안 무거움, 압박감, 두려움, 저항은 오직 인간의 의식에만 존재하고, 이것들은 우리가 '진정한 나'와 일치하지 않는 삶을 살 때 그 모습을 드러낸다는 것을 알아차렸다. 자신을 심판할 때, 두려움이 올라올 때, 혹은 무언가에 대한 저항감이 올라올 때 나는 내 안에 있는 근원과 연결이 끊어졌다는 것을 '아주 정확하게' 알 수 있었다. 심판하고 두려워하고 저항한다는 것은 우리 마음의 오래된 습관이, 혹은 관심을 다른 데로 돌리기 위한 유도 전략이 승리한다는 것을 의미하고, 그때 우리는 그것을 계속 따를지 말지에 대한 선택권이 우리에게 있다는 사실을 잊게 된다.

나는 매 순간 새롭게 인생을 살 수 있다는 것과, 나 자신과 주변을 어떤 방식으로 경험할지는 온전히 나에게 달렸다는 것을 깨달았기에, 이제는 적절한 대응이 가능해졌다.

결정들

초기의 어려움을 극복하고 나자 내 안의 저항을 알아차리고 이를 새로운 결정으로 바꿔내는 과정은 정말 즐겁기까지 했다. 나는 내 안의 가벼움에 귀를 기울이는 한(즉 마음이 이끄는 대로 가는 한—옮긴이) 잘못될 일은 없다는 것을 알았고, 이것이 내게 큰 용기를 주었다. 과거에 무의식적으로 일어나게 했던 모든 일을 내가 어디에 주의를 두느냐에 따라 의식적으로 바꿀 수 있다는 것을 무한한 가능성의 장에서 깨달았고, 이제 그것을 실행해야 할 때였다.

무언가를 부담이나 압박으로 느끼거나 두렵다고 느끼는 순간 나는 다시 옛날의 습관 속으로 빠져들고 있다는 것을 알아차렸다. 그럴 때면 거의 언제나 "나는 정말 이 느낌을 삶에서 계속 유지하고 싶은가?"라고 자문해 보는 것으로 충분했다.

이 질문에 대한 대답은 대개 '아니오'였기 때문에, 나는 단지 "그러면 어떻게 느끼고 싶은가?"라고 다시 묻고 그 대답에 따라 결정하면 되었다. 그러고 나면 이후부터는 모든 것이 마법처럼 저절로 정리되는 듯했고, 나는 그런 변화를 관찰하기만 하면 되었다. 특히 내 결혼 생활이 그랬다. 남편과 나는 당시 결혼 16년 차였지만 우리를 묶어주는 것은 아들 마누엘과 함께 살면서 생기는 일상의 일들을 처리하는 것뿐이었다. 그런 상태로 계속 살아갈 수는 없었다. 이미 관계가 멀어진 지 오래였고, 결혼 생활은 서로 배려하고 편의를 제공하는 공동 생활일 뿐이었다. 공통의 관심사나 대화거리는 이미 사라지고 없었지만 사고 이후로는 더더욱 줄어들었다. 이런 상황에 대해 대화를 나누던 우리는 둘 다 금방 서로를 위해 각자 해야 할 과제를 이제 모두 완수했음을 분명히 깨닫게 되었다. 남편과의 헤어짐은 나로서는 나 자신에게로 가는 길에서 자연스럽게 밟아야 하는 수순이었다.

그런데 처음 몇 달 동안 아주 뜻밖의 일이 일어나기도 했다. 그 일은 아주 조용히 일어난 까닭에 유감스럽게도 나는 전혀 알아차리지 못했다. 내 인생의 낡은 것들이 모두 그 가치를 잃었고, 그래서 나는 삶의 방향을 새롭게 설정하고자 했다. 나는 내 새로운 삶에 의미도 주고 만족감도 줄 새로운 직업을 찾고 싶었다. 빛의 존재는 "내가 앞으로 어떻게 될까요?"라는 물음에 아무런 대답도 하지 않았으므로 이 점에 있어서는 별 도움이 되지 못했다. 하지만 나는 새롭고 가치 있는 삶을 살고 싶었기에 책도 수없이 읽고 세미나에도 참석하고 강연도 들으러 다녔다. 나는 다른 사람들의 경험을 통해 내가 나아갈 길을 엿볼 수 있기를 바랐다. 하지만 이는 역효과만 냈다.

삶에서 정말 원하는 것이 무엇인지 생각하다 보면 뇌가 복잡하게 작동하기 시작한다. 우리 안의 '생각하는 존재'가 활발히 움직이면서 적절한 대답을 제시하려고 애쓰기 때문이다. 하지만 이 존재는 곧 한계에 부딪힌다. 이 존재의 시각은 과거에 고정되어 있기 때문에 '진정한 나'의 한계 없음을 보지 못한다. '생각'은 우리가 살면서 한 모든 경험을 분석해서 서랍 속에 차곡차곡 정리해 놓은 뒤 우리가 문제에 부딪칠 때마다 서랍을 뒤져서 해결책을 찾아 제시한다. 하지만 과거의 나는 한 번도 나의 소망과 가능성을 두고 지금처럼 고심해 본 적이 없었으므로 나의 '생각'은 그런 내 고민에 적절한 해결책을 결코 제시할 수 없었다. 열어볼 수 있는 서랍이 없었던 것이다. 그것이 바로 임사체험 이후 내가 겪게 된 가장 큰 도전이었다.

나의 연대기가 삭제되다

외부에서 해결책을 찾으려고 하면 할수록 두통이 심해지고 심장이 불안하게 뛰었으며 위장이 아팠다. 그렇게 하면서 몇 달이 지나갔고, 상태는 점점 더 심각해졌다. 책을 읽으면 읽을수록 내 안의 '생각하는 존재'는 그만큼 더 많은 가능성을 제시했지만, 그 중 어떤 것도 옳게 느껴지지 않았다. 언제나 그게 길이 아니라는 확신만 들었다.

그러던 어느 날 아침, 나는 강렬한 꿈을 꾸다가 깨어났는데 그때부터 상황이 변하기 시작했다. 꿈에서 나는 거대한 모닥불이 타고 있는 어두운 평지에 혼자 서 있었다. 모닥불은 활활 타오르고 있었다. 가까이 다가가자 그것이 왜 그렇게 활활 타오르고 있는지 분명히 볼 수 있었다. 장작더미 위로 수많은 책들이 불타고 있었고, 어떤 보이지 않는 손이 자꾸자꾸 책을 불 속에 던지고 있는 것 같았다. 놀란 마음이 조금 진정되자 대체 무슨 책들이 불타고 있는지 알고 싶어졌다. 그러자 그중 하나가 내 발 앞으로 날아와 떨어졌다. 그것은 내가 당시 열심히 읽고 있던 책이었다. 또 하나는 어린 시절의 일기장 같았는데 내 눈앞에서 불에 타 사라졌다. 이내 끝없는 책장에 셀 수 없이 많은 책이 꽂혀 있는 거대한 도서관이 나타났다. 오래된 책, 새 책, 큰 책, 작은 책…… 다 나와 관련이 있는 책들이었다. 하나하나 다 중요해 보이고 개인적으로 매우 소중한 책들이었다. 놀란 가슴으로 나는 그 많은 책이 하나하나 책장에서 모닥불로 떨어져 불길 속으로 사라져가는 모습을 지켜봐야 했다. 책이 타는 걸 막으려 해봤자 불길이 나보다 훨씬 강력해 헛수고일 터였다.

"맙소사, 이게 다 뭐지? 이게 대체 무슨 일이야?" 꿈속에서 나는 불길에 대고 소리쳤다. 그리고 대답을 들었다. "당신의 연대기가 완전히 삭제되었어요."

나는 지쳐서 깨어났고, 마음이 진정되기까지는 한참이 걸렸다. 꿈속의 장면들이 나에게 두려움을 불러일으켰다. 그 책들이 더 이상 존재하지 않으면 나 자신을 잊어버릴 것 같은 두려움, 내 연대기가 사라지면 이제 무엇을 해야 할지 알 수 없을 것 같은 두려움, 그리고 그 책들을 볼 수 없다면 심지어 나 자신도 해체될 것 같은 두려움이 엄습했다. 커피를 큰 잔으로 뽑아 들고 목욕 가운을 걸친 채 테라스에 앉아 나는 그 꿈을 되새겨보았다. 도대체 이게 무슨 의미지? 내 연대기가 삭제되었다고? 나는 질문을 던 져놓고 초연한 자세로 답이 떠오르기를 기다리기만 하면 그걸로 늘 충분하다는 걸 이미 알고 있었다. 커피 향을 음미하며 그 강렬한 꿈이 해석되기를 기다렸다. 그 훌륭한 책들, 나의 연대기…… 그것들은 나의 기억을 뜻하는 게 아닐까? 나의 저장된 경험? 나의 생각?

내 안에서 떠오른 답이 정확하다는 느낌 이상이어서 나는 놀라지 않을 수 없었다. 갑자기 지난 몇 달 동안 겪은 모든 일이 당연히 그럴 수밖에 없는 일들이었다는 깨달음이 왔다! 내가 필사적으로 길을 찾아 헤맨 이유와 내 몸의 반응이 모두 이해가 되었다. 핵심은 내가 나도 모르게 내 안의 근원과의 연결을 끊고 다시 몽유병 환자가 되기에 딱 좋은 방향으로 가고 있었다는 것이다. 나는 내 몸과 영혼의 말을 듣기보다 빛의 존재나 다른 사람들이 나에게 '해야 할 목록'을 던져주기만을 바라고 있었다. 나는 나만의 길을 발견해 가는 대신 스스로의 힘을 버리고 다른 이들이 가고 있는 길을 따라가려 했다. 나는 '생각'하기 시작했고, 그렇게 함으로써 마법이 사라졌던 것이다.

"네 안의 근원에 따라 살아라! 저항하길 멈추고 근원이 너를 인도하게 두어라"라고 빛의 존재가 이미 길을 알려주었는데 나는 그렇게 하지 않았던 것이다! 나는 내 안의 '생각'과 함께 필사적으로 해결책을 찾으려고 했으나, 내 안의 근원이 시키는 삶을 살고자 한 이상 그것은 애초에 불가능한 일이었다!

갑자기 나는 내 몸이 왜 그렇게 자주 편두통을 일으키는지 이해가 되었다. 내 몸은 내가 생각하고 고민하기를 그만 멈추기를 바랐다. 그 대신 내 안의 가벼운 느낌을 신뢰하기를 바랐다. 미래를 계획하는 대신 기쁨이 이끄는 대로 가기를 바랐다. 빛의 존재가 명확한 지도를 손에 쥐어주지 않자 나는 그 지도를 바깥에서 찾았다. 나 자신과 내면의 지혜에 의지하지 않고 양치기 개가 가라는 대로 가는 양이 되고자 했다. 그러니 일이 잘될 리가 없었다! 꿈속의 그 책들은 내 모든 기억을 의미했다. 내 기억과 신념, 지금까지의 삶에서 내가 수집해 온 해결책을 의미했다. 그 책들이 '삭제되었다'는 말이 무슨 의미인지는 금방 알 수 있었다. 도저히 모를 수가 없었다.

그 꿈을 꾸고 며칠 뒤부터 나는 과거와 관련된 것들을 점점 더 기억할 수 없게 되었다. 그리고 정말이지 내 기억 저장소에 구멍이라도 뚫린 듯, 예컨대 마트에 가도 내가 왜 거길 갔는지 잊어버리고, 어디를 가려고 할 때도 계속 길을 잘못 들기 일쑤였다. 내 안의 '생각'이 장기 휴가에 들어간 듯했다. 나는 사람들이 이런 증상을 '기억상실증'이라고 부른다는 사실을 알게 되었다.

그 꿈을 꾸었던 날 밤에 내 안에서 정확히 무슨 일이 일어났는지 모르겠지만, 그때부터 내 마음은 아주 새로운 기능을 부여받은 것 같다. 그때부터 어떤 사실이나, 숫자, 시간과 관련된 것은 거의 아무것도 기억하지 못한다. 내 마음에게 이런 것들은 더 이상 중요하지 않은 것 같다. 또한 과거에 있었던 일은 아무리 극적인 일이라도 애를 써야만 기억할 수 있다. 그 대신에 내 마음은 전혀 다른 방식으로 항상 '수신 상태'에 있는 것 같다. 내 마음은 내가 감지하는 에너지 진동을 좀 더 확실한 정보로 해석해 주고 지나친 자극으로부터 나를 보호해 준다. 때로 문제에 대한 해결책을 찾을 때 마음을 사용할 수 있지만, 대부분 시간에는 뒤에서 조용히 작동한다. 정말 가벼운 느낌이다.

이 경험은 나에게 큰 인상을 남기고 몇 가지 영향도 미쳤다. 나는 책을 모두 치웠고, 더 이상 강의를 들으러 다니지도 않았으며, 미래에 관해 생각하기도 그만두었다. 그리고 나 자신을 표현하기 위해 해야 할 일은 아무것도 없다는 것, 아니 오히려 아무것도 하지 않아야 한다는 아주 중요한 사실을 깨달았다!

나 자신을 발견하기 위해 해야 한다고 생각하는
모든 것을 내려놓는 순간
나 자신이 저절로 찾아온다.

나는 빛의 존재가 왜 침묵했는지도 이해할 수 있었다. 그는 나에게 매우 중요한 '선택의 기회'를 주었던 것이다. 나를 위한 선택 말이다. 나는 더 이상 내 삶을 통제하지 않기로 선택했다. 나는 내 인생이 내 손에 어떤 기적을 쥐어줄지 절대로 미리 알 수 없다는 걸 이해했고, 그래서 통제하기를 포기했다. 나는 무언가를 '미리 계획하기'를 포기했고, 무언가를 '알아야 한다는 생각' 혹은 '통제하고 싶은 마음'을 버렸다. 그리고 다시 순간에 몰입하기 시작했다.

유리 구

우리의 영리한 지성은 우리를 둘러싸고 있는 유리 구의 경계 안에서만 우리 의식이 작동하도록 아주 노련한 솜씨로 유도한다. 이런 지성을 '에고'라고도 부르는데, 어쩌면 당신은 이 표현이 더 익숙할지도 모르겠다. 나에게 그것은 '생각하는 존재', 더 정확하게는 '진정한 나'와의 연결을 끊는, 우리 자신의 제한된 생각들이다.

예전에 나는 내가 행복하고 충만한 삶을 사는 건 불가능하다고 생각했다. 그런 삶을 사는 방법을 몰랐기 때문이다. 나는 내 무한한 가능성들을 보지 못한 채 내가 빠져든 막다른 골목, 그 비좁고 어두운 세상에서만 살았다. 행복하고 충만한 삶의 경지에 이른 사람들을 경이로워하며 바라보기는 했지만 나한테는 도달할 수 없는 목표 같았다.

평생 찾던 것들을 모두 깨닫게 된 9일간의 놀라운 여정 후 나는 하나의 큰 도전 앞에 섰다. 내가 알게 된 것들을 경계가 분명한 이 세상에서 실천하는 법을 알아내야 했다. 내 몸 속에, 이 물질 세상에 다시 존재하게 되었을 때 처음에는 완전히 다른 두 세계가 동시에 존재했으므로 어려움이 컸다. 하나는 내 마음속에 있는 이원성의 세계이고, 다른 하나는 이원성 너머에 존재하는 세계였다. 한번 알아차리자 이 두 세계 간의 차이는 놀랍도록 명확히 보였다. 그런데 바로 그 알아차림이 두 세계 사이를 이어주는 중요한 끈이기도 했다.

우리 마음은 끊임없이 무언가를 이해하려 노력하고 연결 관계를 분류해 우리를 행동으로 이끌려고 한다. 이 마음을 따라가다 보면 우리는 무엇을 '할 수 있을지', 무엇을 '바꿔야 할지', 어떻게 가장 잘 '해결할 수 있을지' 끊임없이 묻게 된다. 그리고 그렇게 해서 얻은 답을 실제로 실행하려고 한다.

그런 반면 영적인 영역의 우리는 '존재'의 모든 것을 포괄하는 상태에 있다. 이 상태는 아이를 무한한 사랑의 눈으로 바라보는 지혜롭고 온화한 어머니의 모습과 같다. 이 어머니는 아이가 가진 잠재성을 다 알고 있으며, 아이에게 영향을 미치려 하기보다 무조건적인 사랑으로 아이가 스스로 경험을 해나가도록 둔다. 다정한 관찰자처럼 바라보다가 아이가 길을 잃은 것을 보면 아이에게 부드럽게 자극을 줄 뿐이다.

새로운 길

'진정한 나'는 항상 건설적이고 풍요롭고 긍정적인 느낌의 아이디어와 자극, 영감으로 우리에게 말을 건다.

이것이 바로 당시 내가 두 세계를 조화시키는 데 필요했던 첫 번째 황금 열쇠였다. 여기서 내가 말하는 가벼움이 무엇인지 우리는 모두 잘 알고 있다. 살면서 누구나 인생이 가볍다고 느낄 때가 있을 테니 말이다. 예를 들어 사랑에 빠지면 모든 것이 믿을 수 없이 가벼워져서 꼭 날아오를 듯하다. 비가 와도 행복해서 가슴이 터질 것 같고 온 세상을 품에 다 안을 것 같다. 이런 상태라면 못할 일이 없고, 안에서 계속 환호성이 터진다. 그런데 이런 행복한 상태는 그리 오래가지 못한다. 우리의 '생각'이 상대도 나를 그만큼 사랑하는지 물으면서 은근히 간섭하기 시작할 테니까 말이다. 그때부터 생각이 작동하기 시작하고 우리는 불안해진다. 운이 나쁘면 이제 기분이 급강하한다.

하지만 살면서 멋진 아이디어가 떠오르거나 중요한 결정을 내렸는데 갑자기 모든 일이 저절로 풀리는 순간도 우리는 경험한다. 마법처럼 귀인이 나타나고 완벽한 직장이 생기거나 필요했던 돈이 들어온다. 보이지 않는 큰손이 나를 위해 움직이는 듯 모든 일이 저절로 해결되어 놀랍기 그지없다. 그렇다! 바로 이것이 우리가 '진정한 나'로부터 받는 안내이다. 이런 일은 대개 우리가 생각을 멈출 때 혹은 아예 생각하기를 시작도 하지 않을 때 일어난다.

임사체험 후에도 나는 믿을 수 없을 만큼 행복한, 모든 것을 포괄하는 상태에 오랫동안 있었다. 내 주변 공간에 대한 감각도 거의 없었고 시간도 아무런 의미가 없었다. 모든 것이 아주 가볍게 느껴졌으며 두 세계가 완전히 연결된 것 같았다. 나는 내 인생에서 부정적인 느낌을 주는 것은 모두 지워나가는 방식으로 가벼움의 느낌을 따라 사는 법을 배웠다. 에너지를 소모할 뿐인 대화는 삼갔고, 느낌이 좋지 않은 사람과는 만나지 않았으며, 동시에 내가 정말로 필요로 하는 것은 더욱 존중하는 법도 확실히 배웠다. 나 자신을 자상하고 온화하게 돌보았으며, 나를 편안하게 만드는 것이 무엇인지도 살폈다. 이 시기에 내 '생각'은 내 인생에 거의 간섭하지 않았는데, 내가 그럴 기회를 주지 않았기 때문이다.

그러던 것이 내가 앞으로 어떻게 살아야 할지 '생각'하기 시작하자 바뀌기 시작했던 것이다. 예전처럼 살기란 더 이상 불가능해졌으므로 나는 이제부터 정말 의미 있는 인생을 살아야겠다고 생각했다. 내가 가장 하고 싶은 일이 무엇인지 스스로에게 물을 때마다 한 가지 대답만이 큰소리로 명확하게 들려왔다. "내가 경험한 것을 사람들에게 보여주고 싶어! 나는 사람들이 자신 안에 숨겨져 있는 것을 보았으면 좋겠어! 나는 사람들 속에 숨어 있는 기적을 꺼내 보여주고 싶고, 우리 모두가 커다란 착각 속에 살고 있지만 그 착각에서 벗어날 길이 있다는 걸 알려주고 싶어!" 임사체험으로 나는 우연히 약속의 땅을 발견한 기분이었고, 이왕이면 당장 모든 사람에게 내 경험을 말해주고 싶었다. 하지만 어떻게 하면 그럴 수 있는지는 몰랐다. 내가 경험한 모든 기적을 말로 설명할 수도 없었고, 빛의 존재도 이 점에 대해서는 큰 도움이 되지 않았으므로, 나는 '생각'을 하기 시작했던 것이다. 나는 비슷한 경험을 한 다른 사람들의 책을 읽으며 내가 처한 상황의 해결책을 찾고자 했다.

이 문장을 쓰는 지금 나는 웃지 않을 수 없다. 내 유일한 '문제'가 단지 내면의 열정을 '어떻게' 밖으로 표현할 수 있는지 그 방법을 모르는 거였으니 말이다. 지금 돌이켜보면 나는 그때 정말 많이 배웠다. 해결책을 직접 말해주지 않은 빛의 존재에게 더없이 감사할 뿐이다. 이 시기가 있었기 때문에 나는 단지 '생각'만으로도 근원과의 연결이 얼마나 쉽게 끊어질 수 있는지 배울 수 있었다. 앞으로 갈 길에 대해 걱정할 필요가 없다는 걸 처음부터 알았더라면 훨씬 편했을지는 몰라도 중요한 통찰은 얻지 못했을 것이다.

진정한 나에게로 가는 길

진짜 삶을 위한 8개의 황금 열쇠

충만한 진짜 삶을 살면서 '진정한 나'를 표현하려면 '아는 것' 만으로는 부족하다. 조건 없는 세상이 있음을 '아는 것'과 그런 세상을 직접 '경험하는 것'은 전혀 다르다. 하지만 '아는 것'과 '경험하는 것'은 떼려야 뗄 수 없는 관계에 있다.

이 책에서 나는 우리 내면에 있는 그 무한함을 한계 가득한 말로 어떻게든 설명하려고 애써보았다. 물론 나의 설명이 턱없이 부족하다는 걸 안다. 하지만 나는 이 책의 모든 페이지에서 발산되는 에너지의 진동을 당신이 온몸으로 받아들였을 것이라 생각한다. 당신 안의 커다란 부분이 내가 당신에게 설명하고자 하는 것을 정확하게 이해했을 것이다. 어쩌면 당신도 그것을 느꼈을지 모르겠다. 어쩌면 손에서 책을 내려놓지 못한 채 내가 지나온 여정을 함께했을지도 모른다. 어쩌면 당신 안의 무언가가 바뀌었는지도 모른다. 그리고 당신은 그것을 자신만의 방식으로 감지했을지도 모른다.

당신은 우리가 아주 자연스러운 방식으로 서로 연결되어 있음을 알았을 수도 있다. 분명 그랬을 것이다. 그렇지 않았다면 이 책에 전혀 공감하지도 못했을 것이고 지금 이 문장을 읽고 있지도 않을 것이다. 이 책이 당신에게 말을 걸지도 않았을 것이고, 말을 걸었다고 해도 몇 페이지 읽다가 말았을 것이다. 당신 내면의 무언가가 당신을 이 책으로 이끌었다. 그렇지 않은가? 그것은 아마도 오랫동안 당신만의 진실에 이르는 길을 보여주고 싶었던 당신 내면의 한 부분이었을 것이다. 그것이 삶의 어느 시점에서 당신 안에 있는 황금 열쇠를 찾게 만들었고, 그때부터 당신의 길을 아는 데 필요한 정보와 상황으로, 그리고 당신에게 도움되는 사람들에게로 당신을 인도했을 것이다.

충만한 삶에 대한 갈망이 어떤 느낌인지 나는 잘 안다. 어떤 노력을 기울여도 결코 거기에 도달할 수 없다는 확신이 들 때면 특히 더 고통스럽다. 나도 그랬다. 나는 당신이 발견해 주길 기다리고 있는 당신 안의 모든 기적에 대한 이야기를 책으로 쓸 거라고는 꿈에도 생각해 본 적이 없다. 내가 내 몸 옆에 서게 되는 일이 가능할 거라고도 한 번도 생각해 본 적이 없다. 내 안에 있는 창조의 힘을 의식하게 될 줄은 더더욱 몰랐다.

내가 알려주고 싶은 것은 사실 아주 간단하다. 그것은 바로 당신이 현재 어떤 삶을 살고 있든, 어떻게 느끼고 있든, 스스로에 대해 어떻게 생각하고 있든, 당신 안에는 자신을 더할 수 없는 사랑으로 보고 있는 당신의 한 부분이 있다는 것이다. 당신이 그토록 갈망하는 힘, 당신에게 모든 기적을 보여줄 수 있는 더 높은 힘이 당신 안에 있다.

그 힘을 깨닫기 위해 나처럼 죽을 필요는 없다! 당신 자신이, 당신의 삶이 기적임을 알기 위해 사고를 당할 필요도, 큰 병에 걸릴 필요도 없고, 당연히 임사체험을 해야 하는 것도 아니다. 더 높은 힘과 접촉하려 애쓸 필요도 없다. 그것을 밖에서 찾을 필요도 없다. 그것은 이미 당신 안에 있다. 당신 안에도 있고 당신 주변에도 있다. 그것은 언제나 거기 있었다. 단지 당신이 그 사실을 잊었을 뿐이다!

2009년 9월 그 놀라운 날 이후 나는 빛의 존재 덕분에 황금 열쇠를 받고 그것들을 사용하는 법을 배웠다. 나는 이 열쇠들을 내 새로운 삶으로 가져왔고 그때부터 그 사용법을 마음껏 시험해 볼 수 있었다. 그 결과 나는 그가 상기시켜 준, 나 자신으로 사는 법을 점점 더 많이 배울 수 있었다. 지금의 나는 이 황금 열쇠들이 이미 그리고 언제나 내 안에 있었음을 잘 안다. 당신처럼 나도 단지 이 열쇠들을 잊고 있었을 뿐이다!

황금 열쇠 1　　　내려놓기와 인정하기

나의 이 모든 여정은 내려놓기로 시작되었고, 그 후로 내려놓기는 나의 일상이 되었다.

내려놓기와 인정하기는 카드 게임으로 치면 조커 같은 것이다. 이 둘은 언제나 어디에나 맞는 만능 열쇠이고 다른 모든 열쇠의 바탕이다. 삶에 항복하고 있는 그대로 인정하는 법을 배울수록 더 많은 기적이 일어날 것이다.

그런데 내려놓으라니 도대체 무얼 내려놓으란 말인가? 내 몸을 휩싸고 올라오는 불길을 더 이상 어떻게 할 수 없던 그 순간 나는 아주 의식적으로 더 높은 힘에 항복하며 나를 내려놓았다. 난생처음 이 황금 열쇠를 쓰기로 결정한 것이다. 그 결정 덕분에 그 순간이 절대 잊을 수 없는 마법의 순간으로 변했다. 나는 필사적으로 싸우던 것을 포기했고, 죽음에, 또 미지의 것들에 나를 맡겼다. 그렇다, 그것들에 나를 맡겨야 했다! 그냥 다른 선택의 여지가 없었다. 그리고 다른 선택의 여지가 있었다면 그 후의 일은 결코 경험하지 못했을 것이다. 모든 것을 통제하려 들던 나 같은 사람을 억지로라도 행복하게 만들려면 이런 방식밖에 없지 않았을까 싶다.

나를 내려놓은 그 마법 같은 순간은 "나는 항복합니다! 이제 무슨 일이 일어나든 나는 당신 손 안에 있습니다. 당신이 누구든 당신이 원하는 대로 하세요!"라는 아주 분명한 결정에서 비롯한 것이었다.

내려놓기는 내면의 싸움을 끝내고 무기를 내려놓는 것이다. 벽에 부딪히거나 바꿀 수 없는 외부의 일을 더 이상 바꾸려 들지 않는 것이다. 내려놓기는 직장에서든 가정에서든 삶에서든 필사적으로 무언가를 바꾸려고 하는 모든 상황에서 쓸 수 있는 황금 열쇠이다. 내면의 싸움은 그게 무엇에 관한 것이든 사실 자신과 싸우는 것이기 때문에 우리를 힘들고 지치게 하며 대부분 절망적이다.

하지만 우리는 언제든 '우리 안'의 모든 것을 바꿀 수 있는 선택권을 가지고 있다. 우리는 보이지 않는 벽에 맞서 버티면서 계속 힘들게 살기로 선택할 수도 있고, 삶의 흐름에 맡기고 항복할 수도 있다. 삶은 단지 우리 자신의 관점을 비춰주는 창의적인 거울일 뿐이요 절대 우리의 선택을 거스르지 않기 때문이다.

나를 내려놓지 못할 때 나는 나 자신과 싸운다. 그럴 때 나는 내 머릿속의 목소리를 듣고 내 안의 두려움에 귀를 기울이며 고치 안에서 뻣뻣하게 경직이 되고 만다. 나의 에고가 이런 비열한 게임을 벌이고 있는 것이 보이면 나는 그 즉시 나를 내려놓는다. 나는 돈키호테처럼 자신이 상상해 낸 풍차를 향해 돌진하기를 멈춘다. 그리고 '진정한 나'에게 해결책을 묻는다. 해결책은 반드시 나타난다! 내 말을 믿기 바란다.

그런데 내려놓기를 '원하고만' 있다면 내려놓기는 세상에서 가장 힘든 일이 될 것이다. 내려놓고자 애쓴다면 우리의 마음은 진정한 내려놓음을 방해하는 이유들을 끝없이 찾아낼 것이기 때문이다. 하지만 그냥 내려놓기를 허락한다면, 내려놓기는 세상에서 가장 쉬운 일이 된다. 진정한 내려놓기는 '모든 것'을 순순히 인정하는 것이다. 당신 자신, 당신의 삶과 상황들을 모두 인정하는 것이다. 내려놓기는 자기 인식의 과정이다. 내려놓기를 통해 당신은 당신 자신과 당신 삶을 매 순간 있는 그대로 받아들이는 법을 배운다.

기억할 것: 당신은 싸울 필요가 없다! 내려놓는 순간 당신은 자유로워진다!

감사하기

감사하기는 충만한 삶을 향해 가는 가장 중요한 열쇠 중 하나이다. 감사는 곧 사랑 고백이기 때문이다! 여기서 말하는 감사는 일반적인 의미의 감사 감정이 아니라, 삶에서 경험할 수 있는 특성들을 깨닫는 데서 비롯되는 감정의 상태이다.

우리는 모두 내면에 우리를 충만하게 해줄 것들을 수없이 많이 갖고 있다. 그것을 너무 자주 '당연시'하거나 '언급할 가치가 없다'고 무시하지 않는다면 말이다.

우리는 대부분 자신의 행동이 평범하고 주목할 가치가 없다고 여긴다. 성취나 성공 혹은 내면의 가치나 훌륭한 성격을 "아, 뭐 대단한 거 아니야" 하고 재빨리 별거 아닌 것으로 일축해 버린다. 나도 이런 일에 정말 능했다! 내가 가장 잘했던 말이 "뭘, 당연한 거잖아!"였다. 지금의 나는 내가 자신에게 너무 완고했고 스스로를 존중할 줄 몰랐다고 생각한다. 내가 무슨 일을 하고 어떤 난관을 극복하든 별 의미가 없었고, 절대 만족스럽지도 않았다. 나에게 나는 언제나 '충분하지' 않았다. 나는 충분한 '가치'가 없어 보였다! 당신도 혹시 그런 기분을 아는가?

그랬던 나의 태도는 감사함과는 거리가 멀었고, 내가 스스로를 얼마나 하찮게 여기는지 보여줄 뿐이었다!

당신은 어떤가? 당신은 자신을 소중하게 여기는가? 무언가에 감동하면 웃거나 울면서 감정을 잘 표현하는가? 다른 사람의 말을 잘 듣고 공감할 줄 아는가? 어떤 이유로든 소원해진 사람과 화해했다면 그런 자신에게 감사하는가? 이제 칭찬이나 선물을 잘 받아들일 수 있는가? 당신을 필요로 하는 사람들 옆에 있어 줄 수 있는가? 또 당신도 필요할 때 도움을 요청할 수 있는가? 당신 자신과 자신의 욕구를 잘 챙기고 자신에게 좋은 일을 기꺼이 하는가? 예전과 달리 자신에게 자유롭게 숨 쉴 공간을 주고 있는가? 지금까지 걸어온 길을 돌이키며 자랑스러워할 수 있는가? 그 모든 힘든 일을 극복해 온 자신이 자랑스러운가? 그렇게 자주 용기를 냈던 자신이 자랑스러운가? 삶에 대한 당신의 사랑은? 다른 사람들에게 보인 관용이나 한계를 뛰어넘으려는 용기는? 지난날을 돌아볼 때 자신이 이룬 그 모든 일들이 눈에 보이는가?

사실 아주 간단하다. 당신 내면과 삶의 풍요로움에 집중한다면 당신 안과 밖으로 풍요로움을 인식하게 될 것이다. 반대로 결핍에 집중한다면 결핍을 인식하게 될 것이다. 이제 당신 삶의 풍요로움에 감사하는 습관을 들인다면 자동으로 당신 자신과 당신의 삶을 사랑 가득한 눈으로 보게 될 것이다. 그럴 수밖에 없다!

당신은 자신을 소중하게 여기기 시작할 것이고, 이런 자기 사랑은 '충만한 삶'을 불러올 것이다. 다른 사람들은 당신의 긍정적인 에너지에 반응할 것이며 당신의 내면 상태를 아주 명확하게 반사해 줄 것이다. 사랑은 사랑을 부르게 되어 있다.

당신은 균형감과 안정감을 더 잘 느낄 것이고, 지금까지 몰랐던 조화로운 내면을 경험하게 될 것이다. 지금껏 당신이 허용하지 않았던 상황과 기회를 무한한 가능성의 장으로부터 당신 삶에 자동으로 끌어들이고 당신이 감사하는 삶의 모든 영역에서 내면의 평화를 느끼게 될 것이다.

감사는 충만함의 상태이자
당신과 당신 삶에 대한 사랑 고백이다!
감사는 '존재의 상태'이다!

감사의 상태는 언제나 나를 행복감에 젖게 만들기에 나에게 매우 큰 힘이 된다. 나는 '살아 존재할 수 있음'에 무한히 감사한다! 숨 쉴 수 있고, 음식을 즐길 수 있고, 내 아이를 안아줄 수 있고, 새소리를 들을 수 있다는 것, 이 가운데 어느 하나도 당연한 것은 없다. 나는 그날의 그 화재에 무한히 감사한다. 그 화재가 있었기에 나는 내 몸 밖으로 나와 놀라운 경험들을 할 수 있었다. 그 모든 일을 감수하고 또 그 과정에서 만난 장애들을 모두 넘은 나 자신에게 감사한다. 나는 빛의 존재와 나의 부모님, 또 흐르는 물과 첫눈에도 감사한다. 나는 매 순간 감사하는 상태에 있고, 내 안의 모든 영역에, 내 삶의 모든 영역에 감사하는 상태에 있다. 여기에 예외는 없다.

기억할 것: 당신은 '결코' 당연하게 보아 넘길 하찮은 존재가 아니다!

황금 열쇠 3 ▶   선택할 힘이 있음을 알아차리기

빛의 존재와 함께 창조의 차원에 있거나 지금처럼 다시 내 몸 안에 들어와 있거나 간에 내 모든 경험을 관통하는 한 가지 핵심이 있다면 그것은 나에게는 언제나 그리고 어디서나 선택권이 있다는 것이다!

나는 나 자신과 싸울 수도 있고 나를 내려놓을 수도 있다. 나는 나에게 좋지 않다고 느껴지는 일을 할 수도 있고 하지 않을 수도 있다. 나는 복종하며 무력하고 하찮은 존재로 살 수도 있고 그렇게 하지 않기로 결심할 수도 있다. 바로 지금! 내 삶에서 일어난 일을 어떤 관점으로 볼 것인지, 어느 방향에 주의를 줄 것인지는 오직 나에게 달렸다. 바로 지금 이 순간에도 그렇다!

당신은 매 순간 자신의 인생을 바꿀 수 있다! 당신은 무능하지도 무력하지도 않다. 오히려 모든 가능성을 갖고 있는, 놀랄 만큼 풍부한 의식의 장이다. 더 이상 자신을 깎아내리지 말기 바란다. 그리고 '진정한 내'가 누구인지 기억해 내기 바란다!

"당신에게는 언제나 선택권이 있다"라고 말할 때 나는 바로 당신의 무의식적인 부분에 대해 말하는 것이다. 지금 어떤 두려움과 불안을 느끼는지, 혹은 삶을 변화시킬 자신이 있는지는 중요하지 않다. 지금 이 순간, 삶을 당신이 원하는 방향으로 즉시 바꾸는 것이 당신에게도 가능하다는 말을 하고 싶을 뿐이다. 당신이 그 방법을 아직 모른다고 하더라도 말이다.

우리의 의식은 제한적인 물질 영역에서든 더 높은 영적 영역에서든 주의 집중을 이용해 우리의 현실을 만든다. 이 말은 우리가 필연적으로 그리고 영구적으로 우리 현실의 창조자라는 뜻이다. 우리는 스스로 삶을 디자인하고, 특정 영역에 주의를 집중함으로써 삶을 창조한다. 끊임없이 무언가를 표현하는 것, 그것이 바로 우리의 본성이다.

선택권을 갖는다는 것은 다름 아니라 결정을 내린다는 뜻이며, 이것이 바로 우리가 늘 하는 일이다. 우리는 매 순간 결정을 내리지만 대부분은 무의식적인 결정이다. 하지만 그러고 있다는 것을 알아차린다면 그때부터 다른 선택을 할 수 있다. 우리가 정말 원하는 것, 우리에게 좋은 것, 우리를 충족시키는 것이 무엇인지 찾아낼 수 있다.

선택을 하면 늘 결정이 뒤따른다. 매 순간 거의 자동으로 그렇게 된다. 하지만 내면의 두려움에 휘둘릴지 말지 결정하는 것은 우리에게 달렸다. 그냥 편한 길이라서 계속해서 인생의 피해자로 살지 아니면 마침내 스스로를 책임지기 시작할지는 우리에게 달렸다. '이게 될 리 없어' '할 수 없어' '못해'라는 소리가 들릴 때마다 그것이 우리 안의 오래된 두려움에서 나온 생각이라는 것을 알아차린다면 그 순간 우리는 그 생각에서 벗어날 수 있다. 의식적인 결정을 한 번씩 내릴 때마다 우리를 둘러싼 고치는 그만큼 확장되고 우리는 '진정한 나'와 다시 연결된다. 다음 네 번째 열쇠는 바로 이 결정을 가볍게 그리고 마법처럼 할 수 있도록 하는 열쇠이다.

기억할 것: 당신의 삶은 '당신'이 결정한다!

황금 열쇠 4 결정하기

이 열쇠는 그야말로 순수한 마법이며, 이 열쇠를 쓸 때마다 끝

263

없이 놀라게 될 것이다. 이 열쇠로 당신은 가벼움과 기쁨을 경험하는 법을 배우게 될 테고 삶 자체가 기적임을 알아차리게 될 것이다. 믿어지지 않는가? 그렇다면 내 설명을 잘 들어보기 바란다. 이것은 한 순간에 당신의 '진정한 나'와 접촉하게 해주는 황금 열쇠이다. 그리고 이 열쇠는 단 한 순간에 '생각'을 무력화할 기회를 준다.

인생에서 원하는 것을 '어떻게 하면' 모두 실현할 수 있을지 전혀 걱정하지 않아도 된다면 어떨까? 다시 말해 어떻게 하면 원하는 무언가를 이룰 수 있을지 다시는 걱정할 필요가 없다면? 명확한 결정 하나로 충분하고 그 다음부터는 당신이 바라는 변화가 자연스럽게 일어나길 기다리기만 하면 된다고 상상해 보라. 당신의 훨씬 현명한 부분이 당신의 소망을 이루도록 돌봐준다면 어떨까? 당신이 무슨 생각을 하든 당신의 한 부분이 그 생각을 모두 받아들여 현실로 만든다면? 그럴 수 있을 것 같은가? 최소한 가능하긴 할 것 같은가? 그렇다면 당신은 이미 자신이 갈망하는 마법을 당신 삶에 가져다줄 황금 열쇠를 사용하고 있는 것이다.

어떻게 그렇게 되는지는 알 필요가 없다! 결정을 내린 뒤 나머지는 다 당신의 '진정한 나'에게 맡기면 된다. 공명共鳴의 장, 매트릭스, 창조, 신 혹은 뭐라고 부르든 그 '더 높은 나'에게 맡겨라. 뭐라 부르든 그것은 모두 하나이며 같다! 당신은 지금까지 '생각을 너무 많이 했기' 때문에 그 '생각'이 반복해 온 부정적인 확신이 당신의 현실이 되었던 것이다. 우리는 자신이 확신하는 것을 창조하게 되어 있다! 어차피 이 모든 것을 하지 못할 거라고 스스로 확신한다면, 그 생각도 실현될 것이다. 당신이 확신하는 그대로 될 것이다.

당신은 행복할 자격이 없다고 믿는가? 그렇다면 그런 당신 생각이 맞다는 걸 보게 될 것이다. 그 생각이 맞았음을 증명하는 기회들을 아주 많이 맞게 될 것이다. 살을 빼기가 어렵다고 확신하는가? 그럼 살을 빼기 어려워질 것이다. 인생은 원래 힘든 것이라고 생각한다면, 그 생각이 맞았음을 알려주는 많은 기회가 주어질 것이다.

이것은 항상 일어나는 일인데, 그 이유는 우리 본질의 메커니즘이 그렇기 때문이다. 우리는 순수한 진동의 존재로 우주의 법칙을 따른다. 우리는 창조하는 의식의 존재들이므로 창조하고 만들어내고 실현할 수밖에 없다. 에너지는 우리가 주의를 기울이는 방향으로 가게 되어 있고, 주의를 기울이는 것이 우리의 현실이 된다. 매 순간 그렇다. 의식적으로 그렇게 하든 무의식적으로 하든 이 사실에는 변함이 없다. "어떻게 그런지는 알 필요가 없어"라는 이 간단하고 멋진 마법의 문구는 당신을 '생각'에서 아주 쉽게 벗어나게 해준다. 지금까지 당신의 더 높은 권위를 당신에게서 분리시켰던 이 '생각'이라는 필터가 사라지고 당신의 '진정한 내'가 당신과 함께 마침내 삶의 성장을 불러올 길로 나아가게 된다. 이제 '생각'은 당신의 결정이 실현되는 과정에 관여할 수 없으므로 당신의 '진정한 나'는 당신의 소망에 부합하거나 심지어 그 이상의 것을 현실로 만들 기회를 갖게 된다. 가벼운 길을 선택할 때 가벼운 길을 경험하게 될 것이다. 복잡하고 이해할 수 없는 길을 선택할 때 복잡하고 이해할 수 없는 길을 가게 될 것이다. 그리고 어떤 것을 선택하느냐는 사실 그렇게 중요하지 않다. 매 순간 다시 선택할 수 있기 때문이고, 또 우리는 항상 자신이 확신하는 것을 얻을 수 있기 때문이다.

기억할 것: 당신은 언제나 옳다! 삶이 힘들다고 믿으면 정말 힘들 것이다. 하지만 기적이 가능하다고 믿으면 당신의 삶도 기적이 될 것이다!

황금 열쇠 5 ▶   내면의 기쁨과 가벼움을 따르기

많은 사람들이 그렇듯 당신도 삶의 의미와 목적에 대해 그다지 생각해 보지 않았을지도 모르겠다. 아니면 슬프게도 삶이 의

미가 없다고 느끼거나 형벌 같다고 느꼈을 수도 있다. 아니면 끊임없이 삶의 의미를 찾느라 지금까지 심한 압박감을 느꼈을지도 모르겠다. 그렇다면 당신은 의식적이든 무의식적이든 당신이 이곳에서 경험하는 모든 것에 부여할 수 있는 의미나 목적을 찾고 있었을 것이다.

나도 그런 사람이었다. 어릴 때부터 삶에는 어떤 깊은 의미가 있다고 느꼈고, 그런 면에서 나는 그야말로 '의미를 추구하는 사람'이었다. 나는 마주치는 거의 모든 것에서 숨은 의미를 찾으려 했다.

나는 끊임없이 '나의 길'을 찾았고, 그래서 내가 하는 거의 모든 일에 질문을 던졌다. 지금 이 일이 정말 나의 운명인가? 이것 혹은 저것이 정말 내가 이 땅에서 이 몸으로 이 가족과 함께 살고 있는 이유인가? 내 영혼의 부름 혹은 나의 소명은 무엇이고 나는 어떻게 하면 그 소명대로 살 수 있는가? 나는 이런 질문들에 몰두했지만, 만족스러운 대답을 찾지 못했기에 늘 뭔가 '잘못된 것 같은' 느낌 속에 살았다. 늘 강한 의구심을 갖고 나 자신을 평가하기에 바빴다. 하지만 더 나빴던 건 그 과정에서 나 자신을 너무 압박한 것이었다.

임사체험 동안 과거에 내가 한 모든 슬픈 결정들을 대면하자 자연스럽게 익숙한 그 질문이 다시 떠올랐다. "이게 다 무슨 의미지? 나는 왜 이런 삶을 선택한 거지? 내가 뭘 잘못한 걸까?"

빛의 존재의 대답은 이랬다.

"당신은 아무 잘못도 하지 않았어요! 다만 어떤 관점으로 삶을 보느냐에 따라 달라질 뿐이죠. 인간으로서 어쩔 수 없는 제한된 생각 속에서 당신은 삶이란 무언가를 하거나 하지 않는 거라고 생각했어요. 당신은 자신이 가야 할 길이 있고 도착해야 할 목적지가 있고 그래서 계획을 짜야 한다고 생각하지만 그렇지 않아요! 당신은 무언가를 제대로 할 수도 있고 그러지 못할 수도 있다고 생각하지만 그것도 사실이 아니에요. 사실 그런 것들은 중요하지 않아요. 당신 삶의 진정한 의미는 당신을 정의하는 자신만의 특성들을 찾아내고 표현하는 것입니다."

자신이 정말 누구인지 알아내는 것, 진정한 자신으로 사는 것, 자신을 사랑하는 것…… 모두 옳은 말처럼 들린다. 하지만 이게 정말 무슨 의미인지 우리는 과연 알고 있을까? "그냥 너 자신이 되어라"라는 말이 무슨 뜻인지 조금이라도 아는 사람이 얼마나 될까? 우리는 발전하려면 열심히 일하고 노력해야 하며 그렇게 해도 발전하기가 쉽지 않다고 배웠다. 그런데 사실은 그 반대이다! 당신 안의 기쁨과 열정과 감동을 따르는 순간 일은 쉽게 풀리게 되어 있다. 내면의 가벼움과 기쁨에 귀 기울일 때 그 느낌들이 점점 더 분명해진다. 더 이상 생각에 끌려 다니지 않고 기쁨이 우리를 이끌게 두는 것을 배울 때 기적이 찾아온다. 임사체험으로 내가 배운 것 하나를 말하라면, 그것은 가벼움을 허락하는 순간 삶이 가볍게 느껴진다는 것이다.

무엇이 당신을 가슴 뛰게 하는가? 무엇이 당신을 사로잡는가? 무엇에 열정을 느끼는가? 무엇이 당신을 충만하게 하는가?

당신도 혹시 자신이 원하지 않는 것에만 주로 집중하는 사람인가? 그렇다면 이제 당신이 원하는 것이 무엇인지 찾아야 할 때이다. 거기에 당신의 특성이 숨어 있을 테니까 말이다. 자신의 특성에 맞게 살기 시작하면 그때부터 인생이 가벼워진다.

황금 열쇠 6 　　　 ## 몸과 소통하기

빛의 존재는 내가 다시 몸과 친해지도록 하는 데 전력을 다했다. 질책도 강요도 없이 아주 인내심 있게, 내가 한 번도 본 적 없던 내 몸의 마법을 나에게 거듭해서 보여주었다. 나에게 몸은 단지 이동 수단일 뿐이었으며, 정말로 제대로 관심을 기울인 적이 거의 없었다. 말쑥하게 옷을 입히고 머리를 빗겨주고 다른 사람들이 하는 정도로만 돌봤을 뿐이다. 심지어 나는 내 몸을 사회적 지위를 알려주는 상징으로 이용하기도 했다. 내 몸을 어떻게 입히고 움직여야 사람들의 관심을 받을 수 있는지 나는 잘 알았다.

아버지는 자연 요법 전문 의사로서 늘 몸 전체를 보았지만 나는 그런 지식을 습득하지 못했다. 나는 몸을 청결히 유지하고 영양을 공급해 주고 가끔 건강 검진을 받으면 그것으로 충분하다고 생각했다. 그리고 유난히 피곤할 때는 목욕을 하거나 잠을 많이 자주었다.

하지만 빛의 존재 덕분에 새롭고 놀라운 방식으로 다시 내 몸을 만나게 되었을 때, 나는 정작 내 몸은 내가 해준 그런 것들에 상당히 무관심한 것을 알고 놀랐다. 우리 몸이 반응하는 것은 다양한 진동뿐이다. 그것은 우리 몸이 순수한 공명장이기 때문이다. 우리 몸은 우리가 섭취하는 음식의 진동과 우리가 입는 옷 색깔의 진동에 반응하고, 우리의 생각에 반응하며, 특히 우리 자신에 대한 감정에 크게 반응한다. 그러나 우리가 몸의 의식意識이나 몸이 우리에게 반응하는 방식을 모른다면, 우리는 몸이 우리를 위해 준비해 둔 그 모든 기적을 알아차릴 길이 거의 없다. 우리는 몸을 사용하고 씻기고 보살피지만 몸 안에서 몸을 의식하며 살지는 않는다. 나는 빛의 존재의 도움으로 몸을 색과 진동, 주파수의 울림으로 이루어진 하나의 통일체로 보게 되었고, 의식적으로 몸이라는 이 우주에 들어갔을 때 놀라움을 금치 못했다. 그리고 몸의 언어를 이해하고 그것과 함께 일하는 법을 배우자 모든 것이 변했다.

그렇다면 몸은 우리에게 어떻게 말을 걸까? 사실 우리 몸은 우리에게 너무도 분명하고 단순한 방식으로 말을 하기 때문에 오히려 우리는 그렇다는 사실을 인식조차 하지 못한다. 물론 우리는 우리 몸이 통증이나 질병을 통해 문제가 있는 부분을 보여준다는 것을 잘 안다. 하지만 우리 몸은 우리가 더 빨리, 아니 거의 매 순간 들을 수 있게 전달하는 전혀 다른 메가폰을 갖고 있다. 사실 당신은 몸의 진짜 언어를 속속들이 알고 있다. 당신 몸의 진짜 언어는 바로 당신의 감정이니까 말이다!

여기서 잠깐 80조 개나 되는 세포들 하나하나 안에서 생생히 살아 움직이는 황금빛 점들을 다시 떠올려보자. 이 황금빛 점들은 근원과 직접적으로 연결되어 있으면서 동시에 당신에게 반응한다. 당신이 사랑의 감정을 보내면 이 점들은 그 사랑에 도취되어 당신이 보낸 것의 두 배를 보내줄 것이다. 당신의 몸은 당신에게 감정으로 말하므로 당신도 감정으로 말할 때 가장 쉽게 몸과 소통할 수 있다.

임사체험 후 어떻게 하면 지금까지와는 다른 방향으로 새로운 인생을 살 수 있을까 고민하면서 나는 그 방법을 내 몸과 함께 찾아내기로 했는데, 그러자 그 일이 아주 쉬워졌다. 몸은 나에게 좋은 것과 나쁜 것을 분명히 보여주는 방식으로 나를 도왔다. 가볍고 편안하게 느껴지는 일이면 나는 그게 나에게 맞는 길임을 알수 있었다. 불편하거나 무겁다고 느끼면 그 즉시 나는 내가 예전의 삶으로 돌아가려 하고 있음을 알아차렸다.

몸은 또한 다른 사람과 접촉할 때, 즉 다른 사람과 공명할 때도 사용된다. 당신은 눈으로 보고 귀로 듣고 입을 통해 소리를 내 다른 사람이 들을 수 있게 한다. 또 손을 이용해 그 진동으로 다른 사람이나 동물과 접촉한다.

당신이 인간으로서 다른 사람에게 주고 싶고 또 인생을 위해 경험하고 싶은 모든 일은 오직 이 물리적인 몸과 의식의 공명장을 통해서만 일어난다. 그러므로 당신의 몸이 열쇠이다!

충만함은 당신 밖에서는 불가능하며,
몸 없이는 경험할 수 없다!

살면서 당신이 가장 사랑해야 할 대상은 당신의 몸이다. 당신의 몸은 오직 당신을 위해 만들어졌고 몸속의 80조 개 세포들 하나하나가 근원과 연결되어 있으므로, 몸은 당신과 근원 간의 직통 전화 같은 것이다. 앞으로의 길에서 당신에게 필요한 것들, 아니 그 이상의 모든 것을 당신의 몸은 갖고 있다.

어쩌면 당신은 지금 읽기를 멈추고 수많은 황금빛 점들에 대해 이야기하는 페이지로 돌아가 한 번 더 읽고 싶을지도 모르겠다. 이제 당신은 잘 알 것이다. 당신의 멋진 몸의 공명장을 이루는 것이 바로 그 황금빛 점들이란 걸 말이다. 그리고 당신은 언제든 그 황금빛 점들을 진동하게 하고 빛나게 할 수 있다는 것을, 그것들 또한 당신을 똑같이 진동하게 하고 빛나게 할 수 있다는 것을 말이다!

기억할 것: 충만함은 당신의 몸 밖에서는 가능하지 않다.

황금 열쇠 7   바깥에서 찾기를 멈추기

지금의 나에게는 우리가 분리되어 있다는 느낌이 가장 큰 착각이고 모든 일에 가장 큰 장애로 보인다. 왜냐하면 분리는 사실이 아니기 때문이다. 당신은 신, 창조주 또는 근원과 분리될 수 없다. 당신은 그 일부이며, 근원과 연결되어 있다. 근원은 당신을 통해 작용하고 당신을 통해 자신을 표현한다. 매 순간 그렇다. 살기 위해서는 숨이 우리 몸과 분리되지 않는 게 당연하듯 당신과 다른 모든 것과의 연결도 그렇게 당연한 것이다. 하지만 대부분은 이것을 알아차리지 못한다.

우리가 삶의 이 모든 경이로움을 인식하지 못하는 것은 앞에서 설명한 고치 때문이다. 지금 우리의 관점에서 볼 때, 고치는 안쪽에서 보면 극복할 수 없는 장애 혹은 시야를 가리는 두꺼운 안개 벽처럼 보인다. 바로 그래서 우리는 바깥에서 충만함, 사랑, 영혼, 신을 찾는다. 자신을 떠나 '높이' 올라가서 신을 만나려 하는 것이다. 우리 안에서 사랑을 느낄 수 없기에 다른 누군가가 우리를 조건 없이 사랑해 주기를 바라기도 하고, 우리를 지원해 주고 방향을 제시해 줄 누군가를 바깥에서 찾기도 한다. 우리는 그렇게 조건화되었고, 아무도 그것이 오류라고 가르쳐준 적이 없다. 사람들과 함께 일할 때 나는 그들 내면의 공허함을 보고, 그들이 자신과 얼마나 힘겹게 싸우고 있는지 보며, 그들이 얼마나 절망하고 있는지를 느낀다. 그들은 자기 자신을 잃어버린 채 감정을 억압하고 스스로 무력하다고 믿는다.

하지만 그렇지 않다. 바깥에서 찾기를 멈추면 모든 것이 이미 있음을 보게 될 테고, 당신이 그리워했던 모든 것을 다시 느낄 수 있게 된다. 당신 안에서 말이다! 내가 그 가장 좋은 증거이니 내 말을 믿기 바란다. 나는 절대 육체로 다시 돌아오고 싶지 않았다. '그곳'에서 내가 경험한 멋진 것들을 다시 잃게 될 거라고 생각했기 때문이다. 그런데 그 반대였다! 나는 현재 내 몸 안에서 그때보다 훨씬, 훨씬 더 많은 것을 경험하고 있다! 게다가! 내게는 더 이상 두 개의 세계가 없다. 분리도, 내면의 공허함도 없다. 빛의 존재의 에너지 진동도 내가 경험할 수 있는 다른 모든 것들과 마찬가지로 나와 연결되어 있다. 그래서 현재의 나는 그 미묘한 세계와 이 물질 세상에서 똑같이 편하게 춤추는 댄서처럼 느껴진다. 그리고 무엇보다 나는 내 삶을 사랑하는 법을 배웠다.

당신을 위한 황금 열쇠는 곧 '당신의 영혼을 보는 것'이다. 당신 영혼의 무한한 의식의 장은 당신과 분리될 수 없고, 당신에 대해 다 알고 있으며, 당신의 길도 알고 있다. 그렇다면 당신 영혼을 밖에서 찾지 말고 당신 안에서 찾는 건 어떨까? 당신의 닫힌 문들을 열고 당신의 영혼, 당신의 영적인 동행자, 그리고 신 또한 당신 안으로 들어오도록 허용하는 건 어떨까? 당신이 그토록 바라는 사랑을 당신 안으로 갖고 들어오는 건 어떨까?

다시 한 번 강조하고 싶다. 무한한 가능성의 장에서는 당신이 가능하다고 생각하는 모든 것이 가능하며, 당신이 창조하는 모든 것은 당신 손에 달려 있다. 당신은 분리되어 있지 않다! 그러니 한번 시도해 보고 스스로를 깜짝 놀라게 해보라. 당신에게 좋고 당신이 필요로 하는 모든 것이 자석처럼 당신에게로 끌려오는 모습을 상상해 보라. 호흡을 이용해도 좋다. 숨을 들이쉴 때마다 당신이 잃어버렸다고 믿었던 모든 것을 되찾아온다고 상상해 보라. 삶에서 두려움을 느끼는가? 그럼 아주 의식적으로 안정성,

지혜, 무한한 창의성 등 지구에 존재하는 모든 멋진 성질들을 들이쉬어 보라. 그 결과 당신 안에서 어떤 변화가 일어나는지 느껴보라. 그다음 당신 영혼을 몸속으로 불어넣어라. 그리고 자신을 다시 느껴보라!

인간은 내가 지금까지 본 기적 중에 가장 위대한 기적이고, 나는 내가 다시 살기로 결정한 것이 말로 표현할 수 없을 만큼 기쁘다. 나는 나에게 없다고 혹은 부족하다고 생각했던 모든 것을 되찾아오는 데 능숙해졌고, 그 과정에서 모든 것이 내 안에 '있고' 모든 것이 '하나임'을 알게 되었다!

기억할 것: 당신은 분리되어 있지 않다. 단지 그 사실을 잊었을 뿐이다.

황금 열쇠 8 　　　　자신을 사랑하기

하늘을 나는 독수리의 시점에서 볼 때 '인간'은 참 재미있는 존재이다. 우리는 인간으로서 완전히 충만한 삶을 사는 데 필요한 '모든 것', 정말로 '모든 것'을 갖고 있으며, 태어날 때부터 이러한 지식을 가지고 세상에 온다. 하지만 우리는 교육을 받고 세상에 자기를 맞추는 법을 배우면서 말 그대로 우리 자신으로부터 멀어진다. 따라야 할 롤 모델이 생기면서 우리 자신을 따르기를 그만둔다. 이는 마치 우리 자신과 '숨바꼭질' 놀이를 하는 것과 같지 않은가?

대부분 사람들이 자신을 사랑하는 것을 왜 이렇게 어려워할까? 우리 모두를 있게 한 진동, 우리를 지탱하고 우리의 모든 세포 속에 고정되어 있는 이 진동을 표현하기가 왜 이렇게 어려운 걸까? 그것은 우리의 '에고'라는 고치 때문이다. 우리는 자신을 에고와 동일시하고, 과거에 갇혀 있으며, 인생이란 원래 힘든 것이라고 믿는다.

사람들은 대부분 무언가를 '해야' 자신을 사랑할 수 있다고 믿는다. 무언가를 해서 사랑을 얻거나 아니면 자신이나 타인에게 무언가를 주어야 한다고 생각한다. 그리고 어느 정도 성과를 내거나 특정 방식으로 행동해야 사랑받을 자격이 생긴다고 믿는다. 이것은 모두 사실이 아니다! 당신은 정말이지 아무것도 할 필요가 없다. 지금까지 어떠했든 혹은 앞으로 어찌되든, 다른 사람이 뭐라고 하든 혹은 어떻게 배웠든 상관없다!

당신은 무조건적인 사랑을 배우기 위해 여기에 있다. 그러니 자신에게 부담을 주지 말자! 당신은 학생이다. 우리는 모두 학생이고, 바로 이 사랑 과목에서 호기심 많고 주의 깊은 학생이 되면 더할 나위 없이 좋을 것이다.

사랑은 '지구 대학'에서 가장 중요하고 동시에 가장 아름다운 과목이다. 스스로에게 다정해지는 것으로 시작해 보면 어떨까? 자신에게 관대하고 자신의 좋은 점들을 인정해 주는 연습을 해 보면 어떨까? 당신은 다른 사람에게 사랑을 느끼거나 다른 사람의 사랑을 구하는 것에 더 익숙할지 모른다. 하지만 중요한 것은 당신 자신이다. 당신 자신과 당신의 관계가 중요하다! 당신 자신에 대한 무조건적인 사랑을 키운다는 것은 바로 자신을 지금 있는 그대로 온전히 인정한다는 뜻이다!

그러려면 당신이 지금 있는 그대로 언제나, 정확히 옳다는 것을 알아야 한다. 실제로 당신은 한 번도 잘못한 것이 없고, 잃어버린 것도 없으며, 비난받아야 할 것도 없다.

영혼의 눈으로 보면 당신을 깎아내려야 할 것은 아무것도 없으며, 당신을 작고 의존적인 존재로 느낄 이유도 없다. 죄가 없으므로 참회할 것도 없고, 당신 자신 외에는 당신을 심판할 사람도 없다. 당신은 그 어떤 잘못도 한 적이 없다. 당신은 그 반대라고 강하게 믿고 있을지 모르지만.

당신은 사랑을 얻기 위해 특정한 성과를 낼 필요가 없으며, 당신의 무언가를 바꿀 필요도 없다. 사랑은 당신에게 완전히 열려 있다. 당신이 아무리 그렇지 않다고 믿는다 해도 그렇다.

당신은 무엇보다 더 이상 외부에 시선을 두지 않고 스스로에게 사랑스럽게 집중하는 법을 배우게 될 것이다. 스스로를 소중하게 여기고 사랑하는 법을 배울수록 자신이 분리되지도 않았고 망가지지도 않았으며 잘못하지도 않았음을 더 분명히 알게 될 것이다. 상황을 바꿀지 그대로 유지할지 혹은 떠날지가 모두 당신에게 달려 있다는 것도 알게 될 것이다. 그 결과, 깊고 고요한 평화가 당신을 가득 채우고 미소 짓게 할 것이다.

어쩌면 자신에게 끊임없이 가해온 모든 압력을 지금 바로 내려놓을 수도 있지 않을까? 장담하건대 당신에게는 그런 압력이 필요 없다! 압력은 조건 없음과 정반대이며, 그만큼 비생산적이다. 기억하자. 당신이 여기에 있는 이유는 당신의 진정한 본성인 사랑에 관한 모든 것을 경험하고 배우기 위해서이다. 이것은 누가 제일 먼저 목적지에 도달하는지를 가리는 경쟁이 아니다.

자신을 사랑하기 시작하면 점차 힘을 얻게 된다. 당신은 누구에게도 빚진 것이 없으며 아무것도 참거나 인내할 필요가 없다. 당신은 매 순간 모든 것을 바꾸거나 있는 그대로 받아들일 수 있다는 것을 배운다. 당신은 자신이 허락하지 않는 한 누구도 당신에게 상처 줄 권리가 없다는 것을 배운다. 당신은 자신의 힘을 다른 사람에게 넘겨주지 않으며 당신의 감정을 신뢰하는 법을 배운다. 당신은 당신 자신에 대해 책임을 지고, 당신과 무관한 것들에는 책임이 없다는 것도 알게 된다. 당신은 다른 사람의 길을 점점 덜 따르게 되고, 당신의 길이 무엇인지 점점 더 많이 알아차리게 될 것이다. 이것은 정말 멋진 일이다!

당신은 자신의 기쁨, 직관, 몸이 하는 말을 듣고 따르는 법을 배우며, 이를 통해 당신 안에서 자신의 진정한 본성인 가벼움을 발견할 것이다. 다른 사람에게 맞추려고 당신 자신을 비틀거나 상대에게 자신을 종속시키기를 멈추고 자신의 길을 갈 것이며, 그에 따라 내면에 깊은 평화가 찾아올 것이다. 당신은 당신이 가고자 하는 방향으로 한 걸음 한 걸음 나아가게 될 것이다!

기억할 것: 진정한 사랑은 '나'와 '너'를 구분하지 않는다. 모든 것이 서로 연결되어 있기 때문이다. 진정한 사랑에 이기주의가 설 자리는 없다!

✦

당신은 기적이다

맞다. 당신은 기적이다.…… 그리고 기적보다 더 큰 무엇이다! 당신이 한 번이라도 '진정한 나'의 눈으로 세상을 볼 수 있다면 얼마나 좋을까? 당신이 자신을 한 번이라도 기적으로 볼 수 있다면 얼마나 좋을까? 당신은 정말 기적이니까.

나는 그 순간이 당신에게도 올 거라는 걸 잘 안다! 조만간 당신 스스로 자신의 완전함을 알아차리고 당신을 구성하는 모든 것을 경이로움으로 마주하게 될 것이다. 내가 그랬던 것처럼 당신도 지금까지의 삶을 돌아보게 될 것이다. 나는 진심으로 그 회상이 당신에게 충만한 시간이 되기를 바란다. 그리고 당신이 지금 어떤 상황에 있든 이것만은 꼭 기억하기를 바란다. 당신에게는 언제나 모든 것을 바꿀 수 있는 기회가 있다는 사실을 말이다!

이 모든 연관성을 이해했을 때 내가 한 일이 바로 그것이다. 이 삶으로 돌아온 나는 예전의 삶에서 버릴 것은 모두 버리면서 '진정한 나'에게 지휘권을 완전히 넘겨줄 준비가 되어 있었다. 바로 이것이 그 놀라운 알람을 받고 나서 내 삶이 바뀐 방식이다. 처음에는 그것이 무슨 의미인지, 앞으로 어떤 일이 벌어질지 몰랐지만, 예전의 의식적이지 못한 삶을 다시 살 수는 결단코 없었다.

우리는 끊임없이 무언가를 회피하는 전략으로 삶을 살아간다. 우리는 삶이, 나아가 세상이 우리에게 반사해서 돌려주는 고통을 피하려 노력한다. 우리는 결핍감 속에서 살고, 그래서 계속 무언가를 해내서 자신을 증명하려고 한다. 우리는 우리 안의 '생각'이 하는 말을 믿고 스스로를 더없이 초라하게 느낀다. 그래서 생기는 내면의 공허를 부단한 노력이나 목표 달성으로 채우려고 한다. 그리고 부족한 사랑은 바깥에서 헛되이 찾아 헤맨다.

나는 이런 회피 전략을 이제 완전히 내려놓았다. 내가 느끼던 두려움, 의심, 불안감을 받아들이는 법을 배웠고, 그 결과 그것들이 착각임을 알게 되었다. 나의 마음이 얼마나 불완전한지를 보고 나자 삶에 대해 내가 가졌던 많은 생각이 비눗방울 터지듯 가볍게 사라졌다. 카르마, 신, 내 몸에 대한 이전의 믿음들이 전부 해체되었고 이것은 당연히 내 마음을 뿌리까지 흔들어놓았다.

나는 내가 붙들고 있던 믿음이 아무리 논리적으로 들리더라도 타인에 의해 주입된 선입견일 뿐이고 내 현실과 일치하지 않는다는 것을 알게 되었다. 내가 했던 경험을 당신도 하게 된다면 신에 대한 기존의 생각을 포기하기란 그리 어려운 일이 아닐 것이다. 하지만 그런 경험을 하고 나면 자신의 진실이 궁극적 진실인 양 다른 사람에게 가르치거나 강요하려 들 가능성도 있다. 그렇다면 그것은 신념을 하나 더 추가하는 것이고 새롭게 얻은 지식을 다른 사람에게 강요하는 것에 불과하다. 그저 새로운 세계관으로 과거의 세계관을 대체해서 그 새로운 세계관을 기존의 작은 세계에 적용하려는 것이다.

자기 스스로 진실이라고 경험하는 것만이 진짜 진실이다. 내가 흠뻑 빠졌던 진실은 지극히 다차원적이고 광범위해서 나는 그것을 그저 무한하고 불가해한 기적이라고밖에는 달리 표현할 길이 없다. 그것은 정확하게 설명할 수 있는 단어도 없고 또 개인마다 다른 모습으로 드러난다. 하지만 그것은 '나의 진실'이다. 당신의 현실 속에서 당신만의 아주 '개인적인' 기적을 발견하느냐 아니냐는 오직 당신에게 달려 있다. 당신은 유일무이하고, 비길 데 없고, 완전하다! 이것은 당신의 '생각'이 뭐라고 하든 논박할 수 없는 사실이다.

나는 모든 것이, 정말로 모든 것이 가능하다는 것과 내 삶에서 어떤 놀라운 기적을 경험하고 싶은지는 온전히 나에게 달렸다는 것을 깨달았다. 그리고 수년이 지난 지금도 나는 어떤 숨겨진 믿음이 내 삶을 좌지우지하고 있지는 않은지 늘 주의해서 살피고 그것을 발견하면 바로 해결한다.

지금의 나는 내가 이 몸으로 무언가를 성취하기 위해서 혹은 무언가를 증명하거나 설명하기 위해서 여기에 있는 것이 아니라는 사실을 잘 알고 있다. 나는 세상을 바꾸거나 변화시키기 위해서 여기에 있는 것이 아니다. 특히 나를 통해 세상을 더 나은 곳으로 만들기 위해 여기에 있는 것은 결코 아니다. 누구도 그런 이유로 여기에 있지 않다!

내가 여기에 있는 이유는 진정한 나 자신을 알기 위해서이다. 나는 '작은 나'의 경계를 허물고 내 안에 있는 그 경계 너머의 공간을 경험하려고 여기에 있다. 내가 이 몸으로 여기에 있는 이유는 내 몸과 함께 이 심장이 터질 것 같은 기쁨과 가벼움을 표현하기 위해서이다. 내가 나 자신을 표현하는 것만으로도 내 주변의 뭔가가 필연적으로 바뀔 수밖에 없다. 그 이후로 나는 내면이 외부로 이어지는 삶을 살고 있다. 예전처럼 내면을 충족할 무언가를 외부에서 찾기를 그만두었고, 그러자 삶은 내 내면의 충만함을 그대로 비춰주기 시작했다.

우리는 모두 순수한 공명체이다. 우리는 모두 서로의 에너지 진동에 공명하고, 삶은 그런 우리를 비춰주는 거울이다. 예전에는 내 삶이 나의 두려움과 그 당시의 믿음들을 드러냈다면 지금은 내 안에서 약동하는 무한한 가능성의 유희를 그대로 드러낸다.

지금의 나는 예전의 그 여자와는 아무 관련이 없다. 이름은 같지만 나는 그 이름이 말해줄 수 있는 것보다 훨씬 큰 존재이므로 이름도 이제는 의미가 없다. 더 높은 의식에서 볼 때 나는 여성도 아니고 특정한 나이도 없다. 나는 내 몸도 아니고 내 생각도 아니다. 이 글도 내가 아니며, 내가 하는 어떤 일도 중요하지 않다. 나는 의식이 닿는 모든 수준에서 모든 것을 통해 끊임없이 자신을 표현하는 에너지의 순수한 진동이다.

예전에 내가 중요하고 불변하며 진짜라고 여겼던 모든 것이 철저하게 '가짜'로 드러났고, 그 대신 내가 한때 가능하다고 생각했던 모든 것보다 정말이지 믿을 수 없을 정도로 광대한 영역들이 열렸다. 예전에 내가 알았던 시간 개념은 완전히 의미를 상실했고, 내 몸이나 이 집, 이 세상 자체, 내가 지금 움직이고 있는 공간, 이 모두가 경계 없이 유동적으로 뒤섞인다. 내 마음도 과거의 낡은 사고방식에서 벗어나 대부분 고요히 쉬고 있다. 이러한 의식 상태에서는 내 몸과 삶 자체에 감사하고 존중하는 것 외에는 어떤 것도 중요하지 않다. 이러한 감사와 존중으로 살아갈 때 우리는 자동으로 사랑을 구현하게 된다. 우리 자신에 대한 사랑, 삶에 대한 사랑, 다른 사람들에 대한 사랑. 그 외에 다른 것은 이제 불가능하다.

현재 나의 삶은 임사체험 때와 크게 다르지 않다. 가장 큰 선물은 물론 이 모든 기적을 지금도 내 몸 안에서 경험할 수 있다는 것이다. 빛의 존재의 인내에 이루 말할 수 없이 감사드린다. 그가 천사 같은 인내심으로 나를 거듭 내 몸으로 이끌지 않았더라면 나는 결단코 지금 이곳에 있지 못할 것이다. 빛의 존재는 내 삶과 몸에 관한 나의 완고하고 제한된 관점을 바꾸기 위해 할 수 있는 것을 다 했다. 그가 그렇게 하지 않았다면 정말이지 끝나지 않기를 바라는 이 모든 경험을 나는 결코 할 수 없었을 것이다.

그리고 바로 여기에 또 하나의 황금 열쇠가 숨어 있다. 무언가를 안다는 것만으로는 아무 의미가 없다. 그것만으로는 한 발짝도 나아갈 수 없다. 앎 그 자체는 단지 우리 마음의 먹이에 지나지 않는다. 우리의 마음은 앎을 기존의 관념으로 체계화하거나 낡은 틀 안에 분류해 넣고 논박한다. 앎이 의미를 가지려면 경험이 뒤따라야 한다! 중요한 것을 아는 데서 그치지 않고 그것을 스스로 '경험한다면' 모든 것이 변하게 되어 있다. 듣고 읽는 것 혹은 머리로 이해하는 것도 흥미롭지만 그것만으로는 우리가 가는 길에서 조금도 더 앞으로 나아갈 수 없다.

당신에게 더 많은 기적들에 대해 이야기할 수 있지만, 당신이 내 말을 머리로만 받아들인다면 이 책은 기껏해야 흥밋거리에 그치고 말 것이다. 반대로 나의 말을 가슴속 깊이 받아들일 준비가 되었다면 나의 말이 당신의 진동 서명과 공명할 것이다. 그렇게 될 수밖에 없다! 어디까지 경험하고 싶은지는 당신에게 달렸다.

당신의 경험에 도움이 되고자 여기서 작은 연습을 하나 소개하려 한다. 당신이 정말 누구인지 당신 스스로 알아차릴 때에만 당신이 가진 가능성의 그 놀라운 마법을 충분히 활용할 수 있을 것이다. 이제, 우리 함께 당신의 '진정한 나'에 온전히 빠져들어 보자. 이 연습을 일종의 '생각 놀이'로 받아들여도 좋다. 당신이 모든 것을 포괄하는 창조에 접근하는 모습을 상상해 보자. 당신도 그 창조의 일부이다. 그럼 시작해 보자.

명상 ▶ 나만의 여정을 떠나보자

이 책에 소개된 '무한으로의 영혼 여행'이 모두 당신의 여정이었다고 상상해 보자. 지난밤 잠든 당신에게 이름도 없고 형용할 수도 없는 어떤 존재가 중요한 뭔가를 보여주려고 당신을 찾아왔다. 그가 갑자기 당신 침대 맡에 나타나 자신과 함께 아주 특별한 여행을 떠나보자고 한다. 당신은 이제 몸은 계속 자게 두고,

환하게 빛나는 그 존재의 강력한 에너지장 안으로 들어간다. 그의 품이 얼마나 기분 좋고 편안한지 느껴보라. 그는 당신 몸이 잠들어 있는 방에서 부드럽게 당신을 데리고 나간다. 이제 숨을 한 번 들이쉬고 내쉴 때마다 당신 안의 모든 것이 계속 가벼워지고 확장된다.

그의 품 속에, 그 놀라운 에너지 속에 안길수록, 지금까지 살면서 답답하고 무겁다고 느꼈던 모든 것이 저절로 당신으로부터 떨어져나간다. 모든 걱정이 사라지고 모든 생각과 감정이 존재감을 잃는다. 그와 함께 무조건적인 가벼움 속으로 계속 더 깊이 들어가는 것 외에 중요한 것은 없다. 시간과 공간은 의미를 잃고, 이제 당신은 자신을 확장할 일만 남았다.

이와 동시에 당신은 자신을 둘러싼 모든 것과 연결될 수 있음을 알아차린다. 여기서는 모든 일이 마법처럼 일어나는데 그것은 당신이 뭔가 중요한 것을 깨닫기를 그 존재가 원하기 때문이다. 그는 당신이 지금까지 가능하다고 여겼던 것보다 훨씬 더 많은 것이 가능하다는 걸 경험으로 알게 해주고 싶다. 당신이 지금 그렇게 마법 같은 방식으로 들어가고 있는 실재 세상에는 아무런 조건이 없으며 당신은 자신의 의식만으로 그 세상을 조종할 수 있다. 이제 당신의 '진정한 나'의 주된 특성을 경험하는 데 주의를 집중하자. 그러다 보면 당신이 계속 확장하고 있음을, 그리고 점점 더 의식이 열리는 상태로 들어가고 있음을 아주 빨리 알아차리게 될 것이다. 당신은 무한한 가능성의 영역에 있는 자신을 발견하며, 여기서는 원하는 곳은 어디든 갈 수 있다. 원하는 곳을 생각만 하면 이미 그곳에 가 있을 것이다.

당신이 여기서 감지하는 것들은 모두 무한히 많은 색과 주파수, 진동, 그리고 이 모두가 형용할 수 없는 방식으로 서로 공명하고 엮여 있는 모습이며, 당신도 그 장엄함의 일부이다. 당신은 주변의 모든 것과 당신 안의 모든 것이 아주 높은 에너지 진동으로 이루어져 있음을 알아차리지만 당신 자신에 대한 명확한 느낌도 여전히 가지고 있다.

이제 갑자기 당신은 자신과 주변의 모든 것을 연결하는 것이 무엇인지 이해한다. 그것은 바로 의식이다! 당신이 어디를 보든, 어떤 영역을 탐구하든, 당신을 둘러싼 모든 것은 당신과 마찬가지로 스스로를 의식하고 있다. 당신은 아주 정확하게 안다. 당신이 창조의 일부임을, 그리고 자신을 어떤 방식으로 표현하고 싶은지를.

그 한계 없는 차원에서의 당신이 '얼마 전' 자신의 그 놀라운 존재의 일부를 지구로, 인간의 몸 속으로 보냈다. 몸의 도움을 받아 이원성의 세계에서 시공간의 느낌을 비롯한 귀중한 경험들을 하기 위해서였다. 당신의 '그 부분'이 지금 '망각'의 여행을 하고 있는 것이다. 그 부분은 자신이 당신과 그리고 근원과 완전히 연결되어 있다는 것을 잊고 이분법적인 대립의 세상에 빠져 있다. 당신의 그 부분이 '인간으로서 존재하는 것'에 적응할 수 있도록, 일찌감치 '생각하는 마음'이 당신의 빛의 장을 덮어버렸고, 그 덕분에 당신의 그 부분은 지구라는 새로운 세상에서 안정감과 방향 감각을 가질 수 있게 되었다. 처음에는 얇은 막이었던 것이 살아가면서 점점 두꺼운 유리 구로 변하고, 그렇게 당신 존재의 한 부분은 갈수록 자신이 어디서 왔는지 잊어버리게 되었다. 물론 당신은 언제나 그 부분이 모험 여정의 어디에 있는지 잘 알고 언제나 사랑으로 그 여정을 함께했다. 당신은 그의 모든 경험을 같이 해왔다. 당신에게는 분리라는 것이 없기 때문이다.

혹시 지금 당신의 그 부분에 주의를 기울이고 싶은가? 혹시 그 작은 인간이 들어가 있는 유리 구를 의식적으로 만져보고 싶은가? 유리 구 속에는 당신과 깊이 연결된 '그 부분', 즉 작은 인간이 그토록 진짜라고 여기는 생각과 감정과 대립의 세상이 들어 있다. 어쩌면 지금이 바로 당신의 그 부분이 당신을 기억하도록 도울 완벽한 때이지 않을까? 바로 지금 당신은 그 작은 인간이 꿈에서 깨어나 지금까지 현실이라고 여기던 그 모든 한계들이 착각이었음을 알아차리게 도와줄 수 있지 않을까? 유리 구 속의 그 작은 인간은 자신이 한때 훨씬 포괄적인 무언가의 장엄한 일부였으며, 실제로는 근원의 무한한 가능성과 연결되어 있다는 것을 잊어버렸을 뿐이다.

이 인간적인 '작은 당신'에게 부드럽고 조용하게 "당신이 누군지 기억해요!"라고 속삭여보는 건 어떨까? 당신이 그에게서 느끼는 모든 사랑과 감사를 그에게 보내 그가 당신을 느낄 수 있게 하고 싶지 않은가? 그가 확신하고 있는 것들 대부분이 사실이 아님을 그에게 설명할 수도 있다. 그에게 아무런 잘못도 하지 않았고 아무런 문제도 없다고 말해주라. 아무런 죄도 짓지 않았고 그 누구에게도 속죄할 필요가 없다고, 당신을 평가하거나 심판할 사람은 아무도 없다고 말해주라. 그리고 무엇보다 당신이 그를 한 번도, 정말로 한 번도 잊은 적이 없다고 말해주라!

분명히 그는 당신 말을 아주 주의 깊게 들을 것이다. 왜냐하면 당신의 말은 그에게 마법처럼 들릴 것이기 때문이다. 당신의 말은 그의 모든 세포에 저장된 신성한 우주의 합창처럼 들린다. 당신이 그를 얼마나 사랑하는지 말해주고, 이 모험 가득한 여정을 시작한 자신을 얼마든지 자랑스러워해도 된다고 말해주라. 그에게 고향을 일깨워주고 자신의 유리 구를 확장할 수 있음을 알려주라! 자신이 사실은 한 번도 분리된 적이 없다는 것을 이해하면 유리 구를 스스로 확장하고 모든 것을 다시 기억할 수 있다. 그는 여전히 순수한 사랑이고 무조건적인 사랑이다. 사랑 외에는 다른 무엇으로 되어본 적도 없고 앞으로도 될 수 없다! 그는 당신의 일부이므로 그가 그렇게 그리워하는 모든 것과도 연결되어 있다.

지금 그에게 필요한 모든 것을 유리 구 속으로 흘려보낼 수 있다면 어떨까? 그가 자기 안에서는 스스로 찾을 수 없던 사랑, 그토록 그리워하던 연결, 그리고 그에 대한 당신의 존중을 말이다.

당신이 원한다면 이제 관점을 바꿔 유리 구 안에 있는 그 작은 인간이 되어볼 수도 있다. 그럼 당신의 '진정한 나'가 당신을 완전히 둘러싸고 있을 뿐 아니라 심지어 당신 안으로 깊이 스며들어 있다는 것을 느낄 수 있을 것이다. 당신의 '진정한 나'가 당신에게 보내는 무조건적인 사랑과 감사도 느낄 수 있다. 그것들을 받아들여라! 그 모든 특성을 당신과 당신 몸 안으로 깊이 들이쉬고 당신 자신을 그 특성들 속으로 완전히 빠져들게 하라.

그것이 당신이다. 그것이 진짜 당신이다!

당신은 안과 밖에 동시에 있다. 당신은 당신을 둘러싼 그 유리 구 내부에도 있고 외부에도 있다. 분리는 단지 착각일 뿐이다. 당신은 '모든 것'이며 '모든 것'과 연결되어 있다. 늘 그랬고 앞으로도 그럴 것이다. 당신은 당신의 '진정한 나'이고 동시에 몸을 입고 경험하고자 하는 인간이다. 당신은 한계 없고 모든 것과 연결되어 있다. 비록 지금까지 그것을 잊고 살았다 할지라도 말이다. 당신은 창조 자체이다! 창조가 매 순간 당신을 통해 자신을 표현한다. 다른 방식은 불가능하다!

이것을 알아차리고 경험하는 것이 당신이 살아가는 의미이다. 당신 자신을 발견하는 데에 당신 인생의 의미가 있으며, 당신은 지금까지 믿어온 것보다 훨씬, 아주 훨씬 더 큰 존재이다. 당신은 기적이다! 당신은 인간의 몸을 입은 기적이다. 언제든 확장할 수 있는 의식이 있기 때문이다. 당신은 자신의 의식으로 원하는 어떤 관점도 취할 수 있다. 주의를 기울여 자신의 현실을 조종할 수 있고 바꿀 수도 있다! 언제든지! 당신은 안과 밖에 동시에 존재한다. 사실 이제 당신은 안도 밖도 없음을 알아차렸을지도 모르겠다. '당신을 통해' 모든 것이 모든 것과 연결되어 있다. 당신은 단지 그것을 잊어버렸을 뿐이다.

다음은 자기 사랑이 의미하는 것들이다! 자신을 정말로 사랑한다는 것은 자신을 향해 그저 긍정적인 문구를 만트라처럼 되뇌는 것과는 상관이 없다.

자기 사랑은 단순한 '단어' 이상이다.
자기 사랑은 단순한 '감정' 이상이다.
자기 사랑은 당신이 얼마나 멋진 존재인지를
'알아차리는 것'이다.
자기 사랑은 당신 자신을 '인정'하는 것이다.

자기 사랑은 당신 자신을 '존중'하는 것이다.

자기 사랑은 당신 자신을 통해 '충만해지는' 것이다.

기억할 것: 당신 바깥에는 아무것도 존재하지 않는다!

자신과 평화 조약 맺기

다른 많은 깨달음과는 별개로 내게 가장 아름다운 경험은 삶이 '가볍다'는 것이었다! 외부 세계가 원하는 것을 충족해 줄 거란 기대를 멈출 때 마침내 삶이 가벼워지고 쉬워지는 기적이 일어난다. 자신과 화해하기 시작하는 순간 그리고 사랑스러운 눈으로 자신을 삶의 중심으로 보기 시작하는 순간 삶은 가벼워진다.

나는 무엇을 좋아하나? 어떨 때 기쁘고, 무엇을 믿는가? 내가 확신하는 것은? 이렇게 계속 자문하다가 나는 금방 내가 거의 모든 것을 '좋고' '나쁜 것'으로 분류하고 있다는 것을 알아차렸다. 세상은 규칙으로 넘쳐난다. 언젠가 누군가가 자신을 위해 만들었겠지만, 그 후 널리 퍼지고 확고해지면서 더 이상 반박할 수 없게 된 규칙들이다. 내가 죄나 잘못 같은 것이 있다고 믿는다면 나는 당연히 그것들을 범하지 않으려 할 것이다. 이때 나는 보이지 않는 왕좌에 나보다 더 큰 힘을 부여하면서 스스로를 작고 무력하다고 느끼게 된다. 그럼 또 무언가를 잘못할지도 모른다는 생각에 두려워하게 될 것이다.

그러나 이런 믿음들이 정말 사실일까? 한때 인간은 지구가 평평하다고 철석같이 믿지 않았던가? 많은 신을 믿거나 신을 부정하는 사람은 유일신을 믿는 기독교도보다 정말 못한 존재일까? 나이가 들면 진짜로 몸이 약해지는 걸까? 죽음의 시간을 우리 스스로 결정할 수 없다는 것이 정말 사실일까? 우리가 카르마의 순환에 갇혀 있다는 게 사실일까? 이것은 혹시 계속해서 '희생자'로 살기 위한 핑계는 아닐까? 우리가 믿고 따르는 신념들이 정말 사실일까? 혹시 우리는 전통적으로 내려오는 관념들을 의심 없이 계속 받아들이는 건 아닐까?

나는 이제 더 이상 전통적인 관념을 따르지 않는다. 이른바 '할 일 목록'도 더 이상 만들지 않고, 특정 방식이나 방침에 나를 맞추는 일은 더더욱 하지 않는다. 그 대신 나는 순간순간 늘 '나에게' 옳다고 느끼는 대로 행동한다. 나에게 삶은 다양성과 변화의 가능성으로 넘치는 기적이며, 삶과 함께 나 자신도 끊임없이 변화한다.

삶은 그 자체로 놀라운 선물이다!

삶이 지닌 가능성의 극히 일부만 활용해도
우리는 가장 풍요롭고 충만한 사람이 될 것이다.

당신 안에 깃들어 있는 사랑이 얼마나 우리를 가볍게 하는지 기억하기를 진심으로 바란다.

나는 당신이 자신을 신성한 존재로 알아차리기를 진심으로 바란다. 당신은 언제나 그런 존재였고 앞으로도 그럴 것이다.

당신은 기적이고, 당신이 깃든 몸도 기적이며, 당신을 둘러싼 세상도 기적이다. 당신의 의식을 모든 가능성에 열어두면 그것은 끝없는 하나의 '기적'이 될 것이다!

'지금 여기'에서 숨을 들이쉬고 이 페이지의 모든 문장을 이해해 보라. 그리고 숨을 내쉬며 이제 어떤 일이 일어날지 기대하며 기다려보라.

그러는 동안 당신은 시계 바늘이 돌아가는 소리나 다른 소리를 들을지도 모르겠다. 이제 숨을 들이쉰다. 아까보다 조금 깊이 들이쉰다. 당신의 폐는 날개를 연상시킨다. 나비나 천사의 날개 같다. 이제 숨을 내쉬어보라. 이번에는 조금 더 부드럽게 내쉰다. 심장이 정맥을 통해 혈액을 펌프질하고, 세포들은 분열하고 있으며, 당신은 어쩌면 심지어 당신 몸속에서 황금빛 점들이 진동하는 것을 느낄지도 모르겠다. 숨을 다시 들이쉰다. 이번에는 조금 더 의식적으로.

"지금 내가 읽고 있는 이 내용이 어떤 결과로 이어질까?" 하고 당신은 질문할지도 모르겠다. 이제 다시 숨을 내쉰다. 당신은 지금 '이 순간'에 있다. 그것을 알아차렸는가? 집중해 보자. 이 순간이 페이지의 이 문장들과 함께 존재하면서 동시에 당신 몸을 인식해 보자. 매 순간이 고유하고, 그 순간들이 이어져 우리의 삶이 된다. 우리는 수많은 소중한 순간을 살지만 대부분 그것들을 정말로 알아차리지는 못한다. 그러는 동안에도 우리 삶은 우리 안에서 숨 쉬고 흐르고 새로워진다.

당신 안팎의 모든 것이 기적이다. 그리고 당신에게는 기적에 의식을 돌리고 그것에 집중할 힘이 있다. 당신의 에너지 진동은 끊임없이 흐르고 변한다. 몇 초 전의 당신은 이미 당신이 아니다. 지금의 당신은 새로운 당신이다. 몇 초 안에 당신은 다시 새로운 당신이 될 것이다. 당신이 에너지 진동이기 때문이다. 그리고 지금 당신이 누군지는 몇 분이 지나면 중요하지 않게 된다. 당신은 다시 새로운 당신이 되어 있을 테니 말이다. 당신의 몸은 지금과 다르게 진동할 것이고, 당신은 다른 것에 주의를 집중하게 될 것이다. 어쩌면 당신은 심지어 지금까지의 모든 것을 무효로 돌리는 결정을 하게 될지도 모른다. 아니면 당신 자신과 사랑에 빠지거나. 누가 알겠는가?

이제 우리가 함께해 온 여정이 거의 끝을 향해 가고 있다. 하지만 이것은 시작이기도 하다. 당신에게도 나에게도. 나는 이 책을 쓰는 데 거의 10년이 걸렸다. 그리고 내 사려 깊은 편집자가 사랑과 용기와 격려를 아끼지 않은 덕분에 이 책을 쓸 수 있었다. 그만큼 나는 두려웠다. 나의 경험을 설명하는 적합한 언어를 찾을 수 없을 거라는 두려움과 나의 놀랍고도 아주 개인적인 모든 경험을 공개하는 것에 대한 두려움이 있었다. 하지만 이 페이지들이 거의 저절로 써지는 순간들 속에서 나는 기적과 마법을 알아차렸다. 당신과 나를 위한 기적과 마법!

삶은 우리 손에 자주 마법의 선물들을 쥐어준다. 그 선물을 받아들일지 거절할지는 언제나 우리에게 달려 있다. 이 책도 그런 선물 중의 하나이다. 당신을 위해 이 책을 쓸 수 있어서 말할 수 없이 기쁘다.

그리고 '당신도' 그런 선물이다! 당신은 기적이며, 지금까지 불가능하다고 생각했던 모든 것이 될 수 있다! 이 점을 절대 잊지 말기 바란다!

당신 안의 소중한 씨앗들이 모두 발아하고 당신의 속도에 맞게 자라 당신에게 멋진 열매를 안겨주기를 진심으로 바란다. 이 말이 당신 안에 무한히 소중한 무언가를 일깨우기를 바란다.

당신과 당신의 창조에 대한 사랑과 존중을 담아, 안케.

사랑하는 나에게 보내는 모닝콜

너는 자유로워!

너에게 기쁨을 주는 일을 할 자유, 너의 심장을 환호하게 만드는 일을 할 자유가 너에게는 있어. 너를 위한 결정을 내리고 스스로에게 "예스!"라고 말해!

너는 자유로워!

너를 구속하는 것에서 벗어날 자유가 너에게는 있어. 너를 구속하는 건 너 자신 외에 없으니까. 그러니 자유롭기로 결정해! 너는 이미 오래전부터 자유로웠어.

너는 자유로워!

너만의 진실을 찾을 자유, 스스로 결정을 내릴 자유, 그리고 그 결정대로 행동할 자유가 너에게는 있어. 바로 지금부터 네 인생을 온전히 책임지겠다고 결정하고 어떤 인생을 만들어갈지 선택해.

너는 자유로워!

이제부터 네 몸과 감정이 알려주는 가벼움에 주의를 기울일 자유가 너에게는 있어. 너의 진실에 따라 살고 너의 진실을 드러내겠다고 결정해. 너는 그렇게 살 자격이 있어!

너는 자유로워!

이제부터는 너를 등지지 않고 너와 함께 살아갈 자유가 너에게는 있어. 자신을 향해 들었던 무기를 내려놓고 너와 화해해. 그렇게만 하면 다른 일은 모두 저절로 해결될 거야!

당신과 나

내가 다차원적인 의식으로서 경험했던 기적을 지금도 나는 매일 경험한다. 하지만 나는 자기 자신을 찾는 길 위에 선 사람을 도와줄 때가 가장 행복하다. 나는 나의 경험을 세미나와 워크숍에서 나누고 사람들이 변하는 모습을 현장에서 같이 경험하는 일을 사랑한다. 이런 일을 할 때 나는 가장 충만해진다. 그 사람들 하나하나에서 나 자신을 보기 때문이다.

당신도 나와 연락하고 싶다면 내 웹사이트를 방문하기 바란다. 서로 네트워킹할 여러 가지 방법과 나의 제안들을 쉽게 찾을 수 있을 것이다.

> 🔍 | www.anke-evertz.com

깨어남의 길을 당신과 함께 갈 수 있다면 기쁠 것이다.

당신의 안케

옮긴이의 말

 이 책《9일간의 영혼 여행》은 기본적으로 임사체험에 관한 책이다. 저자는 임사체험 이전, 임사체험 당시, 그리고 임사체험 이후의 상태를, 이원론적인 언어의 한계에도 불구하고 자신의 느낌을 위주로 최선을 다해 상세히 설명하고 있다. 덕분에 이 책은 임사체험을 아주 자세하고도 생생하게 느껴볼 수 있는 책이 되었다. 그렇다고 해서 결코 개인적인 느낌을 설명하는 데서 그치지 않는다.

 더 나아가 그 배후의 영적인 근거 혹은 형이상학적 배경이라고 할 수 있는 것들을 자세하게 설명해 줌으로써, 우주적 의식, 근원, 하나임, 사랑, 우리 안에 내재하는 무한한 가능성, 끌어당김의 법칙 같은 주제들을 독자들이 생생하게 이해하고 받아들일 수 있도록 도와준다. 이 책은 그와 같은 식으로 독자들에게 수없이 많은 '아하!' 모멘트를 선물해 준다. 동시에 저자가 자신의 임사체험을 이 세상의 언어로 이해하고 전달하기 위해 오랜 기간 진심으로 노력한 모습이 감동으로 다가온다.

나는 개인적으로 이 책에서 저자 자신의 독특한 경험과 깨달음 외에도 《웰컴투 지구별Courageous Souls》을 쓴 로버트 슈워츠와 《그리고 모든 것이 변했다Dying To Be Me》를 쓴 아니타 무르자니의 영혼에 대한 가르침, 《시크릿The Secret》류의 수많은 책들에서 전하는 영적 법칙들까지 성실하게 요약해 놓은 영적 종합 선물 세트 같은 느낌을 받았다. 여기저기서 따로따로 알게 된 것들이 드디어 하나의 맥락으로 정리된 느낌이라고나 할까? 가장 좋았던 것은, 다른 사람이나 사회가 시키는 대로 살 것이 아니라 자신을 사랑하면서 자기 자신으로 살아야 한다고, 우리가 지금 이대로 충분하다고 거듭 말해주는 것이었다. 그런 이야기가 너무 영적이거나 어렵지 않고 누구나 공감할 수 있는 심리적 조언 같아서 오히려 더 신뢰하고 받아들일 수 있었다.

또 하나, 이 책은 영혼과 몸의 관계를 굉장히 자세하게 설명한다는 점에서 인상적이다. 저자는 우리 몸이 자기만의 의식을 갖고 있으면서 동시에 오직 우리 개개인의 의식에만 반응하는 신성한 그릇과도 같다고 설명한다. 이건 생각해 보면 당연한 것일 수도 있는데, 실제로 우리는 몸과 자신을 얼마나 동일시하면서 살아가는가? 몸이 곧 나이고 내가 곧 몸이라고, 그러니 죽음은 육신의 죽음으로 그치지 않고 나 자신의 존재 자체가 송두리째 사라지는 것이 되고 만다.

하지만 내 몸이 나는 아니다. 이것은 내 생각이, 내 감정이 내가 아닌 것과 같다. 나는 무엇이든 생각할 수 있고 어떤 감정도 느낄 수 있다. 이것에 죄책감을 느낄 필요도 없다. 우리는 그 몸과 그 생각과 그 감정이 아니며, 우리가 생각할 수 있는 그 어떤 물질적 제한도 받지 않는다. 우리는 근원에 연결된 영적인 존재이며, 따라서 몸의 상태와 상관없이 언제나 온전한 상태로 존재한다.

내 몸은 이 같은 나를 그 누구보다도 잘 알고 늘 나와 함께하며 나를 가장 사랑하고 내 모든 말을 들어준다. 또 나를 대신해서 아파주고, 나에게 온갖 경험을 베풀어준다. 내 일생의 사랑이요 내 충실한 베스트프랜드가 아닐 수 없다. 이런 둘도 없는 존재를 어떻게 소홀히 대할 수 있을까…… 좋은 것만 먹이고 입히고 보여주고 일러줘도 부족할 텐데 말이다. 그런 의미에서 이 책은 어떤 이유와 방식으로든 외면받고 있는 세상의 모든 슬픈 육체들, 나아가 인생들에게 보내는 사랑이기도 하다.

2025년 1월 9일

추미란